DES SOURIS ET DES MEURTRES

LES MYSTÈRES DE LA LIBRAIRIE NEVERMORE, 2

STEFFANIE HOLMES

ISBN : 978-1-991349-03-3

Couverture : Jacqueline Sweet

 Réalisé avec Vellum

DES SOURIS ET DES MEURTRES

Rejoignez un antihéros sombre, un maître du crime, un corbeau effronté et une héroïne au grand cœur (et à la collection de livres encore plus grande) dans cette nouvelle saga paranormale de meurtres et de mystères en harem inversé...

Lorsque le Club des Livres Interdits local perd sa salle de réunion, Mina propose d'accueillir le groupe à la Librairie Nevermore (malgré les protestations marmonnées de Heathcliff, bien sûr). Ce qu'elle ignore, c'est que ce club de lecture, composé de vieilles dames, est sur le point de devenir meurtrier.

D'abord, quelqu'un empoisonne Mme Scarlett, puis les membres du club de lecture commencent à tomber comme des mouches. Qui, dans le village, est prêt à commettre un meurtre juste pour empêcher les gens de lire quelques vieux bouquins poussiéreux ? Mina doit vite résoudre l'enquête, sinon sa professeure bien-aimée, Mme Ellis, sera la prochaine victime.

Heureusement, elle peut compter sur Moriarty, Heathcliff et Quoth pour l'aider. Enfin, à condition qu'elle parvienne à maîtriser les sentiments qu'elle éprouve pour ces trois hommes fictifs avant que la librairie magique ne soit bouleversée par une tension sexuelle explosive.

Ils la veulent tous. Elle ne peut pas choisir.

Mais peut-être... **qu'elle n'est pas obligée de le faire.**

Les Mystères de la Librairie Nevermore, c'est ce que vous obtenez lorsque tous vos petits amis littéraires prennent vie. Une nouvelle série de l'autrice à succès Steffanie Holmes, qui a rejoint la liste des best-sellers *USA Today*. À lire seulement si vous pensez qu'un seul héros sexy n'est pas suffisant !

REJOINDRE LA LETTRE D'INFORMATION FRANÇAISE

Rejoignez la newsletter pour être au courant des dernières nouveautés.

Vous souhaitez découvrir une scène bonus gratuite avec le point de vue de Quoth et les règles de Heathcliff concernant la librairie ? Obtenez un exemplaire gratuit de *Cabinet of Curiosities* – un recueil de nouvelles et de scènes bonus de Steffanie Holmes – en vous inscrivant à sa newsletter.

www.steffanieholmes.com/newsletterfrench

Chaque semaine, dans ma newsletter, je parle des véritables phénomènes paranormaux, des événements étranges, des lieux en ruines et des faits effrayants qui inspirent mes histoires. Vous recevrez également des scènes bonus et des nouvelles exclusives grâce à la newsletter. J'adore parler à mes lecteurs, alors rejoignez-nous pour un peu de plaisir et d'effroi :)

*À tous les petits amis littéraires
Qui me gardent éveillée la nuit.*

I

— T'en penses quoi ?! cria Morrie depuis sa position précaire sur l'échelle en bois, tenant le tableau d'un chat Godzilla déchaîné terrorisant une ville remplie de souris en fuite contre le mur lambrissé sombre au-dessus de l'escalier.

— C'est aussi laid que les entrailles d'une souris éviscérée par Grimalkin, grogna Heathcliff.

— Miaou, répondit Grimalkin depuis son perchoir sur l'épaule de Heathcliff.

— Hé, protesta Quoth en faisant la moue.

Il s'assit sur la dernière marche, ses cheveux noirs tombant sur son visage, tel un voile d'ombres.

— J'ai travaillé dur sur cette peinture.

— Ignore Heathcliff, il n'est d'aucune aide, dit Morrie en se stabilisant contre le mur alors que l'échelle vacillait. Mina, qu'est-ce que tu en penses ?

— Je pense que cette échelle n'a pas l'air d'avoir une structure très solide.

Morrie serra les dents, les muscles de ses bras contractés à force de tenir la toile.

— Je tiens à vous rappeler que je risque mon beau cou pour votre plan de génie. Nous ne sommes pas obligés d'accrocher les peintures de Quoth dans tout le magasin...

— OK, OK. Déplace-le de quelques centimètres pour qu'il soit centré sur le lambris.

Morrie se pencha, ses bras s'étirant encore d'un centimètre. J'acquiesçai, il prit son marteau et...

Quelque chose de chaud courut par-dessus mes bottes. Une minuscule forme blanche grimpa l'escalier et longea le cadre de l'échelle. Un nez frétillant renifla l'air tandis que la souris réfléchissait.

— Aïïïïe ! gémit Heathcliff lorsque les griffes de Grimalkin s'enfoncèrent dans son épaule.

Elle s'élança à travers la pièce, volant jusqu'à l'escalier et atterrissant sur le dernier barreau de l'échelle juste au moment où la souris grimpait sur la jambe de Morrie.

—Au secours, elle est dans mon pantalon !

Morrie se pencha en avant, sautillant d'un pied sur l'autre en balançant le tableau vers sa jambe.

L'échelle vacilla sur la marche et plongea vers le bord de l'escalier.

—Morrie, attention ! criai-je.

Morrie sauta du haut de l'échelle juste au moment où le pied de celle-ci dépassait le bord de la marche et que l'ensemble s'écrasait dans l'escalier.

Le tableau lui échappa et vola dans les airs.

Des plumes flottèrent de tous les côtés tandis que Quoth se transformait en corbeau. Il s'écarta du chemin juste avant que l'échelle ne glisse sur la dernière marche.

Je retins mon souffle

Quoth s'élança et attrapa le cadre dans son bec juste avant qu'il ne touche le sol.

Il battit des ailes et le posa contre le mur.

La souris fila devant lui. Grimalkin redescendit les escaliers en bondissant et s'élança à sa poursuite.

Quoth tendit une serre pour attraper la créature, mais la souris lui échappa et disparut sous une étagère.

Les pattes avant de Grimalkin glissèrent sur les lattes du plancher et elle hurla en dérapant contre Quoth, les envoyant tous deux à travers la pièce dans une boule de fourrure et de plumes.

Je me précipitai dans l'escalier, le cœur battant, et enlaçai Morrie, qui secouait toujours frénétiquement la jambe.

— Sors-la, sors-la, sors-la ! hurla-t-il.

— Elle est partie.

Je l'attrapai par les bras et le hissai vers le haut, surprise de sentir des taches humides sous ses aisselles.

James Moriarty, génie du crime et éminent professeur de mathématiques, a-t-il peur d'une petite souris ?

Visiblement, oui. Morrie enfouit son visage dans mon cou.

— Elle avait de petites pattes griffues, murmura-t-il dans mes cheveux.

— Ne sois pas si dramatique. Où est-elle passée ? dit Heathcliff en séparant Grimalkin et Quoth.

— Dans les rayons. Je suis sûre qu'il n'y a pas de quoi s'inquiéter. C'est juste une petite souris.

J'écartai une mèche de cheveux du visage de Morrie. Sa lèvre inférieure frémit, et ce fut tout à fait adorable.

— À en juger par la rangée de trophées minuscules le long du perchoir au-dessus de la porte, Quoth et Grimalkin ne tarderont pas à s'en débarrasser, dis-je.

— Ce n'était pas une simple souris, grogna Heathcliff. C'est la Furie Grise, la Souris des Baskerville, la Souris Démoniaque de Butcher Street.

— Ce n'est pas toi qui disais qu'il ne fallait pas être si dramatique ?

— Tu n'as pas lu le journal ? dit Morrie en s'affalant sur la première marche, croisant les mains sur ses longues jambes. Cette petite chose a fait le tour de tous les commerces de la ville, se frayant un chemin à travers les câbles électriques et les conduits, terrifiant les clients, créant des incidents sanitaires. On dirait bien qu'elle a décidé de s'installer dans notre boutique. Je n'aime pas ça. Je n'aime pas la vermine.

— Une souris a fait les gros titres de la Gazette d'Argleton ?

Après avoir passé quatre ans à New York, j'avais oublié la folie de la vie villageoise.

— Pas seulement les gros titres. La première page, dit Morrie en grimaçant, en se levant et en époussetant son pantalon. Ce pantalon est contaminé. Je vais devoir le jeter alors qu'il m'a coûté 400 livres sterling.

— Tu dépenses 400 livres pour un pantalon, toi ?

Je n'avais probablement jamais vu 400 livres de ma vie.

— Oublie ce foutu pantalon. Regarde ce que tu as fait à mon magasin ! s'écria Heathcliff en croisant les bras et en regardant l'échelle, qui avait brisé un panneau de bois et avait laissé une longue éraflure le long de la balustrade.

— Ce n'est pas moi ! protesta Morrie. C'est la souris !

— Miaouuu ! hurla Grimalkin.

Mes tempes palpitaient. Encore une journée banale à la Librairie Nevermore.

Le carillon du magasin tinta. Heathcliff fronça les sourcils lorsqu'un bruit de chaussures orthopédiques retentit, signalant l'arrivée d'un client âgé. C'était le type de clients qu'il aimait le moins, après les enfants, les milléniaux et tous les autres.

Heathcliff était le seul propriétaire de magasin que je connaissais qui souhaitait que les clients le laissent tranquille. Depuis que j'avais commencé à travailler à la Librairie Nevermore, nous avions un flux constant de clients, mais je mettais cela sur le compte du récent meurtre commis dans le rayon sociologie. Bien que la police ait résolu ce crime il y a plus d'un mois (avec un peu d'aide de la part de Heathcliff, Morrie, Quoth et moi), les villageois s'étaient toujours dirigés vers la pièce de l'étage où il avait eu lieu.

Croyez-le ou non, un meurtre au cours de ma première semaine de travail avait été jusqu'à présent le cadet de mes soucis. Il s'était avéré que la victime était mon ex-meilleure amie, Ashley, et comme j'avais été l'une des personnes à trouver le corps, la police avait été convaincue que c'était moi qui l'avais tuée. Heureusement, nous avions réussi à me disculper et à mettre un dangereux tueur derrière les barreaux.

Il s'avérait *également* que mon nouveau patron et ses deux colocataires étaient en fait les personnages de fiction Heathcliff, James Moriarty et le corbeau de Poe. Et la librairie que j'aimais depuis mon enfance n'était pas une librairie ordinaire – elle était rongée par une sorte de malédiction, possédait une collection cachée de livres occultes et une pièce qui avançait et reculait dans le temps.

Et *puis*, comme si ma vie n'était pas déjà assez folle, j'avais en quelque sorte... couché avec Morrie. En fait, il n'était pas vraiment question de sommeil. Il m'avait prise contre l'une des étagères du couloir avec force. Je rougis rien que d'y penser. Depuis, nous le faisions partout où nous le pouvions – dans le débarras, sur son lit parfaitement fait, sur le fauteuil de Heathcliff dans le salon. Mon corps frissonna rien qu'en pensant aux mains de Morrie qui glissaient sur ma peau. Ma vie avait beau être insensée, elle n'avait jamais été aussi parfaite... à l'exception de ce petit problème non résolu qui était que je ne voulais pas être en couple avec un maître du crime, que Heathcliff m'avait embrassée et que Quoth avait déclaré avoir des sentiments pour moi et que je ne savais pas lequel choisir...

Ah oui, et je devenais aveugle. Ça aussi, c'était un problème.

Quoth s'envola pour aller saluer notre cliente pendant que

Morrie se démenait pour redresser l'échelle. Heathcliff s'affala à son bureau et glissa son corps musclé dans son fauteuil, ouvrant un livre devant lui avec un bruit sourd.

Je suppose que je vais aller aider la cliente, alors. Je me retournai pour voir qui venait de franchir la porte.

— Oh, bonjour, Mme Ellis !

Mme Ellis, une vieille dame incroyablement obscène, avait été ma maîtresse d'école. Elle avait encouragé mon amour de la lecture, me donnant toujours des livres qui n'étaient clairement pas de mon âge, mettant généralement en scène des hommes musclés et des femmes en pâmoison, plus ou moins dénudés sur les couvertures. Elle avait pris sa retraite il y a des années et vivait désormais dans un petit appartement situé au-dessus de l'épicerie de l'autre côté de la rue, ce qui lui convenait parfaitement car elle disposait ainsi d'un point d'observation idéal pour écouter les conversations des passants et recueillir tous les potins du village.

— Bonjour, ma petite Mina.

Mme Ellis me serra dans ses bras de façon maternelle. Je sentis son parfum capiteux à la jacinthe et tentai de ne pas avoir un haut-le-cœur. Lorsque je m'écartai, une paire d'yeux gris et perçants croisa mon regard par-dessus l'épaule de Mme Ellis.

Ces yeux appartenaient à une femme à l'air revêche, vêtue d'un tailleur rose fuchsia, avec un sac à main et un chapeau assortis. Elle me regarda de haut en bas à travers une paire de lunettes à monture en corne.

— Ce n'est pas une tenue très appropriée pour une vendeuse, dit-elle en fronçant les sourcils et en balayant mon corps d'un regard critique.

Je lissai le devant du tee-shirt que j'avais sérigraphié la veille. On pouvait y lire :

« J'aime les gros livres et je ne sais pas mentir* », avec le O du mot GROS stratégiquement placé en biais sur ma poitrine. Morrie et Quoth avaient trouvé ça hilarant. Heathcliff ne semblait pas encore l'avoir remarqué.

— Qu'est-ce que vous voulez dire, Mme ? demandai-je, toute solaire et innocente. Je ne fais que déclarer mon amour pour la littérature.

— Cela sous-entend que vous êtes sexuellement excitée par les livres, comme une sorte de *lesbienne* perverse, dit-elle en reniflant avec dédain.

— Oh non, dit Morrie du haut de l'escalier. Je peux vous assurer que c'est une grande adepte du sexe masculin.

Mme Ellis ricana et me serra la main.

— Je savais que tu finirais par séduire l'un de ces beaux garçons, ma chérie. Dis-moi, est-ce qu'il est long et mince là où il faut ?

Mon visage s'enflamma. *J'aimerais bien que le sol m'engloutisse, là tout de suite.*

L'autre cliente devint rouge comme une betterave. Elle aboya en direction des escaliers.

— Jeune homme, vous tenez un langage tout à fait inapproprié devant vos aînées et vous...

Sentant qu'un sermon se préparait et que la colère de Heathcliff grésillait en arrière-plan, je décidai d'intervenir.

— Madame, je suis désolée pour mon ami et mon tee-shirt. Sachez que je serais ravie d'assister et de conseiller deux dames aussi charmantes que vous dans notre librairie.

Mme Ellis ricana. Son amie n'avait pas l'air aussi amusée et se débarrassa d'une peluche invisible sur son épaule.

---

* « I like big books and I cannot lie » référence à la chanson Baby Got Back « I like big butts and I cannot lie »

— Oh, mon Dieu, où sont mes manières ? Mina, voici ma chère amie, Gladys Scarlett.

Mme Ellis rayonna et serra la main de Gladys.

— Nous faisons toutes les deux partie du comité de collecte de fonds de la communauté d'Argleton, dit Mme Ellis avec un sourire rayonnant en serrant la main de Gladys. Ne fais pas attention à ce qu'elle dit. Elle approuve les tenues provocantes et les beaux hommes intellectuels, n'est-ce pas Gladys ? Elle est juste un peu malade aujourd'hui.

— Non, moi je *préside* le comité, la corrigea Gladys Scarlett.

— Oui, bien sûr. Gladys est très impliquée dans la communauté. Elle fait partie de toutes sortes de comités, j'en oublie lesquels.

— Enchantée, Gladys, dis-je en tendant la main et la vieille dame la serra.

Elle avait une poigne ferme.

— Moi c'est Wilhelmina Wilde. J'étais l'une des élèves de Mme Ellis...

— Wilde ? s'exclama Mme Scarlett, son regard s'illuminant. Avez-vous un lien de parenté avec notre Oscar ?

— Hum, je ne pense pas.

Mon rythme cardiaque s'accéléra. Ma mère s'était enfuie de chez elle à l'âge de seize ans pour rejoindre mon père, qui l'avait abandonnée peu de temps après, alors qu'elle était enceinte de moi. Elle ne parlait toujours pas à sa famille, et je n'avais jamais rencontré aucun de ses proches.

— Je ne connais personne de ce nom...

— Non, non, non, *Oscar Wilde*, le grand écrivain et provocateur de l'époque victorienne. Nous avons étudié *Le Portrait de Dorian Gray* au club de lecture le mois dernier, n'est-ce pas, Mabel ?

— Certainement. Même si je dois admettre que ce n'était pas aussi vulgaire que ce à quoi je m'attendais.

— Le livre de ce mois-ci devrait être plus à ton goût, déclara Mme Scarlett. C'est l'un des livres les plus interdits aux États-Unis depuis sa sortie en 1962 en raison de sa vulgarité et de son langage.

— Vous faites toutes les deux partie d'un club de lecture ? demandai-je, intéressée.

— Mais bien sûr ! Je suis surprise que Heathcliff ne t'en ait pas parlé, dit Mme Ellis qui était occupée à parcourir les livres de la bibliothèque, probablement à la recherche d'un de ses livres préférés. Gladys dirige le Club des Livres Interdits d'Argleton depuis quinze ans.

— Le Club des Livres Interdits ? Vous ne lisez que des livres interdits ?

L'idée m'intriguait. Heathcliff me tapa sur le pied pour que je mette fin à la conversation, mais je l'ignorai.

— Oui, c'est moi qui en ai eu l'idée. Nous pensons qu'il est important de veiller à ce que la censure continue d'être remise en question, expliqua Mme Scarlett. Chaque mois, nous choisissons un livre différent qui a été interdit d'une manière ou d'une autre, nous le lisons et nous discutons ensuite de ses mérites et de ses personnages autour d'un thé.

— Tous les mois, nous venons chercher des livres pour nos membres, expliqua Mme Ellis en faisant signe à Heathcliff. M. Heathcliff est si gentil de mettre nos demandes de côté. C'est d'ailleurs pour ça que nous sommes ici, pour nos six exemplaires de « *Des souris et des hommes.* »

— Ne parlez pas de souris ! cria Morrie depuis l'étage.

— Il est un peu sensible en ce moment, chuchotai-je, suffisamment fort pour que Morrie m'entende. Une petite souris est rentrée dans son pantalon et ce n'est plus le même depuis.

— Ce n'était pas une petite souris. Elle était énorme, comme tout ce qui se trouve dans mon pantalon !

— Je comprends pourquoi tu te sens chez toi dans ce magasin, Mabel, souffla Mme Scarlett. Jeune fille, dites-moi que vous avez les six exemplaires. Je ne supporterais pas qu'il y ait un autre problème.

Heathcliff déposa une pile de livres sur le bureau.

— Voilà. Six exemplaires en parfait état. Si vous y trouvez des crottes de souris, vous pourrez les avoir à moitié prix. Bon, est-ce qu'on peut faire avancer les choses ? C'est une librairie, pas un club social...

— De quel autre problème parlez-vous ? demandai-je en poussant Heathcliff d'un coup de coude pour m'occuper de la caisse.

— Nous avions l'habitude de nous réunir dans la salle des fêtes, mais des ouvriers travaillant sur le projet King's Copse ont perdu le contrôle de leur engin de chantier et l'ont fait passer à travers le mur, expliqua Mme Ellis tandis que son regard s'illuminait. Alors évidemment, l'endroit est dans un état lamentable, et les services d'hygiène et de sécurité ne nous autorisent plus à nous y réunir.

— Nous avons demandé à utiliser la salle de l'école le dimanche, mais certains membres du comité de l'église s'y sont opposés, déclara Mme Scarlett. Apparemment, notre club de lecture a une influence néfaste sur la communauté. Personnellement, je pense qu'il s'agit d'une tentative pour m'évincer de mon siège et me remplacer par cette pourriture de Dorothy Ingram.

— Eh bien, c'est *vrai* que nous lisons des livres que l'église considère comme répréhensibles, rétorqua Mme Ellis. Bien que je ne comprenne pas comment on peut s'opposer à Harry Potter. Le jeune Harry ne s'envoie jamais en l'air...

— Oui, et je ne comprends pas comment ils peuvent s'opposer à la littérature tout en soutenant ce projet immobilier hideux, cela me dépasse !

— Ce projet ? demandai-je.

Je n'étais pas au courant des nouvelles d'Argleton lorsque j'étais New York. Je ne savais rien d'un projet de développement.

— Un grand promoteur urbain a acheté l'ancien bois de King's Copse. Ils construisent un énorme lotissement derrière Argleton, dit Mme Ellis en faisant une grimace. Plusieurs maisons ont déjà été construites sur la bande dégagée entre le bois et le village. C'est comme ça que la salle des fêtes a été détruite.

—Je parie qu'ils l'ont fait exprès. C'est une affaire épouvantable, ce projet de construction.

Mme Scarlett fit la moue. Elle se rapprocha et chuchota d'un air conspirateur. Je perçus une légère odeur d'ail dans son haleine.

— Mais nous allons bientôt y mettre un terme.

—Comment ?

Je tentai d'imaginer Mme Scarlett et une horde de vieilles dames redoutables en train de s'enchaîner à des arbres.

— Les promoteurs sont peut-être propriétaires du terrain, mais s'ils veulent y construire quoi que ce soit, ils devront obtenir une autorisation d'urbanisme comme tout le monde, déclara Mme Scarlett en bombant le torse. En tant que présidente du comité d'urbanisme, je n'ai pas l'intention de permettre à leurs monstruosités modernes de souiller notre pittoresque vernaculaire local. Argleton est une destination populaire pour les touristes et les habitants de la région en raison de son charme d'antan, et ce projet la menace. Je suis surprise que vous ne soyez pas plus inquiet à ce sujet, dit-elle en lançant un regard noir à Heathcliff. Ils vont faire fuir vos clients !

— Tant mieux, marmonna Heathcliff. J'espère qu'ils commenceront à construire dès demain.

— Gladys a recueilli une pétition des sympathisants de la

communauté locale pour bloquer les plans jusqu'à ce qu'un projet plus conforme à notre patrimoine soit présenté. Elle est vraiment très intelligente, ajouta Mme Ellis. J'attends avec impatience la réunion de la semaine prochaine au cours de laquelle elle la présentera. Le promoteur en chef, Edward Lachlan, est plutôt séduisant.

— C'est une *crapule*, siffla Mme Scarlett. Si sa femme ne faisait pas partie du club, je le ferais chasser de ce village. Mais cela ne résout pas le problème du lieu de réunion de notre club de lecture. L'un d'entre vous connaît-il des locaux à louer dans le village ? Si nous ne trouvons rien, nous devrons nous réunir chez les Lachlan, ce qui ne me convient pas.

— Pourquoi ne pas vous retrouver ici ? proposai-je.

Heathcliff écrasa mon pied avec sa botte. Je fis semblant de ne pas le remarquer.

— Oh, ce serait merveilleux ! dit Mme Ellis en applaudissant à tout rompre. Comme ce serait approprié d'organiser notre club de lecture dans une vraie librairie !

Mme Scarlett renifla en passant en revue les rangées d'étagères remplies de livres, le fauteuil en cuir déchiré à côté de la fenêtre et le tatou empaillé au centre du présentoir.

— Il fait plutôt sombre ici. Il faut déjà pouvoir lire « *Des Souris et des Hommes* » pour en discuter.

J'étais d'accord. J'avais progressivement ajouté des lampes dans les pièces à l'étage afin d'éclairer les lieux pour que je puisse voir correctement, mais je n'en avais pas encore parlé à Heathcliff.

Au lieu de cela, je dis :

— Combien y a-t-il de membres dans votre club de lecture ? Vous pourriez toutes tenir dans la salle d'Histoire Mondiale.

La Librairie Nevermore était divisée en plusieurs pièces minuscules et couloirs étroits. La salle d'Histoire Mondiale était le plus grand espace du rez-de-chaussée, dominée par la baie vitrée qui faisait partie d'une tourelle pentagonale située à l'angle ouest du bâtiment. Les fenêtres allant du sol au plafond et le papier peint jaune pastel conféraient à la pièce un caractère joyeux.

— C'est très joli et lumineux à l'intérieur.

— Voyons voir, dit Mme Scarlett en commençant à compter sur ses doigts. Il y a nous deux, et Sylvia Blume — c'est la médium locale, une dame un peu idiote, mais qui apporte toujours une sélection de thés délicieux. Mme Lachlan, bien sûr, l'épouse du promoteur détesté. Ils vivent dans la grande maison sur la colline et se font passer pour des nantis alors qu'ils ne sont que des pouilleux de l'East End. Il y a aussi la jeune Ginny Button et ma chère amie Brenda Winstone, la cousine de Mabel, n'est-ce pas ?

— Oui, tout à fait. Une femme charmante, bien qu'elle ait épousé cet homme, Harold. Je suis heureuse qu'il ne fasse pas partie de notre club, dit Mme Ellis en fronçant les sourcils. Nous serions ravis d'accueillir le Club des Livres Interdits dans votre librairie, et j'espère que vous et le beau monsieur Heathcliff vous joindrez à nous.

— Hors de question, grogna Heathcliff en cognant une pile de livres poussiéreux sur le comptoir.

— J'en serais très heureuse, dis-je avec un grand sourire.

— Oh, comme c'est merveilleux ! s'exclama Mme Ellis en tapant dans ses mains. Nous demandons toujours à Greta, à la boulangerie, de préparer des pâtisseries pour nos réunions. Elle fait les meilleurs beignets à la crème qui existent. Gladys et moi en prenons un tous les matins après notre promenade, n'est-ce pas ? Nous y passerons après avoir payé nos livres et nous nous assurerons qu'elle en ait prévus assez pour tout le monde.

— Il faudra lire le livre avant mercredi - iiiiii ! cria soudain Mme Scarlett en se serrant la poitrine.

Son visage se gonfla et ses joues déjà rouges s'assombrirent.

— Une souris !

Je me retournai, juste à temps pour voir une traînée blanche parcourir le sol et disparaître derrière le bureau de Heathcliff. Il se leva d'un bond en jurant. Quoth descendit du lustre et plongea à la poursuite du rongeur. La souris disparut entre les piles de livres, mais Quoth était trop gros pour se glisser dans l'espace et il ne put s'arrêter à temps. Il s'écrasa contre l'étagère et dégringola sur le sol dans un tourbillon de plumes.

— Quoth !

Je le ramassai et le pris dans mes bras, tâtant son corps à la recherche d'os cassés.

Il cligna des yeux, lissant ses plumes tandis que je lui caressais le sommet de la tête.

Je l'ai fait exprès hein. Sa voix retentit dans mon crâne. Je tentais encore de m'habituer aux interventions télépathiques occasionnelles de Quoth lorsqu'il était sous sa forme de corbeau.

Je lui souris.

— Bon, tout va bien, tu n'as rien de cassé.

— Au secours ! Gladys ! s'écria Mme Ellis.

Je me retournai. Mme Scarlett s'était mise à genoux, une main agrippée au bord du bureau de Heathcliff, l'autre serrant son ventre. Elle appuya sa tête sur son épaule et inspira profondément, soufflant son haleine d'ail.

— Ça va, dit-elle. Donnez-moi juste un instant.

— Gladys ne va pas très bien, dit Mme Ellis en frottant l'épaule de son amie. Les médecins pensent que c'est son cœur. Elle a des vertiges et...

— Faites place, le docteur arrive, dit Morrie en descendant les escaliers et en claquant des doigts.

Il s'agenouilla à côté de la vieille dame, la regarda dans les yeux, renifla son haleine d'ail, lui pinça le lobe de l'oreille et lui tapota les joues.

— Je vais bien, pas besoin d'en faire toute une histoire, dit Mme Scarlett, saisissant l'épaule de Morrie en se relevant. J'ai juste eu une petite frayeur.

— Cette foutue souris, jura Morrie. Vous l'avez vue, n'est-ce pas ? Ce n'était pas vraiment une souris mais plutôt un *chien* féroce ...

— Oui, bon, dit Mme Scarlett en se tamponnant les joues avec son mouchoir. Je crois que nous allons y aller maintenant. Soyez gentils et assurez-vous de vous occuper de cette souris avant notre réunion.

— Tu as entendu ? grogna Heathcliff en direction de Quoth, qui s'était perché sur le haut de la caisse.

— Croac !

2

— Tu rentres encore tard ce soir, se plaignit ma mère alors que je franchissais le pas de la porte et jetais mon sac sur le canapé.

— Désolée. La veuve de M. Dennison est venue nous apporter un énorme carton de livres sur les chemins de fer et Heathcliff voulait qu'ils soient mis en rayon le plus vite possible.

Nous avions également bu une bouteille de vin et Morrie et moi avions partagé une séance de roulage de pelles assez intense, mais je préférai ne pas le mentionner.

— Tu savais que les livres sur les chemins de fer finançaient en grande partie les librairies d'occasion ? Que Ishtar bénisse ces passionnés...

— Je n'aime pas que tu te promènes dans le quartier la nuit, répondit-elle.

Ma mère vivait toujours dans le même HLM où j'avais grandi, tout au bout de la cité. Nos voisins de palier étaient membres d'un gang et une maison au bout de la rue avait explosé l'an dernier lorsqu'une préparation de métamphétamine avait mal tourné. C'était ce genre de quartier. Mais comme notre voiture ne fonctionnait qu'un mardi sur deux, j'avais toujours tout fait à pied et elle ne m'avait jamais fait de remarque à ce sujet.

— Je n'étais pas seule, dis-je en me dirigeant vers le frigo pour en sortir un bloc de fromage. Quoth m'a raccompagnée.

— L'un de tes nouveaux amis ? dit ma mère avant de se précipiter vers la porte pour scruter l'obscurité. Je ne le vois pas. Est-ce qu'il est à nouveau parti sans même prendre la peine d'entrer ?

Il s'est envolé.

— Oui, désolée, Maman. Il est très timide. Tu veux un croque-monsieur ?

Elle me suivit dans la cuisine.

— Je n'aime pas ça, Mina. Tu passes tout ton temps libre avec ces hommes et je ne les ai jamais rencontrés.

— Tu connais Heathcliff Earnshaw.

— Oui et ça m'inquiète. Tu sais comment sont ces gens-là. C'est un...

— Maman, ça ne veut rien dire « *ces gens-là* » et je n'ai pas envie de parler de ça maintenant.

Mon couteau survola le fromage lorsque j'aperçus une pile de cartons suspects placés contre la télévision.

— C'est quoi ces cartons ? demandai-je.

— Oh ! s'exclama ma mère avant de s'approcher d'un pas sautillant et de soulever les rabats pour brandir un tout petit livre. Justement, j'attendais de t'en parler. C'est mon nouveau business.

— Et les plateformes vibrantes ?

Ma mère était convaincue qu'elle était destinée à devenir millionnaire et que pour que son rêve devienne réalité, elle devait vendre des produits inutiles à des gens naïfs. Au fil des ans, elle avait essayé tous les stratagèmes possibles pour rapidement devenir riche et sa dernière tentative avait été des plateformes vibrantes sur lesquelles on pouvait réaliser des séances de sport.

— Elles étaient trop *lourdes*. Et je ne pouvais pas rivaliser avec les jeunes commerciaux en pleine forme. Mais avec ceux-là, je crois que j'ai enfin trouvé ma voie. Même toi tu dois reconnaître que cette fois-ci j'ai vraiment mis le doigt sur quelque chose de spécial.

Elle jeta l'un des petits livres sur la table. Je le pris et restai bouche bée devant le titre.

Le langage des chats – Un dictionnaire du chat à l'homme.

J'ouvris le livre. C'était effectivement un dictionnaire. Seulement, il traduisait le langage des chats en anglais. Apparemment « miaou-miaou » voulait dire : « j'ai faim » et miaouuuurrrr : « nourris-moi immédiatement, sinon je te griffe le visage ».

J'étouffai un rire.

— Maman, c'est... euh...

— Je sais, c'est du génie ! Tout le monde veut comprendre son animal de compagnie et avec toutes ces vidéos de chats sur Internet, je peux essayer de faire du *marketing via les moteurs de recherche*. De plus, le spécialiste du comportement animalier qui a écrit ce dictionnaire n'a aucune idée de la façon de gérer une entreprise prospère, c'est donc une véritable aubaine. Je ne suis pas obligée d'acheter un certain nombre de livres. Je loue les droits sur le fichier du dictionnaire, je demande à l'imprimeur local de faire les copies, et je garde *tous les* bénéfices.

Elle vida un carton entier sur la table. Je grimaçai lorsque des centaines de livres en tombèrent – pas seulement des dictionnaires pour chats, mais aussi pour chiens, hamsters, souris et poissons rouges. *Des poissons rouges ? Quels bruits font les poissons rouges ?*

— Je me suis dit que tu pourrais installer un présentoir sur le comptoir de la Librairie Nevermore, et peut-être les proposer à tous ceux qui achètent des livres sur les animaux.

— Maman, c'est *non*.

— Mais tu travailles dans une librairie Mina, c'est parfait.

— Je ne les apporterai pas à Heathcliff. Personne ne les achètera.

— J'en ai pour les chiens, les gerbilles et les souris aussi...

— J'ai dit non. On peut laisser tomber ? dis-je en glissant deux tranches de pain dans le four et en allumant le grill. J'ai beaucoup de lecture pour ce soir. J'organise une réunion du club de lecture à la librairie et il faut que je termine le livre qu'ils étudient. Si tu as besoin de moi, je serai dans ma chambre.

Ma mère fronça les sourcils, feuilletant le dictionnaire des chats. Je savais que je n'avais pas fini d'en entendre parler.

JE PARVINS à me doucher et à me glisser dans mon lit sans en reparler avec ma mère. Techniquement, notre appartement ne possédait qu'une chambre mais nous avions obstrué les fenêtres de la minuscule véranda du salon et ajouté une armoire sur pied bon marché que ma mère avait trouvée sur le bord de la route. La pièce était à peine assez grande pour mon lit et mes vêtements, mais j'avais réussi à couvrir toutes les surfaces libres de posters de groupes de musique, de tickets et de photos Polaroid d'Ashley et moi, deux adolescentes rebelles, faisant la moue et des gestes grossiers devant l'appareil photo. Maman n'avait touché à rien depuis mon départ pour New York. Mais maintenant que j'observais les murs, une drôle de sensation me nouait le ventre. J'avais l'impression de ne plus connaître cette personne. C'était une autre Mina, d'un autre monde.

J'enfonçai mes écouteurs dans mes oreilles, lançai une playlist de Nick Cave et de The Sisters of Mercy et ouvrit le livre « *Des Souris et des Hommes* ». Des insectes se heurtaient aux fenêtres, attirés par l'ampoule trop lumineuse suspendue au-dessus du lit. Une fois à mi-chemin du premier chapitre, je perdis toute notion du monde extérieur. Les mots et la musique m'emportèrent et j'oubliai que j'étais Mina Wilde, une créatrice de mode ratée et libraire bientôt aveugle, dormant dans son ancienne chambre d'enfant dans cet appartement miteux dans lequel elle s'était jurée de ne jamais revenir. Au lieu de ça, j'étais dans les champs de coton du sud de l'Amérique avec les travailleurs migrants George et Lennie qui trimaient et rêvaient d'un avenir où ils posséderaient leur propre lopin de terre. Un rêve si lointain et impossible qu'il s'accrochait à eux comme un linceul.

Je savais ce que c'était.

Ce qui me frappa dans ce livre, ce fut la façon dont la solitude façonnait de nombreuses interactions entre les personnages. L'amitié de George et Lennie était née de la solitude. Candy avait perdu son chien. Chacun avait des aspirations qui l'éloignaient de véritables interactions humaines. Même la ville voisine de l'histoire s'appelait Soledad qui, d'après une rapide recherche sur Google, signifiait « solitude » en espagnol.

Toute cette solitude me fit penser à moi et aux autres. J'avais porté ce poids avec moi toute ma vie. Je pensais avoir trouvé une véritable amie en Ashley, mais la ville de New York, sa propre cupidité et un coup de couteau dans le cœur y avaient mis fin. Comme moi, Heathcliff, Morrie et Quoth éprouvaient chacun leur propre solitude. Heathcliff portait la sienne comme un badge d'honneur, Morrie l'enfouissait profondément et la recouvrait de plaisanteries arrogantes et de jeux de pouvoir, et Quoth... Quoth se servait lui aussi de la sienne comme d'un linceul.

La solitude... et l'impuissance. Tous les personnages de « *Des Souris et des Hommes* » souffraient d'un manque de pouvoir, et chacun d'entre eux avait un plan pour obtenir plus de pouvoir et améliorer son statut social. À la fin du livre, chacun de ces plans était démoli et réduit en miettes. Même Lennie, le personnage physique le plus fort du livre, voyait son pouvoir inhérent réduit à néant à cause de sa déficience intellectuelle. Il n'y avait aucun moyen d'arrêter la marche, le temps ou l'inévitabilité de l'ordre naturel.

Je terminai *Des Souris et des Hommes* vers minuit, des larmes coulant sur mes joues au moment où (spoiler alert) George cède à la futilité de son impuissance et tue Lennie. La télévision était toujours allumée dans le salon. J'avais désespérément envie de faire pipi, mais je n'avais pas envie d'une autre confrontation, alors j'éteignis la lumière, je m'allongeai sur l'oreiller et regardai le plafond.

Je dus m'endormir, car l'instant d'après, une lumière grise s'infiltra par les interstices de mes rideaux moisis. La pluie tapait contre la vitre et un froid glacial saisit ma peau nue. Je m'extirpai du lit, marchai sur la pointe des pieds jusqu'à la salle de bains pour soulager ma vessie pleine, enfilai quelques vêtements et me glissai hors de la maison avant que ma mère ne puisse à nouveau m'embêter avec ses dictionnaires de langage des chats. J'ouvris mon sac pour y mettre mon téléphone et je découvris qu'elle en avait mis trois à l'intérieur. Je les jetai sur le canapé, là où j'étais certaine qu'elle les verrait et je m'en allai.

Je me précipitai dans les rues vides. Les premières heures de la matinée étaient parmi les plus agréables du quartier. Si je plissais suffisamment les yeux, je pouvais faire semblant de ne pas voir les voitures évidées sur la pelouse du voisin ou les fenêtres cachées par des draps chez le dealer, et me persuader que je vivais dans une petite banlieue américaine pittoresque toute mignonne.

Même si bientôt je n'aurais plus vraiment besoin de plisser les yeux.

Et tout à coup, le chagrin et la panique me frappèrent de plein fouet. Combien de temps encore serais-je capable de voir le monde qui m'entoure ? Combien de jours encore serai-je capable d'enfiler une tenue d'enfer comme ce pantalon écossais rouge à revers, cette chemise blanche sans manches et les bretelles en cuir que je portais actuellement ? Combien de nuits encore pourrais-je veiller tard pour lire dans mon lit ? Combien de fois encore pourrais-je fixer la profondeur glacée des yeux de Morrie, et le voir me regarder en retour ?

J'ouvris les yeux aussi grand que possible et pris connaissance des appartements qui défilaient avec détail. Est-ce que la peinture terne et écaillée et les rangées de poubelles qui débordaient sur le trottoir me manqueraient ? Je n'avais pas envie de le savoir.

Mais tôt ou tard, cela arriverait et... je n'étais pas prête. J'avais l'impression de m'être créé un petit monde dans cette librairie, le genre de famille que je n'avais jamais eue quand il n'y avait que ma mère et moi, les amis que j'avais désespérément voulu avoir au lycée. Mais je me souvins alors pourquoi j'étais revenue à Argleton au départ et l'effroi m'envahit, repoussant tout le bonheur que j'avais réussi à rassembler.

Et si l'on ajoutait à cela tous les sentiments complexes que j'éprouvais pour les garçons... Pour Morrie, dont le contact faisait vibrer mon corps mais dont les agissements criminels me terrifiaient. Pour Heathcliff, et son cœur sombre qui me suppliait de le sauver, même si je savais que son histoire incluait une autre femme qu'il aimerait toujours. Pour Quoth, dont le cœur tendre faisait fondre le mien, mais qui ne pourrait jamais mener une vie normale.

Ils étaient tous parfaits, et pourtant, chaque relation que j'avais avec eux était vouée à l'échec. Et l'inévitabilité de cet échec planait dans l'air entre nous, sans qu'on en parle, comme les personnages de « *Des Souris et des Hommes* ». Il ne restait donc plus que ma relation avec Morrie – celle de *sex friends*, des amis avec des avantages. C'était fun... je ne m'étais jamais autant amusée de toute ma *vie*. Mais combien de temps cela allait-il durer avant que cela ne détruise toutes nos amitiés ?

Mais qu'est-ce que je fous ?

Tu pourrais tout simplement ne coucher avec aucun d'entre eux, me rappela une voix dans ma tête.

Je faillis éclater de rire. Oui, comme si c'était une option. Manifestement, ma conscience avait les yeux fermés dès que j'entrais dans la librairie, parce que, bon sang, je ne dirais jamais non à aucun d'entre eux.

Ou alors tu pourrais être avec chacun d'entre eux, proposa la voix. *Quoth a dit...*

Ce n'était pas non plus une option. Ça ne marcherait jamais.

Ah bon ? Pourquoi ?

J'atteignis le village et traversai la place en direction des commerces. Ce que Quoth, m'avait dit il y a un mois résonnait encore dans ma tête. Après nous avoir vus, Morrie et moi ensemble, il m'avait suivie et m'avait dit qu'ils voulaient tous que je sois heureuse et en sécurité, et qu'aucun d'entre eux ne voulait se battre pour moi. Comme s'ils en avaient discuté, comme s'ils étaient d'accord avec ça.

De toute évidence, Quoth savait pour Morrie et moi, et je ne pouvais que supposer qu'Heathcliff le savait aussi. Nous n'avions pas vraiment été discrets ce dernier mois. Mais aucun d'eux n'avait dit quoi que ce soit à ce sujet. En fait, Quoth avait même flirté avec moi l'autre jour. Heathcliff était un grand grincheux, mais ce n'était pas différent de d'habitude. D'ailleurs, il était même sorti – de son plein gré – et m'avait ramené à déjeuner la semaine dernière. Alors peut-être qu'ils voulaient vraiment me partager. Peut-être que ça *pourrait* vraiment marcher.

C'est complètement fou. Il faut que j'arrête de penser à ça comme si c'était réellement une option.

La boulangerie située en face du magasin n'était pas encore ouverte. J'aperçus Greta – la fille allemande qui possédait la pâtisserie – à travers la vitrine, glisser des plateaux de tartes dans les fours et saupoudrer ses beignets à la crème de sucre. Je la saluai et elle fit de même. Je ne pus m'empêcher de sourire. À New York, on ne saluait jamais les commerçants ou les boulangers, car tout le monde était un inconnu.

Je glissai ma clé dans la serrure de la porte d'entrée et l'ouvris. Le plancher craqua sous mes pas alors que j'entrais dans la librairie sombre. Je tâtonnai le long de l'étagère et allumai la petite lampe que j'avais installée l'autre jour près de la porte d'entrée. Elle avait la forme d'un vieux tuyau tordu avec une drôle d'ampoule Edison qui ne diffusait qu'un petit faisceau de lumière autour de mes pieds. Heathcliff ne l'avait pas remarquée.

— Miaou ?

— Salut, Grimalkin.

Je me penchai en avant et caressai sa fourrure douce. Elle sauta dans mes bras, appuyant sa tête contre mon menton.

— Très bien, dis-je en riant, la caressant sous le menton jusqu'à ce que son corps se mette à vibrer à cause des ronronnements. Je vois que personne n'est encore debout. Je vais te chercher quelque chose à manger.

J'entrai dans la pièce principale, allumant les lumières au passage. Derrière le bureau de Heathcliff se trouvait un bol pour Grimalkin et un pour Quoth qui aimait manger des baies la journée lorsqu'il était un corbeau. Je remplis le bol de Grimalkin avec de la pâtée et elle l'avala goulûment.

— Est-ce que tu as enfin attrapé cette souris, ma belle ? lui demandai-je en empilant les documents sur le bureau de Heathcliff et en traçant une nouvelle ligne dans le grand livre de comptes pour les ventes de la journée.

Grimalkin leva les yeux de son bol et me lança un regard affligé. *Ne me parle pas de cette fichue souris*, semblait-elle vouloir dire.

— Oh, tu sais, je n'ai pas pu l'attraper non plus. On aura plus de chance la prochaine fois, dis-je en lui frottant la tête alors qu'elle ronronnait contre ma main. Tu vois ? Je n'ai pas besoin d'un dictionnaire de chats. Nous nous comprenons parfaitement.

La salle d'Histoire Mondiale se trouvait derrière la salle principale. Elle avait probablement servi de salle de bal durant la période victorienne de la maison, à en juger par le papier peint floqué coûteux, le tout petit piano recouvert de livres à côté de l'imposante cheminée, les lustres jumeaux suspendus au haut plafond, l'étroite porte menant à ce qui avait été la cuisine, ainsi que la chaise longue et la table à thé chinoise d'origine dans l'alcôve pentagonale. Deux rangées d'étagères au centre de la pièce contenaient des ouvrages sur l'archéologie, l'histoire militaire et l'histoire britannique, écossaise et galloise. Un petit présentoir dans un coin contenait des livres populaires sur la théorie du complot – une blague qui faisait beaucoup rire Heathcliff. Des chaises isolées et des piles de livres désordonnées s'alignaient sur les murs.

Si l'on réorganise les étagères dans le sens inverse, on aura plus de place dans le pentagone pour installer des chaises et une table supplémentaires pour le Club des Livres Interdits. Je réfléchis à toutes les possibilités qui s'offraient à moi. À vrai dire, les dimensions de la pièce étaient beaucoup plus généreuses que dans mes souvenirs. *Si on repousse les étagères contre les murs, on pourrait même y organiser d'autres événements... des lectures de livres, des expositions, voire l'ouverture d'une galerie pour Quoth...*

— Tu sais, pour avoir couché avec le plus grand esprit criminel au monde, il faut que tu améliores tes compétences en matière d'effraction.

Je pivotai. Quoth était perché sur le bord de la chaise longue, serrant ses pieds contre sa poitrine. Quelques plumes noires étaient accrochées à ses cheveux, captant la lumière qui pénétrait par les fenêtres et projetant des jets de couleur à travers les mèches d'obsidienne.

— Techniquement, je ne fais qu'*entrer*, dis-je en brandissant ma clé. Je ne t'ai même pas entendu descendre.

— Tu devais être perdue dans tes pensées, parce que ça fait un moment que je frappe à la porte de la chambre*.

Il frappa ses articulations contre le chambranle de la porte.

— Tu es si drôle. Eh, t'es pas censé te faire dessus pour avoir cité ce poème ?

— Non.

Quoth entra dans la pièce et s'approcha de moi. Aujourd'hui, il portait un maillot de corps tacheté de peinture et un pantalon cargo noirs, lui aussi éclaboussé de peinture. Sur n'importe quel autre homme, cela lui aurait donné un air débraillé, mais sur Quoth cette tenue faisait paraître sombre et mystérieux.

— Alors, qu'est-ce que tu fais ?

— Je voulais préparer la salle pour le Club des Livres Interdits qui vient demain. Je sais que Heathcliff ne veut pas que ça marche, mais je pense qu'on devrait tenter le coup. Cette librairie pourrait être un espace communautaire extraordinaire. Elle est déjà plus lumineuse avec tes œuvres d'art sur les murs. Imagine si on accueillait des clubs de lecture, des lectures d'auteurs et des expositions d'art ?

Quoth me fit un sourire triste qui me brisa le cœur.

------

* Référence au poème « Le Corbeau » d'Edgar Allan Poe

— Je suis sûre que Heathcliff *adorerait* tout ça.

— J'espère le convaincre, dis-je avant d'attraper le bout d'une des étagères. La première étape consiste à faire en sorte que ce club de lecture se déroule sans accroc. Tu comprends quel serait le revers de la médaille ?

— Seulement si tu me dis pourquoi tu es *vraiment* ici.

— Je te l'ai dit. Je veux que la réunion...

— *Mina.*

Je gémis.

— OK. Je voulais échapper à ma mère.

Quoth pencha la tête sur le côté. Il ne me demanda pas de développer, mais comme son silence prenait toute la place entre nous, j'eus envie de le combler.

— Ma mère est...

Je tentai de trouver les mots.

— Il faudrait que tu la rencontres pour comprendre, ajoutai-je.

— J'aimerais bien.

Je secouai la tête.

— Hors de question. J'ai besoin que ma vie à la maison et ma vie à la librairie restent séparées. Ma mère est... elle est incroyable et tellement altruiste. Elle a tout fait pour que j'aie une meilleure vie et des opportunités qu'elle n'a jamais eues. Mais je pense qu'au fond, elle croit qu'elle a échoué. Je pense qu'elle se sent responsable de mes problèmes de vue. C'est difficile parce que je voudrais la rassurer, puisque ce n'est pas de sa faute, mais en même temps... parfois, j'ai l'impression que tout tourne autour d'elle. Je ne peux pas m'énerver contre elle parce que ça lui fait de la peine, et en ce moment, je suis tellement en colère que j'ai envie de crier tout le temps.

Quoth ne dit rien. Nous poussâmes la bibliothèque contre le mur et nous attaquâmes à l'autre. Le silence s'installa entre nous et d'autres mots franchirent mes lèvres avant même que je ne puisse les arrêter.

— Ma mère a grandi à Liverpool, dans la pire maison du quartier le plus pauvre. Son père faisait des allers-retours en prison pour coups et blessures et trafic de drogue. Sa mère était une droguée. Elle a arrêté d'aller à l'école à quinze ans et est tombée enceinte un an plus tard. Elle a réalisé qu'elle ne voulait pas la même vie que ses parents, alors elle s'est enfuie, a suivi mon père à Argleton et a complètement coupé les ponts avec eux. Mon père l'a abandonnée peu de temps après, mais elle n'est jamais retournée les voir. Elle dit que ma grand-mère était venue nous chercher une fois, mais qu'elle lui avait dit d'aller se faire voir.

—Je suis désolé, dit Quoth.

— Ne le sois pas. Au moins, j'avais une famille. J'avais ma mère, et elle a toujours été là pour moi et a toujours fait de son mieux pour moi, mais... elle n'a pas été capable de se défaire de son passé. Elle n'a pas fait d'études. Elle n'arrive pas à garder un vrai travail – à la place, elle lit les cartes de tarot pour les dames riches de la colline, celles qui ont plus d'argent que de bon sens. Elle est obsédée par l'idée d'être riche, mais elle pense qu'elle a droit aux avantages d'un PDG sans travailler. Elle m'a encouragée à faire une école de mode parce qu'elle pense que je ferai de nous des millionnaires, ce qui est tout le contraire de ce que la plupart des parents auraient fait, d'autant plus que j'avais aussi des offres de bourses d'Oxford et de Cambridge pour des études de lettres.

— Ta mère a l'air fascinante, dit Quoth en riant.

— Elle a trouvé un nouveau moyen de s'enrichir rapidement en vendant des dictionnaires pour chats et chiens. C'est complètement ridicule. Le plus bête, c'est que je pense qu'elle a choisi ce business parce que je travaille à la librairie. Elle pense que les livres stupides qu'elle fait faire par l'imprimeur du coin valent la même chose que ça, dis-je en brandissant « *Des Souris et des Hommes* ».

Quoth ne dit rien.

— C'est probablement parce que je suis trop vieille pour vivre encore avec elle, mais elle m'énerve ces derniers temps. Elle s'en prend à mon travail et à vous. Elle n'arrête pas d'essayer de te voir quand tu me déposes et de me poser des centaines de questions. Je parie qu'elle va commencer à passer à la librairie juste parce qu'elle est « dans le coin », dis-je en mimant des guillemets. Pourquoi est-ce qu'elle ne peut pas me laisser tranquille ?

— Tu veux que la prochaine fois j'entre pour la rencontrer ?

— Non, dis-je d'un ton plus sec que nécessaire.

J'imaginai mes trois garçons intelligents rencontrant ma mère écervelée et obsédée par la richesse, et une vieille et profonde honte me fit rougir.

— Je veux dire, merci pour la proposition, mais ce n'est pas la peine.

— Nous *pourrions* la rencontrer, tu sais. Si ça peut aider.

Je ricanai.

— Ouais, c'est ça. Hé, maman, voici mes amis, l'anti-héros grincheux, le super-vilain et l'oiseau.

Quoth détourna le regard. Le regret me noua la poitrine.

— Quoth, je suis désolée. Je ne voulais pas dire ça.

— Si, dit-il d'une voix faible.

Je soupirai.

— Écoute, ce n'est pas que...

— Allez, nettoyons cette pièce, dit Quoth en évitant mon regard et en s'approchant des étagères.

Alors qu'il posait sa main sur le dessus, un éclair blanc descendit le long de son bras, s'élança dans les airs, exécuta une série parfaite de sauts périlleux avant d'atterrir à quatre pattes et de disparaître dans les piles.

— Bon sang ! s'exclama Quoth en reculant d'un bond, des plumes explosant sur ses joues.

— Vous ne vous êtes pas encore occupés de cette souris ! hurlai-je.

— Morrie a posé des pièges, marmonna-t-il en essayant de retenir son bec en formation. Mais visiblement, notre amie la souris n'a pas le palais nécessaire pour apprécier un bon *bleu d'Auvergne.*

Je gémis. Évidemment, Morrie avait choisi un fromage coûteux pour une foutue souricière. Je m'étonnai qu'il n'ait pas non plus prévu de petits verres de vin et des biscuits pour la souris.

— Détends-toi, dit Quoth en remettant sa mâchoire en place et en me faisant un faible sourire. Grimalkin et moi veille-rons à ce qu'elle ne s'approche pas de cette pièce. Maintenant, tu veux bien me donner un coup de main avec cette bibliothèque ?

3

— Salut, petite marmotte, dis-je en me glissant sur le lit de Morrie avant de placer une tasse de café fumante sur sa table de nuit.

Un pli d'oreiller marquait la pommette de Morrie, accentuant ses traits aquilins. Il ouvrit un œil et un globe bleu glacé pivota vers moi avec une avidité qui n'avait rien à voir avec l'anticipation de la caféine.

— Mmmm, c'est maintenant.

Morrie entoura son bras autour de moi et m'attira contre lui, jetant la couette sur nous et m'enveloppant de sa chaleur. Son torse nu était plaqué contre moi et son érection se pressait contre ma cuisse.

— Il faut que je mette à travailler dans un quart d'heure, lui dis-je en me laissant fondre contre lui.

— Je connais le patron, murmura Morrie, en déposant des baisers brûlants le long de mon cou. Je parie qu'il comprendra.

— Je connais aussi le patron, et je te parie qu'il ne comprendra pas.

— Alors on ferait mieux de faire vite.

Morrie me fit rouler sous lui et prit un préservatif sur sa

table de nuit. Il saisit mon visage dans son autre main traçant le contour de ma mâchoire tandis que ses lèvres dévoraient les miennes.

Les baisers de Morrie me transportaient toujours – toutes les pensées, les inquiétudes ou les peurs que j'avais disparaissaient au moment où ses lèvres pleines rencontraient les miennes. C'est pourquoi je n'avais pas réussi à lui poser des questions sur ses activités criminelles pour apaiser mon sens de la morale.

Et ce n'était pas près d'arriver ce matin non plus. Pas avec ses doigts qui dansaient sur mon ventre, descendant de plus en plus bas ... j'écartai les jambes, Morrie enfila le préservatif et se glissa en moi.

Je tressaillis lorsqu'il fut entièrement en moi, chaque centimètre de lui caressant des parties de moi endormies depuis longtemps, réveillant mon corps tout entier et me ramenant à la vie. Je m'accrochai à son corps musclé, me déplaçant avec lui, m'adaptant à son rythme, essayant de ne pas me précipiter, de ne pas lui montrer à quel point je voulais qu'il perde le contrôle, parce que cela le poussait à se raidir et à garder encore plus son sang-froid.

Même si nous étions pressés, Morrie gardait un rythme langoureux et régulier. Il luttait contre ses deux natures – le mathématicien froid et calculateur qui désirait tout contrôler, et le criminel qui embrassait le chaos à chaque instant.

Mon corps me trahit, se tordant sous lui, se pressant contre lui, le suppliant d'aller plus vite, plus fort. Morrie gardait le même rythme détendu, comme s'il n'était pas du tout pressé, comme s'il était exactement là où il voulait être. Je poussai mes hanches contre lui, l'enfonçant plus profondément.

— Doucement, doucement, ma belle, il n'y a pas le feu.

Si, il y avait du feu – dans mes veines, dans mon cœur, dans toutes ces parties cachées de moi qu'il avait ravivées.

Morrie noua ses doigts avec les miens, pressant ma main dans l'oreiller au-dessus de ma tête. Ce geste était à la fois intime et contrôlant. Je levai alors les yeux sur le crochet accroché au plafond de Morrie, et j'imaginai son sourire malicieux s'il m'y attachait, et ce qu'il pourrait me faire si j'osais renoncer à tout contrôle...

Un orgasme me frappa, me surprenant par sa soudaineté. Je m'appuyai contre les oreillers en me serrant contre Morrie, laissant les vagues de plaisir m'envahir. Son corps se raidit et, dans un dernier frisson, il jouit à son tour, se resserrant autour de moi, sa mâchoire se crispant et se tordant.

J'aimais cette torsion de sa mâchoire – la moindre imperfection laissant entrevoir une perte de contrôle, seulement pour une fraction de seconde. Puis mon Morrie fut de retour, me souriant d'un air malicieux comme un chat qui avait pu manger de la crème.

Morrie roula sur le côté, traînant ses doigts sur ma peau. Il se pencha par-dessus moi et tourna l'écran de son téléphone vers lui.

— Regarde l'heure qu'il est, tu as encore trois minutes.

— Il y a un crochet à ton plafond, murmurai-je.

— Je ne sais pas ce que t'a raconté ton docteur, mais tes yeux fonctionnent très bien.

— *Pourquoi* tu as un crochet au plafond ?

Morrie planta ses yeux dans les miens et un sourire exaspérant lui étira les lèvres.

— Tu as envie de le savoir ?

J'eus la sensation que mon estomac chutait vers mes pieds. Mes yeux se dirigèrent vers les accessoires de cuir et d'acier suspendus à côté de son lit. Je ne vivais pas dans une grotte. Ashley et moi avions gloussé en regardant le film *50 nuances de Grey*. Je savais que Morrie était pansexuel et qu'il avait des fantasmes coquins. Est-ce que je voulais en faire partie ? Étais-je ce genre de fille ? Et surtout, est-ce que je faisais assez confiance à *James Moriarty* pour m'attacher à son plafond ?

Ses doigts effleurèrent mon clitoris et mon corps répondit à ma place. *Oui, oui, oui.*

— Oui, murmurai-je.

— Je ne t'ai pas entendue, chérie, dit Morrie en faisant glisser ses dents sur le lobe de mon oreille.

Putain, il faut que...

Il devait d'abord se passer quelque chose avant. Je devais reprendre le contrôle de mon corps. Mon cerveau avait des questions auxquelles il fallait d'abord répondre.

Je me forçai à m'éloigner de son contact, en me retournant pour lui faire face.

— Qu'est-ce qu'on est toi et moi ?

— Des homo sapiens, répondit-il sans attendre, ses mains parcourant ma chemise.

Par Astarte. Sois forte, Mina.

— Non, dis-je en repoussant sa main. Je veux dire, toi et moi... qu'est-ce qu'on fait ?

— Là, actuellement j'essaie de te faire jouir en une minute et demie.

Morrie glissa à nouveau sans main entre mes jambes.

— Morrie, l'avertis-je.

Il ne cessa pas de me caresser.

— Mina, je ne serai pas ton petit ami.

— Oh.

La déception m'envahit. *Pourquoi ? Pourquoi ne veux-tu pas de moi ? Je pensais qu'il y avait plus que du sexe entre nous, mais peut-être que j'ai mal interprété les choses ? Par Aphrodite, je suis si idiote.*

Morrie s'esclaffa

— Si tu voyais ta tête, on dirait que je viens de te dire que les Sex Pistols se sont séparés.

— Ils se sont *séparés*, dis-je en repoussant sa main, mais il n'en démordait pas et son doigt...*Oh, oh...*

— Je veux dire que je ne serai pas ton petit ami parce que ce n'est pas ce que tu veux.

— Tu ne sais pas ce que je veux.

— Je sais que tu flirtes avec Quoth. Je sais que tu regardes Heathcliff avec de grands yeux de biche dès qu'il a le dos tourné. Je peux lire en toi comme dans un livre ouvert, dit Morrie en déposant des baisers dans mon cou. Un bon livre avec plein de passages coquins.

— Je ne couche avec aucun d'entre eux.

— Pourquoi ?

Il enfonça son doigt en moi. Je gémis en serrant les dents. *Concentre-toi.*

— Parce que je ne suis pas une traînée.

— Une traînée, c'est un peu exagéré Mina. Toutes ces chansons de punk rock que tu écoutes ne parlent-elles pas de sexe et de rébellion ?

— Si, mais...

Le doigt de Morrie tapota mon clitoris. Mon corps explosa avec un deuxième orgasme. Je me cambrai contre l'oreiller, laissant le plaisir me traverser. Morrie retira sa main et prit mon visage dans ses mains, son regard glacial me figeant sur place.

— Exactement, dit Morrie, son sourire malicieux illuminant tout son visage. Tu n'es pas obligée de faire de compromis en choisissant l'un d'entre nous. Moi je ne l'ai jamais fait. Honnêtement, Quoth aurait bien besoin d'une femme avec qui partager ses sentiments profonds et significatifs, parce que ni Heathcliff ni moi ne nous en soucions. Et peut-être que tu pourrais apporter un peu de bonheur à l'acariâtre Monsieur Grincheux.

— Je ne...

— Désolé, ma belle, mais ce sont mes conditions, dit Morrie

en souriant. Je ne m'engagerai pas tant que tu ne sauras pas au moins ce que tu rates. Goûte les produits. Sois comme les clients qui lisent tous les passages croustillants avant de décider quel livre acheter.

— Je ne comprends pas. Tu veux que je...

— Je veux que tu te tapes Heathcliff et Quoth. À vrai dire, j'insiste. Maintenant, dit-il en glissant sa main sous les draps, il ne me reste plus que trente-cinq secondes, mais je pense pouvoir faire un miracle.

— C'est bon.

Je me glissai hors du lit, me précipitant vers mes vêtements. Mes joues me brûlaient. Je m'habillai face au mur, incapable de regarder Morrie dans les yeux. Il gloussa derrière moi et ma nuque se mit à chauffer.

Je n'arrive pas à y croire. Qui demande à la fille avec qui il couche de se taper ses deux meilleurs amis ?

James Moriarty, visiblement.

Et qu'est-ce que je fais, moi ? Pourquoi est-ce que j'en ai autant envie ?

Super. Vraiment super. J'avais essayé d'y voir plus clair, et maintenant j'étais plus perdue que jamais.

4

— Sale corniaud méprisable ! Espèce de minou geignard ! Je vais t'écraser comme une noisette pourrie !

Je descendis juste à temps pour voir Heathcliff arracher l'écran de son bureau et le hisser sur son épaule, comme s'il avait l'intention de l'écraser sur le sol.

— Non !

Je traversai la pièce d'un bond et me jetai devant lui, attrapant le coin de l'écran. Heathcliff recula de surprise. Je lui pris l'écran des mains avant qu'il ne puisse protester et je le reposai sur le bureau.

— Qu'est-ce que tu as encore fait ?

Je rebranchai l'écran et récupérai la souris de l'ordinateur sous la queue du tatou empaillé.

— Je n'ai rien fait !

— Alors pourquoi t'étais sur le point d'écraser l'ordinateur sur le sol ?

— La-Boutique-En-Ligne-Dont-On-Ne-Doit-Pas-Prononcer-Le-Nom m'a informé que notre évaluation client était passée de bonne à mauvaise ! hurla Heathcliff. Tout ça parce qu'un crétin itinérant s'est plaint que la bible vieille de six cents ans qu'il avait achetée était *écrite en foutu latin*. En plus d'être gentil avec les clients, je dois maintenant leur tenir la main, leur essuyer le nez et les faire roter ?

— Oui, oui, La-Boutique-En-Ligne-Dont-On-Ne-Doit-Pas-Prononcer-Le-Nom est diabolique et les clients sont stupides. J'ai compris. Tu ne peux pas m'attendre avant de jeter du matériel coûteux à travers la pièce ?

— Je déteste les ordinateurs ! Le monde se portait mieux quand nous n'avions pas d'ordinateurs et d'*applications,* dit Heathcliff en insistant sur le dernier mot comme s'il s'agissait d'un juron.

— Non, c'est faux. Le monde était tout aussi nul à l'époque – il était vraiment nul sans Uber Eats.

Je rallumai l'écran. Notre catalogue de livres en ligne clignota devant l'écran, et le message de La-Boutique-En-Ligne-Dont-On-Ne-Doit-Pas-Prononcer-Le-Nom s'afficha en haut de l'écran. En parcourant le texte, je découvris qu'il nous suffisait d'obtenir deux autres avis positifs pour faire remonter la note, ce qui se produirait naturellement lors de l'envoi de notre prochain lot de commandes en ligne.

Heathcliff voyait toujours le côté négatif.

— D'ailleurs, si nous n'avions pas d'applications, je n'aurais peut-être jamais vu ton offre d'emploi. Imagine à quel point ta vie serait ennuyeuse sans moi.

— Ta chemise est à l'envers, marmonna-t-il sans lever les yeux de son livre.

— Merde !

Je me précipitai dans la salle d'Histoire Mondiale, enlevai rapidement ma chemise et la remis à l'endroit. Heathcliff leva la tête lorsque je revins. Son regard croisa le mien et j'en eus le souffle coupé. Je me souvins alors du baiser fougueux que nous avions échangé le jour où il m'avait trouvée dans la salle d'occultisme, comment il m'avait attrapée, comme s'il ne pouvait pas se contrôler. La façon dont il m'avait dévorée avec toute la passion féroce qui avait alimenté la romance torride des *Hauts de Hurlevent* et qui avait fait de lui un antihéros tant aimé.

Mon cœur battait la chamade. Le défi insensé de Morrie tournait en boucle dans mon esprit. Dans tous les cas, il fallait que j'oublie Heathcliff. *Je dois savoir si ce que je ressens est pour ce Heathcliff, celui du présent, ou si je convoite le personnage dont je suis tombée amoureuse quand j'étais adolescente...*

Je redressai les épaules et pris une grande inspiration. *Qui ne tente rien n'a rien.*

— Heathcliff, euh...

— Quoi ?

Il releva à nouveau la tête, ses yeux noirs sondant mon âme.

— Est-ce qu'on peut... est-ce que je peux... t'inviter à dîner vendredi soir ?

— Pourquoi ?

Pourquoi ? Non mais c'est quel genre de réponse ça ?

— Parce que... tu ne quittes jamais la librairie. J'ai peur que tu ne t'amuses pas assez. Ou que tu n'ingères pas assez de nutriments.

— Je m'amuse, dit Heathcliff en frappant la pile de livres sur son bureau. Je fixe le prix des stocks, c'est amusant ça, non ?

— Ce n'est pas exactement ce que j'avais en tête. Je pensais plutôt au genre d'amusement où l'on passe du temps avec une personne que l'on apprécie et que l'on apprend à connaître un peu mieux. Ce ne serait rien de fou. Je ne parle pas de sauter en parachute ou de se faire tatouer la même chose. Juste un dîner. Peut-être un verre. Tu viendrais ou pas ?

Les yeux noirs de Heathcliff m'étudièrent. Après un long moment, il dit enfin :

— Tant que je n'ai pas à porter quelque chose d'élégant.

Je baissai les yeux vers sa chemise blanche froissée, vers son gilet et son pantalon démodé. Avec ses lourdes bottes et ses longs cheveux en bataille, il avait déjà l'air d'être le chanteur du groupe de rock le plus en vogue au monde.

— Je pense que ça ira.

J'étais sur le point d'ajouter autre chose, mais la sonnette retentit. Je pointai le bout de mon nez dans le hall d'entrée.

— Bienvenue à la Librairie Never...

Mes mots furent alors étouffés par des cris de joie. La porte d'entrée s'ouvrit avec fracas et un concerto de cris, de rires et de voix enfantines retentit dans la boutique. Je levai les yeux juste à temps pour apercevoir un flot de jeunes visages courir dans toutes les directions et disparaître dans les rayons. Leurs cris ravis semblaient rebondir sur les hauts plafonds et résonnaient dans les coins sombres.

— C'est quoi ce bordel ?! gronda Heathcliff. On dirait une invasion mongole.

— Attention, les enfants, tenez-vous bien, dit une voix de matrone.

Comme c'était des enfants, ils l'ignorèrent complètement.

Je reculai rapidement la tête juste au moment où deux garçons passaient en trombe à côté de moi, les bras ballants, tapant dans un ballon de foot. Heathcliff se leva, prenant des livres dans ses bras.

— Occupe-toi de ce bazar. Je vais à l'étage pour avoir la paix.

— Mais...

— Si j'ai engagé une assistante, c'est pour ne pas avoir à m'occuper des clients. *Surtout* pas ceux qui ont le nez plein de morve et les mains collantes, lâcha Heathcliff en ramassant son livre et en s'enfuyant dans la réserve derrière le bureau. Amuse-toi bien.

— Attends...

Il claqua la porte derrière lui. J'entendis un pêne glisser dans la serrure.

— Connard, sifflai-je en direction de la porte avant de me retourner juste à temps pour voir une petite fille grimper sur la table pour attraper le tatou empaillé.

— Ne monte pas là-dessus ! criai-je en me précipitant et en enlevant l'enfant de la table avant qu'elle ne tombe et ne s'ouvre le crâne.

— Mais j'le veux !

— Viens, Trudy, dit une fille plus âgée, d'environ quatorze ans, qui se précipita pour prendre la petite par la main. On va aller voir le rayon enfants. Je suis sûre qu'on pourra te trouver de jolies histoires bibliques illustrées.

Elles partirent en courant, frôlant une femme ronde qui se tenait dans l'embrasure de la porte. Elle se baissa lorsqu'un avion en papier passa au-dessus de sa tête. Elle grimaça d'un air désolé et ses joues roses foncèrent lorsqu'elle me tendit la main.

— Bonjour, ma chère. Je suis vraiment désolée pour tout ce bruit. Les enfants sont très enthousiastes à l'idée de visiter une librairie. Beaucoup d'entre eux n'ont pas de livres à la maison, vous savez. Je suis convaincue que la lecture est très importante, alors je me suis dit que j'allais les amener ici.

— Ce n'est pas grave, dis-je en redressant le tatou et en lui serrant la main. Si vous pouviez juste leur rappeler qu'il s'agit d'une librairie et non d'une salle de gymnastique, tout ira bien.

— Je ferai de mon mieux, mais j'ai bien peur qu'ils prennent parfois le dessus sur moi, dit-elle en se tapotant la cuisse. Ces vieux os ne sont plus aussi rapides qu'avant. Ils sont un peu turbulents, mais ce sont de gentils gamins. C'est bien de les voir apprendre et expérimenter quelque chose de nouveau. Si je peux faire en sorte qu'au moins l'un d'entre eux devienne un lecteur assidu, j'aurai fait la différence.

— J'étais une grande lectrice quand j'étais petite, lui dis-je en souriant. Je n'ai jamais oublié ce sentiment lorsque l'on se plonge dans un livre et que l'on s'évade dans un autre monde. C'est un groupe scolaire ?

Les enfants étaient d'âges différents, et il y en avait beaucoup trop pour qu'il s'agisse de ses enfants.

— Oh, doux Jésus, non. Il s'agit de mon groupe de jeunesse. Je m'appelle Brenda Winstone et je dirige les activités du groupe de jeunes de l'église presbytérienne d'Argleton, dit la femme en fronçant les sourcils.

Son visage rosé sembla vieillir instantanément et une expression de tristesse voila ses yeux verts bienveillants.

— Je n'ai pas d'enfants, voyez-vous. Mon mari est Harold Winstone, vous le connaissez peut-être, c'est un historien très célèbre. Il voyage dans le monde entier pour écrire des livres sur des bâtiments intéressants et leur histoire. En ce moment, il écrit l'histoire de l'ancien hôpital d'Argleton, celui qu'ils sont en train de démolir, vous savez ? Mon Harold est un homme charmant, mais il a consacré sa vie à ses recherches et ne voulait pas que des enfants le distraient. Je donne donc de mon temps aux jeunes qui en ont besoin.

— C'est un plaisir de vous rencontrer, Brenda. Mme Scarlett m'a parlé de vous l'autre jour. Vous faites partie du Club des Livres Interdits.

Mme Winstone écarquilla les yeux.

— S'il vous plaît, ne le dites pas si fort.

— Oh, je suis désolée. Je n'avais pas réalisé que c'était un secret.

Mme Winstone ouvrit la bouche pour en dire plus, mais l'adolescente de tout à l'heure pointa le bout de son nez dans la pièce et expliqua qu'un garçon nommé Thomas avait vomi sur un livre de George Eliot. Mme Winstone s'empressa de s'occuper de ce désastre pendant que je sauvais une Grimalkin terrifiée, au sommet d'une étagère, là où des garçons l'avaient coincée.

Tandis que les griffes de Grimalkin s'enfonçaient dans mon épaule, je regardais Mme Winstone se précipiter sur les enfants, qui tournaient autour d'elle. *Quelle drôle de femme.*

Une demi-heure, une chaise cassée, une porte claquée et trois doigts écrasés plus tard, Brenda Winstone paya une énorme pile de livres pour enfants et guida le groupe de jeunes vers le commerce voisin pour aller terroriser Greta à la boulangerie. Je me rendis de l'autre côté du couloir pour remettre de l'ordre dans la salle des Romans et je découvris que les adolescents avaient déplacé tous nos exemplaires de Darwin, *L'Origine des espèces*, dans la section des fictions.

Qui a dit que les religieux n'avaient pas le sens de l'humour ?

J'avais presque fini de ranger les livres lorsque Heathcliff sortit de sa cachette.

— Alors, qu'ont-ils cassé ?

— Rien.

— Et ?

— Il y a *peut-être* une petite égratignure sur une chaise dans la salle des Enfants.

— *Et ?*

Je soupirai.

— OK, la chaise est cassée. Un garçon a coincé les doigts de son ami dans la porte, mais je pense qu'il aura juste un bleu.

— Attends de voir, je vais faire venir l'inspection de la sécurité au travail et l'avocat des parents d'ici la fin de la journée, dit Heathcliff avant de remarquer la pile de livres de Darwin à mes pieds. C'était un groupe de jeunesse de l'église, c'est ça ? Ils ont mis tous les Darwin dans le rayon fictions, hein ? Si l'un de ces petits salauds s'est assis dans mon fauteuil, je lui casserai les doigts pour de vrai.

Je lançai un livre de Darwin dans sa direction. Il l'esquiva et s'éloigna en fredonnant.

Il est remarquablement de bonne humeur pour quelqu'un dont la librairie vient d'être saccagée par une horde d'enfants en furie, sachant que demain nous accueillons le club de lecture. Ce n'est quand même pas... ce n'est quand même pas la perspective de notre rendez-vous qui le rend presque joyeux, si ?

Non.

Ce n'est pas possible.

Mais peut-être...

Un large sourire m'étira les lèvres. Après un début difficile à Argleton, les choses s'amélioraient considérablement. J'avais un rendez-vous avec Heathcliff, Morrie me faisait beaucoup de bien, personne n'avait été assassiné dans la librairie depuis plus d'un mois, et nous étions sur le point d'accueillir le premier de ce que j'espérais être de nombreux événements.

Je repensai à tous les ragots concernant le développement de King's Copse et à la réticence de Mme Winstone à parler du club de lecture. Mme Scarlett semblait être une vieille dame inoffensive, mais plus j'entendais parler d'elle et de son club de lecture, plus je me demandais si je ne risquais pas de me retrouver avec les vieilles dures à cuire d'Argleton. *Ce n'est qu'un groupe de femmes qui discutent de livres autour d'un thé... ce n'est pas comme si le Club des Livres Interdits était dangereux, n'est-ce pas ?*

5

— Oh, c'est une très jolie pièce, se réjouit Mme Ellis en tapant dans ses mains. Tu as fait un travail formidable, Mina.

Je ne pouvais qu'être d'accord. Hier, après qu'il soit sorti de sa cachette et qu'il m'ait pardonnée, Quoth et moi avions fini de déplacer les étagères pour créer plus d'espace et nous avions disposé les chaises les plus confortables en demi-cercle devant la baie vitrée. Un plateau et une bouilloire avaient été disposés sur une table aux pieds ornés. J'avais réussi à trouver suffisamment de tasses à thé et de soucoupes non ébréchées dans l'appartement des garçons. J'avais même créé un présentoir de livres interdits avec d'autres titres censurés que nous avions en stock – *Le Portrait de Dorian Gray*, *Ne tirez pas sur l'oiseau moqueur*, *La servante écarlate*, *Harry Potter*. À côté, j'avais ajouté deux petites peintures de Quoth et une sélection de mes livres d'art – des formes en origami et des livres évidés que j'avais fabriqués à partir de livres mis au rebut et que Heathcliff m'avait autorisée à vendre dans la boutique à contrecœur.

Mme Ellis admirait l'un de mes livres creusés, essayant de voir si sa gourde tiendrait dans le compartiment tapissé de velours, lorsque Greta arriva en trombe, portant des plateaux de sandwiches et de pâtisseries. Elle les disposa sur la table, plaçant une seule assiette devant le fauteuil à oreilles.

— Mme Scarlett a un régime alimentaire particulier, expliqua Greta lorsque je lui demandai ce qu'il en était de l'assiette. Elle a été très malade ces derniers temps, avec des maux d'estomac, alors elle suit un régime détox. Sans gluten, sans œufs, sans produits laitiers. J'ai préparé des versions spéciales de toutes les pâtisseries pour elle.

— Merci beaucoup, Greta. Tu es un génie. D'ailleurs....

J'avais eu une idée.

— Tu es sûre que tu ne veux pas rester pour le club de lecture ?

Greta secoua la tête.

— Non, non, j'ai tellement de travail à faire à la boulangerie. Et mon anglais n'est pas assez bon pour lire les livres aussi vite. Mais merci, peut-être une autre fois.

Elle se dépêcha de partir. Je la regardai faire, sentant que j'aurais dû la suivre et lui dire quelque chose d'autre. Elle avait à peu près mon âge et, comme tous les Allemands que je connaissais, son anglais était parfait, même meilleur que le mien. Elle travaillait jour et nuit dans cette boulangerie... Je n'avais jamais vu Greta avec une assistante. Elle devait se sentir seule, d'autant plus que les gens du village pouvaient être hostiles aux étrangers.

Des pas firent soudain craquer le parquet et Brenda Winstone entra, vêtue d'un long gilet à fleurs sur un pantalon beige.

— C'est ici le club de lecture ? Oh, regardez-moi ces délicieux sandwiches !

Mme Ellis s'empressa de nous présenter.

— Mina, voici ma cousine, Mme Brenda Winstone.

— Nous nous sommes rencontrées hier, dis-je en souriant. Rebonjour. Alors, les enfants aiment-ils leurs livres ?

Le visage avenant de Mme Winstone se décomposa.

— J'ai bien peur de ne pas avoir l'occasion de leur demander. J'ai été remplacée, je ne suis plus responsable du groupe jeunesse.

Mme Ellis la regarda d'un air choqué.

— Mais pourquoi ? Tu es la meilleure chose qui soit arrivée à ces enfants.

Mme Winstone renifla.

— L'un des petits a dit à cette méchante Dorothy Ingram que je faisais partie du Club des Livres Interdits, que j'avais emmené le groupe jeunesse dans cette librairie, que le petit Billy Bartlett s'était fait fracasser les doigts et que les parents faisaient des histoires. Dorothy a obtenu l'appui du comité de l'église, qui m'a forcée à démissionner de mon poste de coordinatrice du groupe jeunesse.

— Je suis tellement désolée ! criai-je, pensant que l'un des enfants avait dû m'entendre en parler. Je ne voulais pas vous faire virer !

— Oh, ciel, Wilhelmina, ma chère, ce n'est pas de votre faute, dit Mme Winstone en prenant un sandwich et en en avalant une énorme bouchée. Cela faisait des années que Dorothy voulait que je parte, elle a finalement trouvé l'excuse parfaite. J'essaie de ne pas me laisser affecter, mais je suis certaine que nous n'avons pas envie que mes tristes nouvelles nuisent à l'ambiance du club. Merci de nous accueillir dans votre librairie. Cette pièce est absolument sublime.

— Appelez-moi Mina, dis-je en souriant. Et je ne suis pas propriétaire de la librairie. Je travaille simplement ici. J'adorais l'idée d'un Club de Livres Interdits, alors j'ai convaincu mon patron de nous laisser vous accueillir. Vous pourrez utiliser cette pièce autant que vous le voudrez.

— Eh bien, c'est merveilleux. C'est un endroit tout simplement magique. Dites, avez-vous une heure de lecture pour les enfants ? demanda Mme Winstone, rayonnante, ses joues roses s'illuminant d'un rouge encore plus intense. J'adore aider les enfants à lire, et je suis certaine que je pourrais trouver un joli conte qui satisferait aussi les parents...

— Après que ta négligence a failli coûter ses doigts au pauvre Billy, il n'y a pas un parent dans ce village qui te confiera ses enfants, dit une voix froide derrière elle.

Je levai les yeux vers l'élégante jeune femme qui venait d'entrer dans la pièce. Ses cheveux blonds étaient parfaitement coiffés et une écharpe de vison pendait autour de ses épaules étroites, juste assez bas pour révéler un impressionnant collier de diamants et de rubis alignés autour de son cou. Elle nous dépassa dans un nuage de parfum et s'installa à l'extrémité de la chaise longue, posant les deux mains sur son ventre arrondi et regardant Mme Winstone d'un air suffisant.

— Bonjour, Brenda et Mabel, ronronna-t-elle.

— Ginny, dit Mme Winstone, d'un ton sec.

— Bonjour, ma chère. Comment va le bébé ? dit Mme Ellis en s'asseyant à côté de la nouvelle venue, Ginny, avant de lui toucher le ventre.

— Il va très bien. Nous venons de passer notre dernière échographie et le médecin dit qu'il sera fort et en bonne santé, tout comme son père.

Ginny prit l'une des tasses de thé et la porta à la lumière, fronçant les sourcils devant le motif.

— Ce n'est pas du Royal Doulton, dit-elle en pinçant les lèvres.

— Eh non, dis-je, n'appréciant déjà pas cette garce snob.

Je pris un cupcake et avalai une grosse bouchée.

— Mais elles peuvent contenir du liquide, c'est quand même le plus important, n'est-ce pas ? ajoutai-je.

— Je... Je crois que je vais aller me chercher un siège, murmura Mme Winstone.

Elle se dépêcha de prendre place sur l'un des fauteuils, aussi loin de Ginny qu'il était possible de l'être tout en restant dans le cercle, et empila sandwichs et gâteaux dans son assiette.

— Qu'est-ce qu'il se passe avec ces deux-là ? chuchotai-je à Mme Ellis tandis que Ginny et Mme Winstone se jetaient des regards noirs par-dessus le présentoir à gâteaux.

— C'est Ginny Button, chuchota Mme Ellis en retour. Elle est célibataire et a eu de nombreux amants. Elle adore narguer Brenda parce qu'elle est enceinte.

— Oh, non.

Mme Ellis acquiesça, son visage s'illuminant à l'idée d'avoir l'occasion de raconter de bons potins.

— Ginny est une ordure, c'est vraiment méchant de lui avoir dit ça. La pauvre Brenda vit pour ces enfants. Elle veut désespérément en avoir un, tu sais, mais son mari Harold a été catégorique à ce sujet. Et évidemment, à chaque réunion, Ginny fait comprendre à Brenda qu'elle est une vraie poule mouillée. Ah, je crois que je sens Sylvia arriver.

Je reniflai tandis qu'une brume de parfum musqué pénétrait dans la pièce, suivie peu après par une femme d'âge moyen portant une parure de bijoux et une jupe de paysanne noire à volants. Un énorme tote bag personnalisé claquait contre son flanc.

— Je suis en retard ?! s'exclama-t-elle en repoussant une mèche de cheveux frisés derrière son oreille.

Son geste ne servit pas à grand-chose puisque le reste de sa chevelure partait dans tous les sens, comme si elle venait d'insérer son doigt dans une prise électrique. Quelque chose dans son regard sauvage et les millions de bracelets de perles sur ses bras me semblait familier, mais je n'arrivais pas à mettre le doigt dessus.

— Calme-toi, Sylvia. Tu es à l'heure. Gladys n'est même pas

encore arrivée, dit Mme Ellis en lui tapotant le bras. Cette chère Sylvia est toujours en retard.

— Je ne suis jamais en retard ! protesta la dame. De nos jours, la société accorde trop d'importance au temps qui passe de façon arbitraire. Alors que si nous suivions le rythme et les cycles de la nature eh bien...

— On pourrait pourtant penser qu'avec tes pouvoirs de divination tu serais capable de prédire quand tu dois quitter ton petit cottage puant, ricana Ginny depuis le canapé.

La dame rougit mais ne dit rien. Et je remarquai d'ailleurs qu'aucune des autres ne le fit non plus. *Ginny Button doit avoir beaucoup de pouvoir dans le village.*

— Mina, je te présente Sylvia Blume. Sylvia, voici Mina Wilde...

— Tu es la fille d'Hélène ! s'exclama Sylvia Blume avec un grand sourire, me prenant dans ses bras comme si nous étions de vieilles amies. Je me souviens de toi quand tu n'étais encore qu'une petite fille qui lisait des livres dans ma boutique. Regarde-toi, tu as bien grandi !

Je me remémorai alors l'endroit où j'avais vu Sylvia auparavant. Elle tenait la boutique où ma mère lisait les cartes pour les nigauds qui aimaient gaspiller leur argent. J'avais l'habitude d'y passer du temps après l'école avant de découvrir la Librairie Nevermore. Je me souvenais vaguement de l'odeur d'encens qui imprégnait tout et d'une femme aux cheveux frisés qui me pinçait les joues et me donnait des bonbons sous sa table de voyance.

— Oui, euh, rebonjour.

— C'est vraiment dommage pour ta vue. Helen m'a expliqué que tu avais dû renoncer à ton travail dans la mode.

Je rougis.

— Ce n'est pas exactement ça.

Sauf que si. C'était exactement ce qui s'était passé. Certes, j'avais cherché à me débrouiller comme je le pouvais jusqu'à ce que ma vue empire – ce qui aurait pu prendre des années voire même des décennies – mais Ashley était allée le raconter à tous les gens de l'industrie de la mode. Sauf que lorsque Sylvia Blume en parlait, j'étais gênée et je n'aimais pas ça.

— Je sais. Je pourrais guérir ton aura ! dit Sylvia en m'attrapant par les épaules, tirant mon cou en avant. Je suis une guérisseuse expérimentée. Je peux effectuer une purification qui bannira les énergies maléfiques qui livrent un combat acharné dans ton corps et réparer ta vue !

Hors de question.

— Je pense que si la médecine moderne ne peut rien pour moi, vous n'allez probablement pas être plus chanceuse.

— Mais si voyons.

Sylvia laissa retomber son tote bag par terre dans un bruit sourd, saisit mes poignets et les tira au-dessus de ma tête. Ses boucles d'oreille s'entrechoquèrent tandis qu'elle secouait la tête d'un côté à l'autre et commençait à psalmodier.

Quoth, si tu m'entends, pitié, sors-moi de là.

Je jetai un coup d'œil paniqué autour de la pièce. Une autre femme entra et pencha la tête pour parler à Mme Winstone – j'en déduisis qu'il s'agissait de Cynthia Lachlan, la femme du promoteur, à en juger par ses vêtements de luxe et son accent snob. Je sursautai lorsque je vis que Quoth incarnait toujours sa forme humaine.

Il s'était retrouvé coincé dans un coin par Mme Ellis qui lui faisait des tresses dans les cheveux.

— Aaaaooom, gémit Sylvia en agitant mes bras dans tous les sens. Esprits, libérez les démons en elle...

J'aperçus par la fenêtre une silhouette qui boitait le long de Butcher Street.

— Oh, voilà Gladys, dis-je en parvenant à me libérer de

l'emprise de Sylvia. Je ferais mieux d'aller voir si elle a besoin d'aide.

Je n'avais jamais été aussi reconnaissante de voir une vieille dame de ma vie. Je me précipitai vers Mme Scarlett alors qu'elle entrait dans la pièce en trombe. Elle avait encore plus mauvaise mine que la dernière fois, avec ses joues rouges, son regard hagard et ses cheveux ternes sur son front. Elle s'agrippa au cadre de la porte et balança sa béquille devant elle.

Mme Ellis s'avança rapidement vers elle.

— Gladys, mon amie, tu as l'air mal en point. Tu es sûre que tu es en mesure de participer à la réunion ?

— Ça va aller, Mabel. C'est juste mes maux d'estomac, comme d'habitude. Pas besoin de te tracasser.

Mme Scarlett s'appuya sur sa béquille et avança dans la pièce. Mme Ellis se précipita de l'autre côté et, après quelques pas hésitants, Mme Scarlett lui prit le bras. Quoth se dépêcha de prendre son autre bras pour la guider. Elle s'enfonça enfin dans le fauteuil à oreilles, appuya sa canne contre le mur et examina la pièce, les lèvres pincées. Elle prit un sandwich dans son assiette dédiée et le renifla avec méfiance avant de le grignoter délicatement.

— Pourquoi le thé n'a-t-il pas encore été versé ?

— Oh, j'ai apporté quelques-uns de mes mélanges d'herbes, dit Sylvia en fouillant dans son sac et elle me tendit deux pots de thé séché.

— Je m'en occupe.

Je fis infuser le thé et disposai les tasses et les soucoupes. Les dames fouillèrent dans leur sac à main pour en sortir leur exemplaire du livre. Mme Scarlett déplia une paire de lunettes d'un étui imprimé léopard. Pendant que je versais le thé, Quoth s'appuya sur le bras de la chaise pour regarder par-dessus mon épaule. Son bras frôla le mien et son parfum riche – de terre, de chocolat et d'herbe fraîchement coupée – effleura mes narines, et mon estomac fit des siennes, se contractant comme il le faisait parfois.

J'avais fixé mon rendez-vous avec Heathcliff, mais je n'avais pas encore trouvé comment aborder Quoth. Je savais que je devais choisir le bon moment, sinon il serait effrayé. Je levai les yeux vers lui, croisant son regard brun et bienveillant qui étudiait mon corps. Sous ses yeux, ma peau grésillait. Sous son regard aviaire, je me sentais nue et exposée, même au milieu du club de lecture.

J'osai lui sourire, le cœur battant. Quoth me rendit mon sourire, et les coins de ses yeux s'enflammèrent. Le fait qu'il soit resté pour la réunion, au risque de se métamorphoser, me remplit de gratitude, d'espoir... et de désir.

La voix tranchante de Mme Scarlett me ramena à la réalité.

— Bienvenue, mesdames, à la réunion de décembre du Club des Livres Interdits d'Argleton. Le seigneur a jugé bon de nous fournir un nouveau lieu de réunion. Bien qu'il soit un peu poussiéreux...

Elle renifla d'un air désapprobateur en direction des étagères que Quoth et moi avions minutieusement nettoyées. Je m'agitai sur mon siège, mal à l'aise.

— Il a un certain charme, continua-t-elle. J'espère qu'il pourra continuer à accueillir le club de lecture durant les travaux de notre salle bien-aimée.

— Es-tu sûre que cet endroit est conforme aux normes, Gladys ? demanda Mme Lachlan en fronçant les sourcils et en observant une fissure au-dessus de la fenêtre.

Je sentis Mme Ellis se crisper à côté de moi.

Mais Gladys Scarlett ne sembla pas avoir remarqué la question. Elle posa sa tasse de thé et frotta ses doigts contre la paume de sa main.

— Ça va, Gladys ?

— Bien sûr. J'ai juste des fourmis dans la main. Ça ira mieux dans un instant.

Mme Scarlett mangea un sandwich et un beignet à la crème dans son assiette, puis chercha maladroitement sa tasse de thé, fermant les yeux en buvant une gorgée du liquide chaud.

— Assez parlé de moi, poursuivons. *Des Souris et des Hommes* explore le parcours intime de deux hommes qui s'accrochent l'un à l'autre dans la solitude et l'isolement. Le titre, bien sûr, est tiré du poème de Robert Burn, « À une Souris », qui se traduit par : « Les meilleurs projets des souris et des hommes / Souvent tournent mal ». Cela fait référence aux ambitions des personnages principaux du livre qui sont contrariées par leur propre *s...s...souris* !

— Exactement, Gladys ! s'exclama Sylvia Blume. Le symbolisme de la souris était très intéressant parce que...

— Non, il y a une *souris* !

Mme Scarlett tendit un doigt tremblant à travers la pièce.

Sous mes yeux horrifiés, une minuscule boule blanche avec une tache brune s'élança dans l'angle de l'étagère et longea le dessus des livres. Elle leva son nez rose, huma l'air, puis disparut derrière l'étagère d'un coup de queue.

Le visage de Mme Scarlett se décomposa. Elle agrippa son ventre et un sanglot étranglé lui échappa.

— Hiiiiii ! hurla Mme Lachlan en bondissant de sa chaise et en laissant tomber un cupcake sur le sol. Que quelqu'un attrape ce sale rongeur avant qu'il ne contamine la nourriture !

Je saisis la cuisse de Quoth, regardant son visage se contorsionner à mesure que ses instincts de prédateur prenaient le dessus. Des plumes crevèrent sa peau. Heureusement, les autres dames étaient trop distraites pour le remarquer. Il laissa tomber sa tasse – brisant la porcelaine et éclaboussant le tapis de thé chaud – et plongea derrière les étagères.

— Aïe, tu m'as brûlée ! cria Ginny en se frottant la jambe.

CRAC ! POUM !

Les livres tombèrent par terre. La souris jaillit de derrière les étagères et fila sur le sol, disparaissant dans le canapé et grimpant le long du rideau au-dessus de la tête de Mme Scarlett. Cette dernière se figea, le visage rougi par l'horreur, et son corps entier se souleva de façon saccadée comme si elle luttait pour respirer.

— Croac !

Quoth sortit de derrière les étagères et plongea vers la fenêtre.

Les gâteaux et les vieilles dames s'éparpillèrent dans tous les sens. Quoth griffa la vitre de ses serres et s'acharna sur les rideaux. La souris sortit la tête de l'autre côté de la tringle à rideaux, remua le nez et disparut par l'autre rideau pour retourner dans les rayons.

Je me levai d'un bond et fis signe à l'oiseau.

— Elle est là-bas ! Essaie de la repousser dans le coin. Je vais chercher le balai et...

— G-g-g-geeeeee...

Je me retournai. Lorsque je vis le visage de Mme Scarlett, je cessai immédiatement de penser à la souris. Quelque chose clochait.

Ses yeux sortaient de leurs orbites comme ceux d'une grenouille. Un côté de son visage se contractait de façon incontrôlable tandis que l'autre restait figé dans une expression de terreur. Sa peau était rouge cramoisi. De la bile et de la salive coulaient hors de sa bouche. Elle agrippa son ventre et tomba en avant, heurtant la table avec son genou alors qu'elle basculait.

— Gladys qu'est-ce qui ne va pas ? demanda Mme Ellis en se penchant vers son amie.

— J'appelle les secours, dit Mme Winstone en sortant son téléphone.

Dans un dernier cri haletant, Mme Scarlett s'effondra, tombant la tête la première dans le Victoria Sponge Cake*. Ginny hurla lorsque la crème éclaboussa son chemisier en soie.

— Mme Scarlett ? Gladys ?

Mon cœur battait la chamade. Je la secouai par l'épaule, mais elle ne bougea pas ni ne réagit.

Non, non, non, non. Ce n'est pas possible. Je levai son poignet pour chercher son pouls.

Il n'y en avait pas.

Elle est morte.

---

* Gâteau anglais à base de génoise.

6

— Moi qui croyais en avoir fini avec cette librairie, mais en fait vous empilez les cadavres comme des livres délaissés de Dan Brown, plaisanta Jo en se précipitant dans le couloir, enfilant ses gants en caoutchouc.

Sa trousse médicale claqua contre sa cuisse.

Je parvins à esquisser un faible sourire pour ma nouvelle amie. En tant que médecin légiste local, Jo faisait preuve d'un véritable humour noir à l'égard des cadavres et des meurtres macabres. Mais je n'étais pas aussi insensible. Jusqu'au mois dernier, lorsque mon ex-meilleure amie avait été retrouvée assassinée dans la librairie, je n'avais jamais vu de cadavre. Parfois, dans mes cauchemars, j'imaginais encore la silhouette d'Ashley, gisant sur le sol, le couteau planté dans son dos.

— Au moins, cette fois-ci, ce n'est pas un meurtre. C'est par ici ? demanda Jo en m'indiquant l'entrée de la salle d'Histoire Mondiale où les ambulanciers attendaient avec la civière pour emporter le corps une fois qu'elle aurait constaté le décès et examiné la scène.

J'acquiesçai. Jo disparut à l'intérieur. Je m'adossai à la

bibliothèque, essayant de maintenir mes jambes flageolantes à la verticale. Encore un cadavre dans la Librairie Nevermore. Comment était-ce possible ?

Jo a raison. Ce n'est pas du tout la même chose que la dernière fois. Ce n'est pas un meurtre. C'est simplement un terrible accident. C'est ce qui arrive lorsque l'on organise des réunions de clubs de lecture d'octogénaires.

Mais peu importe ce que je me disais, mes jambes n'arrêtaient pas de trembler et mon cœur martelait ma poitrine. Au fond, je savais que quelque chose ne tournait pas rond.

Évidemment. Il y a un truc qui cloche avec la Librairie Nevermore. Elle donne vie à des personnages de fiction. J'ai été tellement distraite par le meurtre d'Ashley et le sexe de Morrie que je ne me suis pas assez concentrée sur le mystère principal. Et maintenant, la librairie a fait une autre victime. Peut-être qu'elle est trop dangereuse pour être ouverte au public. Peut-être que sa magie est hors de contrôle. Peut-être que...

Une main épaisse se referma sur mon épaule.

— Mina.

La voix de Heathcliff résonna dans mon oreille.

— Je vais bien, murmurai-je. Je suis juste sous le choc.

— Tu es une très mauvaise menteuse. Quoth apporte-nous du thé.

Heathcliff pivota pour me faire face, ses yeux sombres se plantant dans les miens. Pendant un instant, l'expression sur son visage me détourna de mes pensées. Heathcliff n'avait que deux états émotionnels – grincheux et encore plus grincheux. Et là actuellement, il n'incarnait aucun des deux. Les coins de sa bouche vacillaient, il avait les yeux écarquillés et sa peau foncée était pâle et affaissée. J'étudiai ses traits, essayant de discerner ce qui avait provoqué ce changement. Il paraissait presque... inquiet. Je savais que ce n'était pas pour Mme Scarlett... était-ce pour moi ?

L'idée que je puisse susciter l'empathie d'Heathcliff, que je fasse ressortir une émotion tendre, profondément enracinée et enfouie depuis longtemps fit accélérer mon rythme cardiaque. Je baissai les yeux vers ses lèvres, des lèvres qui, il y a un mois, avaient rencontré les miennes dans un baiser fougueux et m'avaient à peine adressé la parole depuis. Un frisson, qui n'avait rien à voir avec les températures basses de la librairie, me parcourut l'échine.

— Tout va bien, murmura-t-il, ses doigts rugueux caressant ma joue. Tu n'es pas en danger.

Je secouai la tête, incapable de parler, incapable de lui dire qu'actuellement, je risquais surtout de m'abandonner à lui.

— Mina.

Je sursautai. Mon coeur fit un bond dans ma gorge. Je tournai la tête en direction de la voix. Avec l'obscurité, il me fallut un moment pour distinguer la silhouette de Quoth, redevenu humain et se tenant dans l'encadrement de la porte avec un plateau de thé dans les mains.

Le charme se rompit. Heathcliff reprit son habituel air renfrogné. Quoth baissa les yeux vers le sol.

—J'ai apporté le thé, marmonna-t-il.

— Excellent ! déclara Mme Ellis depuis sa place sous la fenêtre. On aurait tous bien besoin d'une bonne tasse de thé. Sois un gentil garçon et sers les vieilles dames, tu veux bien ? Tu ne trouves pas qu'il a des cheveux magnifiques, Sylvia ?

Quoth me tendit une tasse. Sa main tremblait tandis que je la saisissais.

—Je suis désolé, chuchota-t-il.

— Tu n'as aucune raison d'être désolé, répondis-je en chuchotant également.

Heathcliff grogna et s'éclipsa dans l'ombre.

Quoth suivit son ami du regard et je lus un million d'émotions non exprimées dans ses yeux. Il se détourna. Cette fois, son regard se dirigea vers le coin opposé, où les membres du Club des Livres Interdits s'accrochaient les unes aux autres, pleurant et chuchotant.

— Si je ne m'étais pas métamorphosé, peut-être que la souris aurait...

— Ce n'est pas de ta faute, dis-je. C'était une vieille dame avec un cœur fragile. Je ne t'en veux pas.

Je bus une gorgée de thé, remarquant que ma main tremblait elle aussi.

— J'aimerais juste arrêter de me dire que c'est un signe, que de mauvaises choses sont destinées à m'arriver, à moi ou aux autres, ajoutai-je.

— Il n'y a rien de mauvais quand tu es dans les parages, murmura Quoth, s'écartant. Et tu n'as pas à avoir peur. Je veille toujours sur toi.

Quoth se dépêcha d'aller servir le thé aux vieilles dames. Alors que je sirotais ma boisson, les ambulanciers emportèrent le corps dans un grand sac blanc. Jo les suivit, enlevant ses gants et s'affalant dans le fauteuil en cuir de l'autre côté du bureau. Je jetai un coup d'œil par-dessus mon épaule. Heathcliff était introuvable. Je me laissai glisser sur son fauteuil appréciant l'odeur de tourbe et de cigarette qui se dégageait du cuir. Elle me rassurait.

— J'avais raison. Ça m'a l'air d'être une mort naturelle.

Jo accepta une tasse de la part de Quoth, enroulant ses longs doigts autour du mug.

— Probablement une crise cardiaque, continua-t-elle, mais j'en saurai plus après l'autopsie. Est-ce que quelque chose l'a choquée avant qu'elle ne meure ?

— Elle a vu une souris, dis-je, frissonnant à ce souvenir. Elle a hurlé puis elle a commencé à s'étouffer, son visage est devenu tout rouge puis elle s'est effondrée.

— C'est sans doute ça, dit Jo en ramassant mon exemplaire

de *Des Souris et des Hommes* avant de le feuilleter. Dis-moi, ce n'est quand même pas la fameuse souris, si ?

— La fameuse souris ?

— Tu ne lis pas les journaux ?

Jo reposa le livre et son sac et en sortit le journal de ce matin. Le titre « 250 LIVRES STERLING DE RÉCOMPENSE POUR CELLE QUI SÈME LA TERREUR À ARGLETON » s'étalait sur la page, accompagné d'une représentation artistique d'une minuscule souris blanche avec une tache brune.

— Apparemment, cette petite bestiole a fait son apparition dans tous les commerces de la rue principale et de Butcher Street. Greta, de la boulangerie, a dit qu'elle avait rongé un sac de farine. Charles, du kiosque à journaux, dit qu'elle a grignoté les coins d'une boîte de cartes postales. Elle a même surgi sous un chauffe-plat du buffet Indien.

Je plissai les yeux sur l'image – il s'agissait d'une reconstitution artistique d'une minuscule souris blanche avec un nez rose et une tache brune sur la patte arrière.

— Oui, c'est bien notre petite copine.

— Visiblement, Mme Scarlett n'est que la dernière d'une longue liste de ses victimes, dit Jo en souriant. Vous avez un oiseau et un chat dans la librairie, vous ne devriez pas avoir de mal à réclamer cette récompense.

— Je la mettrai sur ma note au pub.

— C'est un bon plan. Hé, ça te dit d'aller boire un verre ce soir ?

— Oh que oui !

Si je ne parvenais pas à maîtriser ma peur, j'allais en avoir besoin. De plus, peut-être que si je buvais quelques verres, je serais assez courageuse pour demander à Jo ce que je devrais faire concernant le défi de Morrie et mon rendez-vous avec Heathcliff.

— Parfait. On se retrouve au pub pour *l'happy hour*.

Jo vida son thé d'un trait et partit pour la morgue. Les autres femmes du club de lecture restèrent, l'air pâle et perdu. Quoth remplit les tasses de thé, les yeux rivés sur la théière comme si elle allait lui expliquer le sens de la vie. J'admirais à quel point il essayait de se joindre aux autres en se comportant comme un humain normal. J'espérais juste qu'il ne subirait pas de retour de flammes.

— Je n'arrive pas à y croire, sanglota Mme Winstone. Nous étions en train de discuter du livre et paf, elle est morte.

— Eh bien moi, je dis bon débarras, dit Mme Lachlan.

Je tendis alors l'oreille.

— Cynthia, comment tu peux dire une chose pareille ? la réprimanda Mme Ellis. Gladys était une très bonne amie.

— C'était une vieille sorcière méchante qui voulait toujours *tout* contrôler, cracha Mme Lachlan. Regardez ce qu'elle a fait avec le comité d'urbanisme. La nature l'a faite taire avant que quelqu'un ne pense à prendre les choses en main.

Je frissonnai face aux paroles cruelles de Mme Lachlan. Mme Ellis se raidit.

— Eh bien je ne m'attends pas à ce que tu participes aux préparatifs des funérailles.

— Probablement pas, dit Mme Lachlan en reposant sa tasse de thé et en se levant. Je crois que j'en ai eu assez. Mesdames, si vous voulez bien m'excuser, mon mari a besoin de moi.

— Oui, il aura besoin de toi pour organiser une fête et célébrer tout ça visiblement, marmonna Mme Ellis tandis que Mme Lachlan se hâtait de partir.

Les autres dames terminèrent leur thé et s'en allèrent. Mme Ellis fut la dernière à partir. Elle se pencha sur le bureau et serra mes mains dans les siennes.

— Je suis vraiment désolée que tu aies dû voir cela aujourd'hui, Mina. C'est le prix à payer pour se lier d'amitié avec de vieilles dames comme Gladys et moi-même. Je veux que tu saches que tu n'es en rien responsable de sa mort – ce n'était qu'un horrible accident. Hier encore, Gladys me disait combien elle avait apprécié de te rencontrer et combien elle se réjouissait d'avoir du sang neuf dans le club de lecture.

— Mme Lachlan semble la détester.

— Oh, oui, dit Mme Ellis. C'est vraiment dommage. Elles étaient de très bonnes amies avant l'affaire du développement de King's Copse.

— À quoi Mme Scarlett s'opposait-elle exactement ?

King's Copse faisait partie de l'ancien bois situé juste à l'extérieur d'Argleton. Une grande partie de la forêt d'origine avait été déboisée il y a trente ans. Il n'en restait que quelques hectares. C'était un endroit populaire où les jeunes d'Argleton se rassemblaient pour fumer de l'herbe et faire des bêtises. Si je n'avais pas envie de lire ou si M. Simson fermait la boutique plus tôt que prévu, j'allais souvent m'asseoir au bord du ruisseau.

— Il y a quelques années, le mari de Cynthia, Gray, a acheté King's Copse en prévoyant de transformer les zones défrichées en lotissement. Comme tu le sais, Gladys dirigeait le comité d'urbanisme. Elle était remarquable. Elle siégeait au comité de collecte de fonds pour la restauration de la salle, à la ligue d'embellissement de la ville, à la société de jardinage et à notre propre club de lecture. Elle s'était engagée à tout savoir sur tout le monde dans le village. Quoi qu'il en soit, Gray a déposé une demande de permis de construire pour quatre-cents maisons sur le site. Toutes des maisons modernes qui ne sont pas du tout en accord avec l'identité du village. Évidemment, le comité n'était pas content. Ils se sont plaints du projet à maintes reprises. Gray a dû redessiner ses plans trois fois, mais il refuse d'abandonner son design moderne et laid, dit-elle en fronçant le nez. Mme Lachlan n'est pas contente que la demande soit sans cesse repoussée, mais ce n'est pas de la faute de Gladys.

Elle a estimé qu'il était de son devoir d'informer le comité des dettes impayées et importantes de Gray suite à l'échec d'un projet à Londres. Et aujourd'hui, la commission veut refuser son projet. Évidemment, Cynthia nous avait parlé de ses dettes en toute confiance lors d'une réunion du club de lecture. Il se peut qu'elle ait bu un peu trop de champagne, dit Mme Ellis en souriant gentiment. Elle était furieuse lorsqu'elle a découvert que Gladys en avait parlé au comité. Depuis, il y avait une véritable tension entre elles.

— Oh, c'est dommage.

Je me demandai alors si ce comité d'urbanisme n'était pas la raison pour laquelle Argleton paraissait si figé dans le temps. Le village, avec ses cottages en torchis et son pub Tudor était sublime, mais cela ne voulait pas dire que le design moderne ne pouvait pas lui aussi être beau ou agréable à vivre. On ne pouvait pas passer toute sa vie à ressasser le passé.

Tu peux parler, me rappelai-je, réalisant à quel point j'aurais parfois aimé revenir en arrière, avant mon diagnostic, lorsque j'étais sur le point de devenir une créatrice de mode à New York.

— Ne prends pas ce qu'a dit Cynthia à cœur. Je suis sûre qu'elle est juste sous le choc, comme nous toutes. Elle finira par se calmer. Après tout, les Lachlan vivent dans un magnifique manoir géorgien au sommet de la colline. Ils ne peuvent pas dire qu'ils n'aiment pas le design traditionnel, dit Mme Ellis en me faisant un clin d'œil et en passant son sac en tissu par-dessus son épaule. J'espère que tu continueras à faire partie de notre club de lecture, Mina. Peut-être pourrais-tu nous aider à choisir des lectures plus *osées*. Honnêtement, je ne sais pas pourquoi on s'embête à interdire la moitié de ces livres !

Mme Ellis me fit à nouveau un clin d'œil en partant. Dès que la porte se referma, Quoth pointa le bout de son nez derrière le bureau. Il venait sans doute de quitter sa forme de corbeau, car il était nu. Je me mis à rougir alors que j'essayais de ne pas le regarder.

— Donc ça, c'est ton ancienne maîtresse d'école ? dit-il en écarquillant les yeux.

— Elle est assez unique. Apparemment, elle a continué de donner bénévolement des cours d'éducation sexuelle jusqu'à sa retraite.

J'ouvris le tiroir à friandises de Heathcliff et me mis à fouiller dedans, retirant un Wagon Wheel qui n'était que légèrement écrasé. Je déballai le chocolat et j'en offris la moitié à Quoth. Il secoua la tête.

— Pas assez fruité pour toi ?

— Je n'ai pas envie de grignoter avant le dîner. C'est Morrie qui cuisine ce soir.

— Il arrive à cuisiner dans ce chaos que vous appelez la cuisine ?

Morrie passa la tête par la porte.

— J'ai entendu mon nom.

— Salut !

Je me précipitai vers lui et le pris dans mes bras, sa stabilité éradiquant totalement ma peur et mon anxiété.

— Qu'est-ce que tu as fait aujourd'hui ? lui demandai-je.

— Un peu de consulting pour un client privé.

Morrie fit glisser sa veste de costume sur ses épaules, révélant une chemise blanche impeccable qui mettait en valeur sa taille et sa musculature fine. Avec son allure de beau gosse et son amour de la mode, Morrie serait tout à fait à sa place sur un défilé parisien.

— Un faussaire ou blanchisseur d'argent ?

Morrie haussa un sourcil.

— T'as vraiment envie de le savoir ?

— Non.

— Alors, ne me pose pas la question. Comment s'est passé le club de lecture ?

Quoth grimaça, mais comme Morrie enroulait ses bras autour de ma taille, je parvins à lui répondre.

— Ça a plutôt bien commencé, mais la Terreur d'Argleton a débarqué et a effrayé tout le monde, ce qui a provoqué une crise cardiaque chez Mme Scarlett, qui en est morte.

Morrie frissonna.

— Cette souris est de retour ? Il faut qu'on appelle un dératiseur. Ou une unité d'intervention spéciale. Ce n'est plus possible.

— Tu as entendu ce que je t'ai dit ? Mme Scarlett est *morte*, la tête enfoncée dans un Victoria Sponge Cake. C'était horrible.

— Oui, c'est *horrible*, dit Morrie en m'embrassant sur le front. J'avais hâte d'en manger une part.

Je lui donnai un petit coup sur le bras.

— Monte préparer le dîner. Qu'est-ce que tu as prévu de cuisiner d'ailleurs ?

— Quelque chose de français et de délicieux. Tu veux rester ? On pourrait ouvrir une bouteille de vin et je pourrais te lécher tout entière pendant que tu me racontes des histoires macabres de vieilles dames qui tombent la tête la première dans des gâteaux.

— Pas ce soir. Je vais boire un verre avec Jo.

— Dommage.

Morrie me prit par la main et me guida dans le couloir derrière la pièce principale, vers la Salle des Enfants, où il enroula son corps autour du mien et rencontra mes lèvres dans un baiser furieux.

— On ne peut pas faire ça dans la Salle des Enfants, haletai-je, essoufflée, en essayant de le repousser. On va corrompre les livres.

— Tant mieux.

Morrie pressa ses lèvres contre les miennes, et je renonçai à me battre. James Moriarty était implacable quand il voulait quelque chose, et là, actuellement, c'était moi qu'il voulait. Son sexe dur se pressait contre ma cuisse et mes doigts eurent envie de le toucher, de le caresser et de lui faire perdre à nouveau le contrôle.

Mais d'abord, je devais faire quelque chose. Je chuchotai :

— J'ai un rendez-vous avec Heathcliff vendredi soir.

— Tu ne perds pas de temps. Heathcliff est-il au courant que c'est un rencard ?

— Je ne suis pas sûre.

— Alors, mets ta robe sexy en jersey. Comme ça, il n'aura plus aucun doute.

— Tu es sûr que c'est une bonne idée ? Ça ne te fait pas bizarre que j'aille à un rendez-vous avec Heathcliff.

— Ça me ferait surtout bizarre que tu n'aies pas envie de sortir avec lui, dit Morrie en glissant ses mains sous ma chemise, faisant rouler mon téton entre ses doigts alors que je tressaillais. J'ai lu assez de fanfictions en ligne pour savoir qu'il est le fantasme parfait du *bad boy* qui broie du noir. Je n'arrête pas de lui dire qu'il lui faut une moto.

— Ne fais pas ça. S'il a une moto, il deviendra irrésistible.

— Tu es sûre que tu ne veux pas rester ? grogna Morrie alors qu'un éclat féroce que je n'avais jamais perçu auparavant brillait dans ses yeux – sans doute la bête en lui qui menaçait de prendre le dessus.

— C'est tentant, dis-je, mon corps frissonnant alors que ses dents effleuraient ma clavicule. Mais je veux en savoir plus sur l'autopsie de Mme Scarlett.

— Tu préfères une conversation passionnante sur le foie d'une vieille dame morte à un repas fait maison et une nuit de passion débridée avec ton fervent serviteur ? dit Morrie en m'embrassant sur la joue et en reculant, même s'il sembla lutter pour le faire. Bien joué, beauté. Ça, c'est ma Mina.

— Je ne serai peut-être plus ta Mina après vendredi si Heathcliff me fait tourner la tête.

—Je ne suis pas inquiet.

Morrie quitta rapidement la pièce, empruntant les marches deux par deux. Je me demandai s'il l'avait fait exprès, juste pour me laisser essoufflée et frustrée après son absence. Je pris une grande inspiration et lissai ma jupe, essayant de calmer mon rythme cardiaque.

— Mina.

Je pivotai. Quoth se tenait sous l'arche qui menait à la pièce principale. Il était encore complètement nu. J'ouvris la bouche pour lui dire de se rhabiller, qu'un client pouvait passer la porte à tout moment, mais sa beauté me coupa le souffle. Sa peau pâle contrastait avec la pénombre de la librairie et donnait l'impression qu'il brillait d'une faible aura. Ses poils noirs et soyeux parcouraient son torse, descendant jusqu'à toucher le bord de son bassin et *oh...*

Il était à moitié dur. *Pour moi.* Ses yeux bruns cerclés de feu me regardaient avec l'intensité d'un prédateur. Je déglutis.

— Mina, tu devrais rester pour le dîner, murmura-t-il, sa voix de velours caressant ma peau.

J'ouvris la bouche, la refermai et l'ouvris à nouveau, essayant de trouver les mots pour dire ce que je ressentais, les mauvaises pensées qui me traversaient l'esprit lorsque mes yeux se posaient sur son corps parfait. Mais tout ce qui en sortit fut un cri étranglé.

Quoth me troublait, non pas parce qu'il me faisait peur, mais parce que ma propre douleur se reflétait dans ses yeux. Il fallait que je sois prudente avec lui, tellement prudente, parce que je pouvais tomber complètement amoureuse de lui – mon doux garçon brisé – et je pouvais le briser, tout comme il pouvait faire de même.

Au lieu de ça, je fis un pas en arrière et lui dis la seule chose qui me vint à l'esprit pour le repousser.

— Je voulais que tu l'entendes de ma bouche. J'ai un rendez-vous avec Heathcliff vendredi soir.

— Oh.

L'expression sur son visage ne changea pas. Son sexe à moitié dur se balançait entre nous. Mes doigts avaient envie de le toucher, de sentir ce corps parfait contre le mien.

— Quoth, je veux que tu saches que je ne suis pas en train de choisir...

Il secoua la tête.

— Je comprends, Mina. Je l'accepte. Heathcliff et Morrie peuvent sortir avec toi. Moi, je ne peux pas.

— Ce n'est pas ce que je voulais dire. Je...

Quoth explosa, laissant place aux plumes. Ses lèvres se froncèrent, formant un bec dur et recourbé. La dernière chose que je vis fut son visage se contorsionner de douleur tandis que ses membres se remettaient en place. Ma poitrine se serra. La douleur était-elle causée par sa métamorphose ou mes mots ? Je ne voulais pas le faire souffrir.

Il déploya ses ailes, passa au-dessus de ma tête et survola les escaliers, disparaissant dans la pénombre.

— Croac ! cria-t-il, la voix teintée de tristesse.

— Ce n'était pas ce que je voulais dire !

Les larmes me montèrent aux yeux. Je me détournai et rassemblai mes affaires, le cœur battant la chamade. Alors que je faisais basculer le panneau OUVERT sur FERMÉ et que je refermais la porte de la librairie derrière moi, mon ventre se noua. Le défi de Morrie devait sans doute l'amuser, c'était peut-être exactement ce que les gars voulaient, mais je n'étais pas sûre d'être assez forte émotionnellement pour m'occuper d'eux trois et de leurs problèmes.

7

— Je suis surprise que tu sois là avec moi maintenant que Morrie est tout le temps à l'appartement, songea Jo à voix haute.

Je sirotai ma boisson. Il y a une semaine, j'avais craqué et avoué à Jo que Morrie et moi couchions ensemble. Je n'avais pas eu le choix – Morrie et Jo étaient amis et il avait déjà craché le morceau, alors elle avait fait des sous-entendus graveleux durant des semaines.

Lorsque je lui avais tout avoué, Jo avait poussé un cri et m'avait offert un autre Gin Tonic tout en me forçant à lui raconter tous les détails croustillants. J'avais senti mon cœur s'emballer car ma seule amie au monde avait été brutalement assassinée après notre dispute et désormais, j'en avais une nouvelle qui semblait comprendre exactement ce dont j'avais besoin.

Depuis que Jo savait pour Morrie, un poids s'était envolé de mes épaules. Seulement un petit peu, car j'avais à peine effleuré la surface de tous les secrets que je gardais. Je n'avais pas dit à Jo que les garçons étaient des personnages de fiction qui prenaient vie, qu'une pièce de la librairie permettait de faire un saut dans le temps, ni parlé des différents personnages qu'ils avaient aidés à trouver des emplois stables dans le monde entier. Je ne lui avais pas parlé de ma vue, mais je suppose qu'elle l'avait deviné puisqu'elle m'avait guidée vers la table la plus éclairée et avait commencé à lire les plats du menu à voix haute. Et j'avais surtout oublié de mentionner le baiser que j'avais partagé avec Heathcliff il y a quelques semaines, les choses bizarres que Quoth m'avait dites, comme quoi ils m'aimaient tous, ou qu'ils seraient heureux de... *me partager.*

Je veux dire, c'est fou, non ? Qui fait ça ?

Beaucoup de gens n'ont pas de relations monogames, me disait cette voix punk rock dans ma tête. Je le savais. J'avais cherché sur Google. Cela s'appelait le polyamour ou la polyandrie, et il y avait des communautés entières de personnes qui croyaient que l'on pouvait avoir plus d'un partenaire et que cela fonctionnait.

Mais étais-je l'une d'entre elles ?

Mina, la punk rockeuse, criait que je devais cesser de me comporter comme une mauviette et que je devais tous les avoir. Mina, l'intello des livres, voulait être prudente, parce que trois sexes à la fois, c'était aussi le risque de vivre trois chagrins en même temps, surtout quand vos petits amis étaient des personnages de fiction aux histoires complexes.

Je jouai avec ma serviette, mais l'envie de parler prit le dessus.

— Morrie t'a-t-il déjà parlé du polyamour ?

Jo se pencha en avant, sentant l'odeur du potin croustillant.

— Pas vraiment. Il a fait quelques commentaires sur le fait qu'il était reconnaissant d'être libéré des contraintes puritaines victoriennes répressives. Pourquoi, est-ce que vous...

—J'ai un *date* avec Heathcliff vendredi soir, dis-je.

Jo haussa les sourcils.

— Morrie est d'accord ?

— C'était son idée.

— Ah. Intriguant, dit Jo en se penchant en avant, les yeux brillants. Morrie veut que tu sortes avec son meilleur ami ?

— Tu n'as pas l'air surprise.

— Je sais. C'est bizarre, non ? dit Jo en buvant une gorgée de vin. Je connais Morrie depuis assez longtemps pour savoir qu'il est hyper coquin. Il descend à Londres pour des soirées libertines dans un club exclusif. Il n'arrête pas de m'inviter, mais honnêtement, les hommes nus me paraissent un peu dégoûtants désormais.

Après que j'ai révélé mon secret sur Morrie la semaine dernière, Jo avait révélé le sien : elle préférait sortir avec des femmes. Maintenant que je la connaissais mieux, ça ne m'étonnait pas du tout, et je lui avais promis de garder un œil sur toutes les femmes sexy et légèrement morbides qui viendraient à la librairie.

— Des soirées libertines ? bredouillai-je.

Jo me sourit, jouant avec sa paille.

— Il a déjà utilisé son matériel de bondage sur toi ?

Je rougis.

— Non.

— Mais tu en as envie ?

— … peut-être ?

Nous éclatâmes de rire. Mon visage entier se mit à rougir. Je renversai la tête en arrière et j'avalai mon verre d'un trait. Le gin était le seul moyen de m'aider à aborder cette conversation.

Jo acquiesça en buvant dans son propre verre.

— Tu veux un conseil ?

— Oui, s'il te plaît.

— Je te dirais de foncer. Évidemment, ferme un peu ton cœur si tu as besoin de te protéger, mais ne sois pas trop critique sur ce que l'on t'offre. On ne vit qu'une fois. La plupart d'entre nous rêvent d'avoir deux personnes sexy et intéressantes qui répondent à tous nos caprices.

— Trois.

— Trois quoi ?

— Trois personnes sexy et intéressantes, marmonnai-je.

— Ce type bizarre qui servait le thé ? OK, alors, là, c'est *sûr* qu'il faut foncer. Il est magnifique, et je n'aime même pas les mecs. C'est qui, d'ailleurs ? Je ne l'ai jamais vu auparavant, et je me souviendrais d'un visage comme celui-là. Il est d'une beauté inouïe. Quoth, c'est quoi comme prénom, ça ?

— Il dit que ses parents étaient des gothiques des années soixante-dix, expliquai-je, racontant l'histoire que j'avais inventée pour protéger Quoth.

Jo ricana.

— Ouais, je sais. C'est un ami de Morrie, continuai-je. Il reste à l'appartement pour un moment. C'est un artiste – très doué, en plus.

— C'est lui qui a fait les tableaux accrochés dans la librairie ?

J'acquiesçai

— OK, il faut que tu sortes avec lui. Les artistes sont toujours doués de leurs mains.

La chaleur descendit dans mon cou.

— C'est de la folie.

— Pas du tout. Une fois que tu auras couché avec lui, tu pourras m'obtenir une réduction ? J'ai des vues sur le tableau au-dessus du bureau de Heathcliff.

— Je peux probablement t'en obtenir une.

— Et je veux tous les détails croustillants. Je n'ai fait qu'un seul plan à trois. C'était avec ma dernière petite amie, le Dr Adele Martinez, et son jeune technicien, Michael Rousseau, lors du symposium annuel de pathologie numérique. Après un Gin Tonic de trop au dîner de la conférence, nous avons décidé de nous faufiler dans la morgue pour nos ébats. Rousseau a tellement paniqué lorsque nous lui avons demandé de s'allonger sur la table d'autopsie qu'il s'est enfui et qu'Adele et moi avons continué seules. Donc je suppose que ce n'était pas vraiment un plan à trois. J'aimerais bien savoir comment ça se passe avec tous ces pénis qui se baladent...

— Est-ce qu'on peut parler d'autre chose que de ma vie sexuelle, de plans à trois ou de pénis qui se baladent ? Tu as réalisé l'autopsie de Gladys Scarlett aujourd'hui. C'était une crise cardiaque ?

— Non, dit Jo en tapotant ses ongles sur le pied de son verre. Il s'avère que Mme Scarlett n'est pas morte de causes naturelles.

— Ah bon ?

Ma poitrine se serra.

— J'ai retrouvé un taux élevé d'arsenic dans son sang. Elle a été empoisonnée.

8

— Empoisonnée ? Mais... comment c'est possible ?

— J'en saurai plus une fois que j'aurai reçu les résultats toxicologiques du laboratoire, mais une dose mortelle d'arsenic est généralement administrée dans de la nourriture ou des boissons, parce qu'il se dissout facilement dans les liquides et qu'il n'a pas beaucoup de goût.

Mon rythme cardiaque s'accéléra.

— Mais nous avons tous mangé lors de la réunion. Est-ce qu'on est tous...

Jo leva la main en l'air.

— Détends-toi, Mina. Je t'aurais immédiatement prévenue si ça avait été le cas. Si vous aviez ingéré de l'arsenic, vous auriez déjà ressenti des symptômes. Le corps essaie d'expulser le poison par des vomissements et des diarrhées. Gladys ne mangeait-elle pas des aliments très spécifiques à cause de ses intolérances ?

— Si, c'est vrai. Nous avons tous bu dans la même théière, sauf qu'elle avait sa propre assiette de sandwichs et de pâtisseries. Mais ça veut dire que...

Une fois que la nourriture a été livrée, seuls Quoth, les dames et moi-même nous en sommes approchés. Quelqu'un du Club des Livres Interdits a dû administrer le poison.

Jo acquiesça.

— Je sais exactement à quoi tu penses, rien qu'en te regardant et tu as raison. Ça veut dire que l'une de ces gentilles vieilles dames est une meurtrière de sang-froid. Je peux t'offrir un autre verre ?

Je repoussai mon verre vide.

— Non, je n'ai plus soif.

— Ah bon ? Moi je suis assoiffée. Les affaires de meurtres, ça donne soif, dit Jo en faisant signe au gérant qui s'approcha avec deux autres verres, mis sur notre note. Cette affaire est fascinante. L'arsenic est en fait l'un des types de poison les plus utilisés au cours de l'histoire. Les meurtriers l'adorent parce qu'il n'a pas de goût prononcé et que les symptômes peuvent ressembler à ceux de la dysenterie ou du choléra, qui étaient assez courants à l'époque.

— Ce n'est donc pas difficile à fabriquer ?

— Oh, non. Il s'agit d'un simple procédé chimique connu des empoisonneurs depuis l'Égypte ancienne et qui constituait l'une des méthodes d'assassinat préférées de la famille Borgia. Apparemment, ils l'étalaient sur les entrailles d'un porc, les laissaient pourrir, puis séchaient ce qui restait et le broyaient en une poudre appelée *la cantarella*, qu'ils ajoutaient à la nourriture ou à la boisson de leurs ennemis.

— T'en connais un rayon sur la façon de tuer les gens, songeai-je.

— Je suis médecin légiste je te rappelle, dit Jo en souriant et en pointant sa poitrine du doigt. J'ai encore des tas d'autres histoires à te raconter si ça t'intéresse, mais tu risques d'avoir du mal à retenir ton dîner. En fait, c'est mon premier empoisonnement à l'arsenic. On ne l'utilise plus beaucoup aujourd'hui. Pendant la révolution industrielle, l'arsenic était aussi répandu que la boue en raison de la forte demande de fer et de plomb. Le minerai extrait contenait de l'arsenic et, pendant la fonte, l'arsenic se condensait dans les cheminées sous la forme d'un solide blanc que l'on pouvait gratter et vendre. Chaque foyer possédait de l'arsenic pour tuer les rats, les souris et autres animaux nuisibles. Aujourd'hui, bien sûr, il faut une licence spéciale pour l'acheter ou avoir accès à une installation industrielle où il est stocké. Ce n'est plus un poison très courant, ce qui signifie qu'il devrait être facile de trouver qui y a eu accès.

— La police enquête donc déjà sur l'affaire ?

— Oui. Hayes et Wilson prennent les dépositions de tous les membres du Club des Livres Interdits. Hayes a dit qu'il serait là demain matin pour prendre la tienne et celle de ton ami, le beau Quoth.

Mince. Si la police avait besoin de parler à Quoth, c'était un gros problème. Comme ses métamorphoses étaient très instables et qu'il passait le plus clair de son temps sous sa forme d'oiseau, Quoth vivait en dehors du système. Si la police avait l'occasion d'enquêter sur son passé, elle découvrirait que techniquement, il n'existait pas ce qui pourrait causer toutes sortes de problèmes. Après tous les efforts que nous avions déployés après la mort d'Ashley pour le tenir à l'écart, il finissait quand même par se retrouver aux prises avec la police, et tout cela parce que je l'avais encouragé à sortir de sa coquille.

C'était justement cette carapace qui le protégeait, et je l'ai réduite en miettes.

Je m'excusai et me rendis aux toilettes pour appeler Morrie.

— On a un problème.

Je le mis au courant du meurtre de Mme Scarlett et de l'enquête de la police.

— De l'arsenic ? s'étonna Morrie d'une voix aiguë. Ce n'est

pas vraiment un poison courant de nos jours. Il n'est pas non plus rapide ni indolore. Je préfère de loin le cyanure.

— Je n'ai pas envie d'entendre ça. Qu'est-ce qu'on va faire pour Quoth ? Il m'a aidé à organiser la réunion du club de lecture et il est resté pour servir le thé aux dames. Elles vont toutes le mentionner dans leur déposition, ce qui signifie que la police voudra l'interroger. Tout est de ma faute ! Je n'aurais jamais dû l'autoriser à rester à la réunion.

— Détends-toi, ma belle. On va s'en occuper. Depuis que tu as eu la folle idée que Quoth soit reconnu comme un génie artistique, je lui ai fait faire des papiers. Et pour ce qui est de la police, demain ils interrogeront un certain Allan Poe, un peintre itinérant de Norwich avec un passeport, des parents décédés et un profil Facebook. Si Quoth parvient à garder ses plumes à l'intérieur de sa peau, il s'en sortira.

Je soupirai enfin après avoir retenu mon souffle sans même m'en rendre compte.

— Merci, Morrie.

— Je sais. Je suis un génie. Je suis déjà en train de planifier exactement comment tu pourras me remercier. Il est question d'un bandeau et d'un martinet.

La chaleur se répandit entre mes jambes.

— C'est quoi un martinet ?

— Tu le découvriras bientôt.

Je raccrochai, le cœur battant la chamade pour une tout autre raison.

Après avoir fini nos verres, Jo proposa de me raccompagner chez moi. Elle se tenait devant sa nouvelle voiture, une Nissan Leaf, et faisait tinter ses clés dans sa main. Une vieille honte familière s'empara de moi.

— Non, c'est gentil. C'est une belle soirée. Je préfère marcher.

— Il est hors de question que tu traverses *ce* quartier toute seule dans le noir. Je te raccompagne, et c'est un ordre.

Je cessai de respirer.

— Comment tu sais où j'habite ?

— Tu étais la principale suspecte dans une enquête pour meurtre. J'en sais beaucoup trop sur toi, dit Jo en ouvrant la portière d'un coup sec. Monte.

Je levai les yeux en l'air. Un corbeau noir était assis sur la gouttière en face du pub, et deux yeux bruns perçants étaient rivés sur moi. *Je veillerai sur toi,* me dit une voix soyeuse. Quoth prenait ses fonctions très au sérieux, mais je ne pouvais pas le dire à Jo.

Jo soupira.

— Si tu montes dans la voiture, je te dirai ce que j'ai découvert sur l'arsenic, à condition que tu me promettes de ne pas transmettre les informations que je te donnerai. Techniquement, je ne suis pas censée te donner des détails sur une enquête de meurtre en cours, mais à quoi servent les amis si on ne peut pas se confier des saletés ?

Mes mains se mirent à trembler, car j'avais déjà parlé de l'arsenic à Morrie. Mais je me glissai à côté d'elle et mimai le fait de fermer ma bouche comme une fermeture éclair.

— Tout à fait, tes secrets sont en sécurité avec moi.

Jo me sourit.

— Tant mieux. Et je te promets de ne dire à personne que tu es une sale petite coquine polyamoureuse.

— Ça marche.

Nous nous serrâmes la main. Jo s'éloigna du trottoir et quitta le village pour se rendre vers les logements sociaux. Les pittoresques cottages au toit de chaume et les jardins immaculés cédèrent la place à des immeubles miteux, des tours en béton grossières et des rues jonchées d'ordures. Une sirène de police retentit au loin. Mes doigts s'enfoncèrent dans l'accoudoir.

— Tout va bien, dit Jo en traversant le quartier. Je me fiche d'où tu viens, mais seulement de qui tu es. C'est laquelle ta maison ?

Paralysée, j'indiquai la dernière porte au bout d'un ensemble d'appartements minuscules. Une pile de cartons froissés de plateformes vibrantes était appuyée contre le côté de la clôture. La voiture de ma mère se trouvait dans l'allée. La panique m'envahit. *Pitié, ne sors pas et n'essaie pas de vendre à Jo des dictionnaires d'animaux.*

— C'est joli, dit Jo. J'adore la véranda.

— C'est ma chambre, parvins-je à dire d'une voix étranglée, ouvrant la portière avant même que Jo ne se soit arrêtée. Pas besoin de me raccompagner jusqu'à la porte.

— Mina...

— On se parle demain.

Je me glissai hors de la voiture de Jo et montai les marches en courant. Sur le porche, je saisis maladroitement mes clés, ouvris rapidement la porte et la refermai en claquant derrière moi. J'observai Jo s'éloigner à travers le rideau défraîchi. Lorsque ses feux arrière disparurent au coin de la rue, je laissai échapper le souffle que j'avais retenu.

Ma mère se tenait dans le couloir, les bras croisés, et une expression terrifiante marquait ses traits.

— Tu as vu l'heure à laquelle tu rentres ?

Je jetai un coup d'œil derrière elle, vérifiant l'horloge du micro-ondes.

— Maman, il est 20h15. *Eastenders** n'a même pas encore commencé.

----

* Soap opera britannique.

— Tu as encore passé la nuit dans cette librairie avec ce…

— Maman, pour la dernière fois, *arrête d'employer ce mot*. Il ne signifie pas ce que tu crois qu'il signifie. C'est un terme péjoratif que les Victoriens ont inventé parce qu'ils pensaient que les Romanichels ressemblaient à des Égyptiens.

— Je n'ai pas besoin d'une leçon de linguistique, Wilhelmina. J'ai besoin de savoir pourquoi tu t'intéresses plus à ces délinquants de la librairie qu'à ta propre mère.

— Ne sois pas si dramatique. Tu sais que ce n'est pas vrai.

— J'avais besoin de toi ce soir. L'animalerie locale a accepté de mettre en rayon certains de mes livres, mais la propriétaire a feuilleté celui sur les chats et elle dit qu'il est rempli de fautes d'orthographe. Je n'y comprends rien ! Le vendeur dit pourtant qu'ils ont été relus et corrigés par un auteur de best-sellers. J'ai besoin que tu vérifies toutes les fautes d'orthographe et que tu les modifies sur le fichier…

— Maman, je ne vais pas passer toutes mes soirées à t'aider à corriger un dictionnaire pour chats. J'ai un travail. Je me fais des amis. De vrais amis qui ne me plantent pas de couteaux dans le dos, comme Ashley, dis-je avant de grimacer face à mon choix de mots alors que la vision d'Ashley avec un couteau ensanglanté dans le dos jaillit dans mon esprit. Et si tu veux vraiment savoir, je n'étais pas avec Heathcliff, Morrie et Quoth. Je suis allée boire un verre au pub avec ma nouvelle amie, Jo, même si je n'ai pas besoin de te demander la permission. Je suis une adulte maintenant. J'ai vécu quatre ans seule à *New York*. Je peux sortir et voir mes amis si j'en ai envie.

— Ça, c'était avant que tu ne reçoives ton diagnostic. Mina, tu vas devenir *aveugle*. Je comprends que tu sois contrariée et que tu aies envie de te rebeller, mais il faut vraiment que tu fasses attention et que tu n'accordes pas ta confiance à n'importe qui, chérie, dit ma mère en me prenant dans ses bras et je me raidis à son contact. Je suis là pour veiller sur toi, mais il faut que tu me laisses t'aider.

— Ça ne te suffit pas que *je* fasse confiance à Heathcliff, Morrie, Quoth et Jo ?

— Pas si je ne les ai même pas rencontrés. J'ai besoin de savoir quel genre de personnes ma fille chérie fréquente.

Ma mère repoussa une mèche de cheveux sur mon visage. Elle écarquilla les yeux d'un air maternel, et une boule se forma dans ma gorge. *Peut-être que je suis trop dure avec elle ?*

— Est-ce qu'au moins tu as demandé à ce rom...à M. Heathcliff Earnshaw, de mettre mes dictionnaires en rayon ?

Je soupirai et me dégageai de son étreinte. *Non, je n'ai clairement pas été trop dure avec elle.*

— J'avais d'autres choses en tête aujourd'hui.

Je me dirigeai vers la cuisine et je remplis la bouilloire avant de la placer sur la gazinière.

— Une femme est morte à la librairie.

— *Encore* un cadavre ? Oh, Mina, cet endroit est dangereux...

Je soupirai. Je ne pouvais pas vraiment argumenter avec elle.

— Je n'abandonnerai ni mon travail ni mes amis. Qu'est-ce qui pourrait te rassurer ?

Elle se tapota le menton, les yeux brillants. *Super, maintenant je vais payer pour mes actes.*

— Je veux un dîner. Tu vas inviter ces nouveaux amis pour un bon repas fait maison. Nous nous assiérons comme des adultes et ils pourront me rassurer avec leurs propres mots.

J'observai notre minuscule cuisine, le linoléum craquelé et la peinture écaillée des placards, les meubles du magasin de charité et les étagères branlantes remplies du bric-à-brac de ma mère. C'était déjà assez grave comme ça que Jo et Quoth aient vu l'extérieur de l'appartement. Ils savaient tous que j'étais pauvre et que j'étais en train de devenir aveugle. Si les garçons voyaient cet endroit, ils se rendraient compte que je n'étais pas cette personne intéressante qu'ils pensaient aimer. Ils verraient tous les secrets que j'avais essayé de leur cacher. Je serais à découvert, exposée.

Et Jo ? C'était une femme professionnelle et intelligente, titulaire d'un diplôme d'études supérieures, avec un prêt immobilier et une voiture électrique. Elle s'était tellement efforcée de me mettre à l'aise lorsqu'elle m'avait déposée que j'avais bien compris que tout cela avait dû la faire paniquer. J'avais remarqué le plissement familier de ses yeux lorsqu'elle observait la maison délabrée et nos charmants voisins, les trafiquants de drogue, l'inclinaison de ses lèvres et cet air plein de pitié.

On ne pouvait pas être amis avec des gens que l'on plaignait.

Cela rompait l'équilibre. Ma main trembla lorsque je versai l'eau dans ma tasse. *Je ne les inviterai pas à dîner. Je ne perdrai pas les meilleures personnes que j'aie jamais rencontrées.*

Maintenant, comment convaincre ma mère de laisser tomber ?

— Ils ne tiendront pas tous autour de la table. On pourrait aller au pub à la place. C'est moi qui invite...

— Non, ce n'est pas possible. Si tu ne peux pas les inviter ici, c'est qu'ils ne sont pas des amis proches et je ne pense pas que tu devrais passer autant de temps avec eux.

— Tu ne peux pas me dire ce que je dois faire.

— Mina, tu ne veux pas me laisser les rencontrer pour que j'arrête enfin de m'inquiéter pour toi ? dit ma mère en se frottant les yeux. Tous ces tracas me vieillissent terriblement.

Je m'essuyai les yeux, en espérant que ma mère en conclut que ces larmes qui s'accumulaient dans les coins étaient dues à un verre de trop.

— OK. Je les inviterai.

9

— Je prendrai quatre chaussons à la viande, merci, Greta, et mon café habituel.

Je forçai un sourire pour la petite Allemande de l'autre côté du comptoir.

Arrête de repousser l'inévitable. Va à la librairie et demande-leur. Fais en sorte que ça ait l'air tellement horrible qu'ils n'auront pas d'autre choix que de refuser.

— *Ja.* Les chaussons sortent du four, dit Greta en descendant du meuble et en plaçant mes achats dans des sacs en papier. Ça va ? Tu as l'air contrariée.

Je me frottai les yeux.

— Je suis juste... stressée. Tu sais, j'ai quitté New York pour revenir ici. Je pensais qu'Argleton serait tranquille, mais entre les problèmes des garçons, les cadavres et cette foutue souris, j'ai l'impression de ne pas pouvoir faire une pause.

— Ne commence même pas à me parler de cette souris, dit Greta en secouant la tête. Elle a gâché toute une fournée de pumpernickel ! Mais je ne vais pas t'embêter avec ça. J'ai entendu dire que Gladys Scarlett s'était sentie mal à votre club de lecture hier.

— Elle ne s'est pas sentie mal, sanglota une voix affolée derrière moi. Elle est morte !

Je me retournai. Mme Ellis se tenait dans l'embrasure de la porte, le visage strié de larmes. Elle tenait son sac en tissu à bout de bras.

Je me précipitai vers elle et la guidai vers l'une des tables près de la fenêtre. Greta passa devant le comptoir et posa une tasse de café et un paquet de mouchoirs sur la table. Je la remerciai d'un signe de tête. Elle disparut ensuite derrière le comptoir, nous laissant discuter.

— Hier, la police est venue me parler, raconta Mme Ellis en pleurant. Ils m'ont posé tout un tas de questions. La pauvre Gladys a été empoisonnée.

Greta releva la tête.

— Non, non. Ma nourriture ne la rendrait pas malade. Je n'utilise que les ingrédients les plus frais...

— On ne parle pas d'une intoxication alimentaire, Greta, dis-je. Mais de vrai poison. Ils ont dit qu'elle avait ingéré une dose mortelle d'arsenic.

À peine venais-je de prononcer ces mots que je les regrettai immédiatement. Jo m'avait expliqué que je n'étais censée en parler à personne. Cela faisait à peine douze heures et je l'avais déjà trahie.

Mme Ellis sanglota.

Greta pâlit.

— C'est horrible. Qui pourrait faire une chose pareille ?

— La police pense qu'il s'agit d'un membre du Club des Livres Interdits, expliqua Mme Ellis en triturant son sac dans ses mains. Mais je n'arrive pas à y croire. Je connais la plupart de ces femmes depuis des décennies. Enfin, sauf Ginny Button, mais c'est une fille adorable et tellement respectée au sein de la communauté. Elle travaille à la mairie.

— Ça doit être tellement bouleversant, dis-je avant de

tendre un billet de vingt livres à Greta. Tu veux bien ajouter les beignets à la crème préférés de Mme Ellis à ma commande s'il te plaît ?

— Ils ont intérêt à trouver le meurtrier rapidement, dit Greta, parlant doucement et avec précaution, comme si elle essayait de trouver les mots justes en anglais. Les gens vont croire que ma nourriture est empoisonnée. Ils n'achèteront plus rien à la boulangerie et je ferai faillite et mon frère et moi perdrons notre maison.

— Ça n'arrivera pas. Mme Ellis et moi nous dirons à tous ceux que nous croisons que ce n'est pas de ta faute, lui assurai-je.

Mme Ellis acquiesça faiblement.

Pendant que Greta retournait derrière le comptoir pour terminer ma commande, je me penchai sur la table et pris les mains tremblantes de Mme Ellis dans les miennes.

— Vous m'avez dit hier que Cynthia Lachlan était en colère contre Gladys parce qu'elle avait bloqué le développement de King's Copse.

— Je ne sais pas si Gladys a réellement bloqué leur projet, mais elle a révélé les secrets de Cynthia. Ce n'était pas bien de sa part, mais elle pensait que c'était son devoir d'informer le comité, afin qu'ils sachent quel genre d'homme essayait de faire construire à King's Copse.

— Vous l'avez dit à la police ?

Mme Ellis secoua la tête.

— Je sais que vous ne voulez pas dire du mal de votre amie, mais ça pourrait être important. Mme Lachlan est peut-être celle qui a empoisonné Gladys pour qu'elle ne lui mette plus de bâton dans les roues.

— Je n'arrive pas à imaginer que Cynthia ait pu faire une chose pareille. Gladys et elle sont amies depuis si longtemps. Gladys était même sa demoiselle d'honneur quand elle a épousé

Gray ! Les amies ne se tuent pas entre elles juste parce qu'elles ne s'entendent plus.

— Je le sais bien.

C'était exactement ce qui s'était passé avec Ashley. Lorsqu'elle avait été retrouvée morte dans la librairie, la police avait supposé que j'étais la meurtrière.

— Mais la police a vraiment besoin d'avoir toutes ces informations.

Greta fit glisser ma boîte remplie de pâtisseries et d'encas salés sur la table. Je tendis un sachet contenant un délicieux beignet à la crème saupoudré de sucre glace à Mme Ellis. Elle mordit dedans avec gratitude, étalant de la crème sur le bout de son nez.

— Il faut nous aider, Mina. Il faut que l'on retrouve le vrai meurtrier.

Je lui tendis une serviette.

— Hein ?

Mme Ellis m'attrapa le poignet, les yeux écarquillés et le regard sérieux.

— Tu es une fille si intelligente. Tu étais l'une des élèves les plus brillantes que j'aie jamais eues. Et tu as découvert qui avait tué la fille Greer avant même que la police n'en ait la moindre idée. Je ne le supporterais pas s'ils embarquent Cynthia sans même imaginer une autre théorie. S'il te plaît, aide-moi à découvrir qui a tué mon amie !

10

Encore sous le choc après ma discussion avec Mme Ellis, je m'arrêtai à la boutique solidaire au coin de la rue pour acheter une lampe sur pied que j'avais aperçue dans la vitrine hier. J'en ressortis quelques minutes plus tard, avec trois livres sterling en moins, mais avec un grand pied en chêne et un abat-jour en dentelle crème sous le bras. La lampe irait parfaitement dans le coin sombre du premier étage, à côté des étagères de la Folio Society. Je me demandai combien de lampes je pourrais cacher dans la boutique avant que Heathcliff ne s'en aperçoive.

Je posai la lampe et ouvris la porte d'entrée de la boutique, retournant l'enseigne pour qu'elle indique « OUVERT ». Contrairement au dernier meurtre, il n'y avait pas une petite foule de badauds à l'extérieur. Visiblement, la nouvelle de la mort de Mme Scarlett n'avait pas encore fait le tour du village.

Je laissai la lampe dans le couloir et j'apportai son petit déjeuner à Heathcliff.

— Ce café est froid, grommela-t-il lorsque je lui tendis la tasse qui se trouvait sur son bureau.

—Je suis désolée. Je parlais avec Mme Ellis à la boulangerie.

Je lui expliquai alors rapidement comment elle m'avait suppliée de l'aider à élucider le meurtre.

— Je t'avais dit que ce club de lecture ne nous apporterait que des ennuis, grogna Heathcliff. Il faut que tu arrêtes d'avoir des « idées de génie » pour améliorer la librairie. Tu attires les meurtriers comme Grimalkin attire les puces.

Je repensai à ma lampe dans le couloir et je souris.

— Ce n'est rien. Je vais juste fouiner un peu pour elle. Je veux que le tueur soit traduit en justice autant qu'elle.

Je frémis en me remémorant le visage rougi de Mme Scarlett.

— Est-ce que ça veut dire que la police va à nouveau fouiller dans mon magasin ?

— Tout à fait, M. Earnshaw.

Je me retournai immédiatement. L'inspecteur Hayes et le détective Wilson se tenaient dans l'embrasure de la porte, un café à la main. Derrière eux, une petite équipe de la police scientifique enfilait des équipements de protection.

— J'ai croisé Mme Ellis ce matin et elle m'a dit que Mme Scarlett avait été empoisonnée, dis-je rapidement pour éviter de mettre Jo dans le pétrin. Je vais vous montrer la pièce, mais je crains que nous n'ayons fait le ménage depuis la réunion, il n'y a donc pas grand-chose d'utile.

— Merci, Mlle Wilde. C'est un plaisir de vous revoir, dit Wilson d'un ton houleux.

Elle était encore furieuse que nous ayons résolu le dernier meurtre avant elle.

Je restai sur le pas de la porte de la salle d'Histoire Mondiale pendant que Wilson et Hayes inspectaient la scène de crime.

— Elle était assise dans ce fauteuil rouge à oreilles lorsque la souris a filé sur le sol. Elle a eu une respiration sifflante et sa poitrine s'est soulevée avec difficulté puis elle a agrippé son estomac et est tombée dans le Victoria Sponge Cake.

Hayes inspecta la surface de la table.

— Nous allons demander à l'équipe de passer en revue toute cette zone. Avez-vous passé l'aspirateur sur le tapis ?

— Oui. Je suis désolée.

— Ce n'est pas votre faute. Nous sommes tous choqués de découvrir qu'il s'agit d'un meurtre.

Hayes inspecta le rebord de la fenêtre tandis que Wilson s'accroupissait pour regarder sous la table.

— Je n'arrive pas à imaginer qu'une des dames du Club de Lecture ait pu faire quelque chose d'aussi malveillant, dis-je rapidement. Elles semblaient être de si bonnes amies...

— Ma collègue et moi nous chargerons de l'enquête cette fois-ci, Mlle Wilde.

— J'ai trouvé une plume, annonça Wilson en brandissant une plume noire entre une pince à épiler.

— C'est celle du corbeau de Heathcliff, dis-je. Il observait la réunion, mais lorsque la souris a traversé la pièce en courant, il a plongé à sa poursuite. À un moment donné, il a heurté l'étagère, alors il se peut que vous trouviez d'autres plumes ici.

L'équipe de police scientifique clôtura la porte avec du ruban adhésif de scène de crime et commença à établir une grille systématique pour fouiller la pièce. Hayes enleva ses gants.

— Où sont les plats que vous avez utilisés pour la nourriture ?

— Je vous montrerai les tasses de thé à l'étage. Nous les avons lavées. Les assiettes appartenaient à Greta, celle qui tient la boulangerie. Je peux aussi vous présenter Allan. Il m'a aidé à organiser la réunion.

Hayes et Wilson me suivirent à l'étage. Je leur montrai les rangées de tasses à thé et de soucoupes alignées sur l'égouttoir.

— Mme Scarlett avait celle-ci, indiquai-je en désignant la

tasse couverte de jacinthes. Wilson la glissa dans un sac à preuves.

Je me dirigeai vers l'escalier du couloir et criai :

— Allan ? La police est là. Ils veulent te parler de la réunion du Club des Livres Interdits.

Quelques instants plus tard, une voix étouffée répondit :

— J'arrive tout de suite.

— Il a son atelier d'art là-haut, expliquai-je au Sergent Wilson, qui fronçait les sourcils devant les marches raides. Il aime bien être seul.

Quoth apparut en haut des marches, ses cheveux ruisselant dans son dos en vagues glorieuses. La sergente Wilson écarquilla les yeux. Même elle n'était pas insensible à sa beauté. Sous la faible lumière du couloir, sa peau semblait scintiller, et les éclaboussures de peinture sur ses pommettes acérées ne faisaient qu'accentuer son charme. Quoth esquissa un sourire timide qui, je le savais, dissimulait sa nervosité. Il allait devoir passer tout l'entretien sans se métamorphoser.

— Si vous voulez bien passer dans le salon, M. Poe, comme ça nous pourrons mener l'entrejambes... euh, je veux dire, mener l'entretien.

Le Sergent Wilson devint rouge cramoisi. Elle tourna les talons et sortit à grands pas. Quoth me fit un sourire tremblant et la suivit.

— Qu'y a-t-il dans cette pièce ? demanda Hayes en essayant d'ouvrir la porte verrouillée au bout du couloir.

Mon cœur se mit à battre la chamade. *Oh, juste un trou de ver à travers l'espace-temps, pas de quoi en faire un plat...*

— C'est un entrepôt supplémentaire pour la librairie.

— Je peux le voir ?

Non, non, vous ne le pouvez pas. Je n'avais aucun moyen de savoir ce que nous trouverions en ouvrant la porte. Serait-ce la pièce vide et poussiéreuse de notre époque, la chambre de maître victorienne, la salle de lecture Tudor, ou l'une des autres époques de l'histoire de la librairie ?

Je secouai la tête.

— Les planches sont pourries. L'inspection sanitaire a ordonné à Heathcliff de ne laisser entrer personne. Il faudra voir avec lui.

Hayes relâcha la poignée de la porte.

— M. Earnshaw ne me semble pourtant pas du genre à être consciencieux.

Je haussai les épaules.

— Jusqu'à présent, il a été un bon employeur. Un peu bourru, mais parfaitement honnête.

Sauf la fois où il m'a embrassée. Mais ça, Hayes n'avait pas besoin de le savoir.

— Savez-vous quelque chose sur le passif de M. Earnshaw ? Il n'a pas été très communicatif.

— De ce que je sais, c'est un orphelin trouvé dans les rues de Liverpool, élevé dans une ferme du Nord, et il est d'origine est-européenne, mais après il n'en sait pas plus. Demandez aux gens du village, ils ont tout un tas d'histoires le concernant qu'ils adoreraient raconter, dis-je en forçant un rire. J'ai même entendu des gens dire qu'il était l'incarnation réelle du Heath-cliff des *Hauts de Hurlevent.*

Hayes n'esquissa même pas un sourire en griffonnant ses notes.

— Heathcliff est-il entré dans la salle d'Histoire Mondiale pendant que vous prépariez la réunion ou pendant qu'elle se déroulait ?

Je secouai la tête.

— Non. Heathcliff n'a pas voulu s'en mêler.

— Pourquoi ? C'est pourtant un événement qui a lieu dans sa librairie. J'aurais pensé qu'il voudrait que tout soit en ordre.

— C'était mon idée d'organiser la réunion ici. Heathcliff

était contre. Vous avez bien vu comment il est. Il n'aime pas vraiment les clients ou tout ce qui peut les encourager à venir.

— Avez-vous laissé la pièce sans surveillance avant ou pendant la réunion ?

— Non. Quoth et moi avons déplacé les meubles, puis Greta est venue apporter la nourriture, et les dames sont arrivées ensuite – Mme Ellis d'abord, puis Mme Winstone, suivie de Ginny Button, Sylvia Blume, Cynthia Lachlan, et Mme Scarlett était la dernière.

— Qui est Quoth ?

Merde.

— Oh, c'est comme ça qu'on appelle Allan. C'est un surnom, parce que son nom de famille c'est Poe et qu'il a vraiment un côté gothique.

Hayes griffonna encore quelques notes sur son bloc-notes.

— Merci pour votre coopération. Nous reviendrons peut-être avec d'autres questions. En attendant, si vous vous souvenez de quoi que ce soit à propos de la réunion, même si cela semble sans importance, n'hésitez pas à nous appeler.

Il rejoignit Wilson dans le salon et ils redescendirent les escaliers en claquant la porte. Dès qu'ils furent hors de vue, Quoth se jeta dans mes bras.

— C'était effrayant, dit-il.

— Je sais, c'est dans ces moments-là que je suis contente que Morrie soit... qui il est, dis-je en repoussant une mèche de cheveux de son visage. Tu t'es bien débrouillé. Tu n'as même pas laissé pousser une seule plume.

— Il faut que j'aille faire des trucs d'oiseau pendant un moment, m'expliqua Quoth en passant une main dans ses cheveux, qui se transformèrent en plumes à son contact.

— Je ne te retiens pas. Vas-y. Fais ce que tu as à faire.

Quoth s'élança vers le couloir. Il s'agrippa à la balustrade, les jointures blanches, tandis qu'il rampait et sautillait à moitié dans les escaliers.

— Quoth ?

Il se figea et son corps entier se raidit. Il se tourna vers moi. Des plumes jaillirent de ses joues. Son nez avait déjà fusionné avec sa lèvre supérieure tandis que son bec se formait.

— Je suis vraiment désolée de t'avoir poussé à montrer ton art et à interagir avec les gens. C'est ma faute si tu as dû subir ça.

— Ne sois pas désolée.

Sa voix s'érailla tandis que ses lèvres s'asséchaient pour former un bec. Tu es la meilleure chose qui me soit arrivée depuis ma venue dans ce monde.

— Ce n'est pas vrai.

— Si.

Quoth remonta les escaliers jusqu'à ce qu'il puisse me toucher. Il enroula ses doigts autour de mon bras. Sa peau avait durci et le bout de ses doigts s'était déjà aiguisé en serres. Ses yeux bruns et tristes croisèrent les miens. Comment pouvait-il être si parfait et pourtant si brisé ?

— Je pensais que me cacher était la seule façon de survivre dans ce monde. Je pensais qu'au moins, en tant qu'oiseau, j'avais un semblant de liberté. Mais maintenant que je t'ai rencontrée, je ne veux plus me cacher.

— Tant mieux.

J'enfouis ma tête dans son torse couvert de plumes.

— Je ne veux pas non plus que tu te caches.

Quoth laissa échapper un croassement triste. L'air entre nous sembla grésiller. J'écoutai son cœur battre à travers sa poitrine, de plus en plus vite. Ses plumes me chatouillaient la peau. Il aurait déjà dû se transformer, mais quelque chose le retenait dans cet état mi-humain, mi-oiseau.

Moi.

— Quoth.

Les pas lourds de Heathcliff résonnèrent dans l'escalier.

— Il y a un client qui veut savoir si j'ai des livres pop-up ou animés sur l'éducation sexuelle. J'ai besoin que tu lui défèques sur la tête.

Et c'est ainsi que le charme se rompit. Quoth s'écarta, les yeux tristes.

— Le devoir m'appelle, dit-il.

Et *pouf*, ses vêtements se froissèrent sur le sol et un corbeau noir s'envola dans l'escalier.

II

L'équipe de la police scientifique termina son inspection vers l'heure du déjeuner. L'inspecteur Hayes emporta même notre poubelle pour la trier (je plaignais l'officier qui s'était vu confier ce travail) et me posa quelques questions supplémentaires sur la situation de chacune des femmes présentes dans la pièce, me demandant si je savais quelque chose d'autre que je pensais être important.

J'hésitai, me souvenant du visage horrifié de Mme Ellis lorsque j'avais mentionné parler à la police de la rancune de Mme Lachlan envers Mme Scarlett qui était responsable de la perte du contrat de développement immobilier. Mais si quelqu'un dans cette pièce *avait* vraiment empoisonné Mme Scarlett, la police devait le savoir. Cela ne voulait pas dire que je ne pouvais pas continuer à enquêter de mon côté.

— Cynthia Lachlan et Gladys Scarlett se sont disputées, déclarai-je. C'était à propos du projet King's Copse. Mme Scarlett a parlé au comité d'urbanisme des anciennes dettes du mari de Cynthia et elle pensait que cela avait influencé leur décision de refuser sa dernière demande de permis de construire.

Hayes prit note de cette information.

— Merci, Mina.

Ils s'en allèrent. Les gens entrèrent au compte-gouttes dans la boutique. Un homme âgé d'une quarantaine d'années, vêtu d'un horrible pull, acheta pour deux cents livres de bouquins sur les chemins de fer. Une dame avait oublié ses lunettes de lecture et me fit lire le premier chapitre des *Raisins de la colère* à voix haute pour voir si elle l'aimait, puis refusa de payer deux livres cinquante pour l'acheter et le téléchargea sur sa liseuse électronique sous mes yeux. Heathcliff se disputa à nouveau avec la Boutique-En-Ligne-Dont-On-Ne-Doit-Pas-Prononcer-Le-Nom et frappa le tatou dans un geste de karaté, mais heureusement, il survécut. Morrie rentra d'une autre sortie mystérieuse vers trois heures de l'après-midi, m'entraîna dans le débarras, me pencha sur une boîte de magazines d'aviation et me fit vraiment, vraiment beaucoup de bien. Quoth déféqua sur deux personnes qui avaient cité « Le Corbeau ». Vers la fin de la journée, les villageois se pressèrent pour regarder par-dessus le ruban adhésif de la scène de crime à l'endroit où Mme Scarlett était décédée. En gros, c'était une journée typique.

Nous fermâmes à l'heure habituelle. J'envoyai un SMS à Jo pour lui dire de venir dîner et boire un verre après son travail, puis je me rendis à la supérette pour acheter deux bouteilles de vin à deux livres quatre-vingt-dix-neuf. Lorsque j'entrai dans le salon de l'appartement du dessus, le feu avait été allumé, les rideaux tirés et les lumières tamisées. Heathcliff s'était installé dans son fauteuil, ses cheveux indisciplinés tombant sur ses yeux tandis qu'il dévorait un livre. Grimalkin était assise sur ses genoux, les pattes recroquevillées sous elle comme un sphinx. Quoth avait installé un chevalet dans le coin le plus proche de la salle, peignant des collines ondulantes sur une vue aérienne du village.

Morrie fronça les sourcils en sortant les bouteilles du sac en papier brun et en les alignant sur la cheminée.

— Tu ne peux pas choisir quelque chose de *français* ? J'ai des doutes quant à la qualité du raisin de la « célèbre région viticole du Suffolk »

— J'achèterai le vin le plus raffiné qu'ils proposent quand Heathcliff m'augmentera.

— Non, marmonna Heathcliff depuis son fauteuil, sans lever les yeux de son livre.

— Non mais, regarde celui-là, dit Morrie en pointant son doigt sur l'étiquette. Le mot « Bouquet » est mal orthographié. C'est fini, ma belle. À partir de maintenant, je t'interdis de choisir l'alcool.

Morrie jeta mes bouteilles non ouvertes au recyclage et disparut dans la cuisine. Quelques instants plus tard, il revint avec une bouteille poussiéreuse portant une étiquette qui ressemblait étrangement à du latin médiéval.

— Ça, c'est bien mieux, dit-il en souriant, en versant cinq verres et en les faisant circuler.

— Ça a l'air vieux.

Je bus une gorgée. Ma bouche explosa de sensations – caramel, miel, amandes et compote d'agrumes se mélangeaient en un goût sucré et enivrant qui s'attardait dans ma gorge.

— Waouh, c'est incroyable. Est-ce que j'ai envie de savoir d'où ça vient ?

— Non, dit Morrie en levant son verre vers moi tout en me faisant un clin d'œil.

— Ça a le goût d'une vieille botte moisie, dit Heathcliff en jetant un coup d'œil à son verre.

Je le lui arrachai des mains.

— Je vais prendre le tien, alors.

Heathcliff grogna, mais je m'étais déjà glissée à côté de

Quoth, sirotant le délicieux vin et observant ses délicats coups de pinceau.

— Tu es sûr que ça ira avec Jo ?

— Je vais essayer, dit-il. Je peux me concentrer sur ma peinture, et peut-être que mon esprit ne m'entraînera pas vers les sombres pensées qui m'assaillent avant que je ne me métamorphose.

— Quelles sombres pensées ?

Les doigts de Quoth pincèrent si fort le pinceau que ses jointures devinrent blanches.

— Pas maintenant. Elle sera là d'une minute à l'autre. Plus tard.

Je posai ma tête contre son épaule. Ses cheveux tombaient sur mon visage – des mèches lumineuses du noir le plus profond, teintées d'indigo et d'or. *Quoth, que se passe-t-il dans ta tête ?*

Le visage de Jo apparut soudain dans l'embrasure de la porte.

— J'espère que ça ne vous dérange pas, mais j'ai pris du fish and chips en chemin.

Je me levai d'un bond pour la serrer dans mes bras. Morrie se joignit à notre étreinte et plaça un verre de vin dans sa main. Jo salua Heathcliff d'un signe de tête en déposant le paquet de nourriture chaude, puis elle s'approcha de Quoth et lui tendit la main.

Je retins mon souffle lorsqu'elle s'adressa à lui.

— Enchantée, je m'appelle Jo.

Le visage de Quoth se crispa avec concentration tandis qu'il serrait la main de Jo.

— Allan, mais tout le monde m'appelle Quoth. Tu es la médecin légiste.

— Et toi l'artiste qui a peint ces superbes tableaux accrochés partout dans la librairie. Je veux acheter celui qui représente *L'Inconnue de la Seine*, accroché en bas. Si tu acceptes l'argent liquide, je le ramènerai chez moi ce soir.

Le visage de Quoth s'illumina.

— Tu veux vraiment mon tableau ?

Jo sortit une bourse en cuir et compta une pile de billets.

— Tais-toi et prends mon argent. Il me faut ce tableau pour mon bureau. Et je vais parler de toi à tous mes collègues. Continue à peindre des scènes morbides comme ça et tes œuvres seront dans toutes les morgues du Royaume-Uni.

Le sourire de Quoth irradia tout son corps. Ses dents brillaient et des flammes orange dansaient dans ses yeux. Je me glissai à côté de lui, et il passa la main dans mon dos serrer la mienne.

— C'est quelle peinture laide, *L'Inconnue de la Seine* ? demanda Morrie, traduisant parfaitement le titre français que Jo avait prononcé auparavant.

— C'est celle qui est accrochée derrière le bureau de Heathcliff et qui représente une femme qui regarde à travers l'eau sombre d'un air serein, lui rappelai-je.

— C'était une personne réelle, expliqua Jo. Une noyée inconnue retrouvée dans la Seine dans les années 1800. Un pathologiste de la morgue de la ville a été tellement séduit par ses traits tranquilles et sa beauté exquise qu'il a réalisé un masque mortuaire en plâtre, qui a ensuite été copié et est devenu une décoration murale populaire dans les maisons bourgeoises à partir des années 1900. Son portrait a également été utilisé pour créer le visage de la toute première poupée de réanimation en 1958, et il est encore utilisé sur toutes les poupées de réanimation aujourd'hui.

— C'est une histoire réjouissante pour l'heure du coucher.

Heathcliff ouvrit le sachet et se servit une poignée de frites chaudes. Grimalkin sauta de ses genoux et posa ses pattes sur le bord de la table, son petit nez noir tressaillant dans l'attente d'un morceau de poisson.

Jo s'installa sur ma chaise en face de Heathcliff.

— Je suppose que tu as parlé de l'arsenic à la bande de Scooby Doo ici présente ? demanda-t-elle.

Je hochai la tête.

— C'est pas grave. Je m'attendais à ce que tu le fasses, mais rien de ce que je dis ne sort de cette pièce, d'accord ?

Nous acquiesçâmes vigoureusement et nous jetâmes sur les plats chauds. J'arrachai un morceau de poisson pour Grimalkin, qui le mangea avec enthousiasme, éparpillant des miettes dans les fibres du tapis. Heathcliff plaça un marque-page dans son livre et le mit de côté.

Jo se tourna vers Quoth et moi.

— Hayes ne vous considère pas sérieusement comme des suspects. Il fouille dans les antécédents de Heathcliff, mais je pense qu'il s'agit plus d'un profilage racial que d'une réelle conviction de sa culpabilité. Tous les témoins ont rapporté qu'il était loin de la scène de crime.

Je jetai un coup d'œil inquiet à Morrie. Ses faux papiers sur Heathcliff résisteraient-ils à l'examen de la police ? Mais Morrie semblait imperturbable.

— Peut-être que si notre anti-héros faisait preuve d'un meilleur service clientèle, il ne se retrouverait pas en haut de la liste des suspects.

Heathcliff grogna. Jo se pencha pour lui tapoter le bras.

— Je serais pareille si je devais côtoyer les vivants toute la journée. Ils te rayeront de la liste des suspects dès qu'ils auront réalisé que tu connaissais à peine Gladys Scarlett. Ce type d'empoisonnement est *vicieux*. Le meurtrier est forcément quelqu'un qui connaissait la victime.

— La pauvre Greta est complètement désemparée à la

boulangerie. Elle pense qu'elle va avoir la réputation de vendre des pâtisseries empoisonnées et que plus personne n'achètera rien chez elle.

— Eh bien, elle peut se détendre, dit Jo en souriant et en faisant basculer ses bottes par-dessus l'accoudoir de son fauteuil. J'ai reçu les résultats toxicologiques aujourd'hui. Il s'agissait d'un empoisonnement chronique à l'arsenic, ce qui change tout.

Morrie tendit alors l'oreille.

— Fascinant.

Je me penchai en avant.

— Qu'est-ce que tu entends par empoisonnement chronique ?

— Il y a deux façons de tuer une personne avec de l'arsenic, expliqua Jo. La première est une dose unique et mortelle. C'est ainsi que nous avons supposé que Mme Scarlett avait été tuée, parce que c'est ce que nous nous attendons normalement à voir dans un cas moderne d'empoisonnement à l'arsenic. Mais ce n'était pas le cas ici. Elle a reçu des doses plus faibles et continues sur une période de plusieurs semaines ou de plusieurs mois. Au fil du temps, les victimes d'un empoisonnement chronique à l'arsenic souffrent de nausées, de maux de tête, de vomissements et d'autres problèmes, jusqu'à ce que les organes finissent par ne plus fonctionner.

— Mme Ellis a dit que Gladys se sentait mal depuis un moment, avec des vertiges et des maux d'estomac, me rappelai-je soudain.

— Exactement. Le médecin de Mme Scarlett n'a pas dû penser à chercher des traces d'arsenic, il a donc probablement supposé qu'il s'agissait du genre de troubles normaux que les personnes âgées connaissent régulièrement. Malheureusement, cela signifie que nous ne pouvons pas seulement réduire notre liste de suspects aux femmes du Club des Livres

Interdits. À l'heure actuelle, n'importe qui pourrait être le meurtrier. Il faudrait qu'il soit suffisamment proche d'elle pour lui administrer une dose régulière, c'est pourquoi l'inspecteur Hayes va concentrer ses efforts sur sa famille et ses amis.

— Cela va faire beaucoup de monde. D'après Mme Ellis, elle faisait partie de tous les comités du village !

— Heureusement pour lui, c'est son travail, dit Jo avant de boire une gorgée de vin. De plus, presque personne n'a accès à l'arsenic de nos jours, il sera donc facile de réduire le nombre de suspects.

— À quoi sert l'arsenic ? parvint à demander Quoth, son pinceau en équilibre dans les airs.

— Il peut être utilisé pour certains procédés de fabrication et d'agriculture. Insecticides et pesticides. Préservation du bois. Un composé d'arsenic est utilisé dans les diodes laser et les lumières LED.

— Les Lachlan possèdent une société de promotion immobilière, ils pourraient donc probablement avoir accès à des fabricants qui utilisent de l'arsenic, dis-je en me remémorant cette information. Et Mme Lachlan aurait tout le loisir de glisser du poison à Mme Scarlett lors de toutes ces réunions d'urbanisme et événements du village.

— Je crois qu'elle a été considérée comme une suspecte, mais il y a d'autres facteurs à prendre en compte. Après tout, l'arsenic peut aussi être fabriqué en laboratoire si l'on sait ce que l'on fait. Le composé utilisé comme poison s'appelle le trioxyde d'arsenic, et il...

Jo se tut soudain.

— Désolée, j'étais sur le point de devenir terriblement ennuyeuse.

— Je ne suis pas d'accord, dit Morrie. Dis-m'en plus sur la fabrication des poisons mortels.

Je lui jetai un regard noir mais il continua d'afficher un air angélique.

— Toi et moi, on pourra parler de chimie plus tard, dit Jo avant de vider son verre et de mordre dans un morceau de poisson tandis que Grimalkin l'observait, les yeux écarquillés de jalousie. Là, je ne suis plus au travail, alors dites-moi ce qu'il y a de bien à la télévision en ce moment.

— Nous n'avons pas la télévision, dit Morrie. Heathcliff n'aime pas le bruit.

— Les gens devraient lire plus de livres, grogna Heathcliff.

— Si c'est ce que tu penses, pourquoi tu t'en prends à tous les clients qui passent la porte ?

— Parce que je ne veux pas qu'ils lisent *mes* livres.

— Miaou, acquiesça Grimalkin en posant sa tête sur ses pattes.

— Bon, personne ne veut disséquer la dernière saison de *American Horror Story* avec moi, très bien. Quelqu'un a prévu quelque chose d'intéressant ce week-end ? demanda Jo en regardant Heathcliff.

Je lui lançai un regard noir. *Mais qu'est-ce qu'elle fait ?*

— Non, gronda Heathcliff.

— Tu n'es pas censé avoir un rencard avec Mina ?

Heathcliff grogna, mais ne répondit pas. À côté de moi, Quoth se gratta le cou. Une plume noire retomba sur mes genoux.

— Ma mère veut que vous veniez tous dîner samedi, lâchai-je, souhaitant désespérément changer de sujet.

Heathcliff tourna la tête.

— Ah bon ?

— Oui. Et je n'arrive pas à l'en dissuader, alors finissons-en.

— De la nourriture qui ne provient pas d'une boîte à emporter ? dit Morrie en se réjouissant. Je suis partant. Ta mère sait faire un *coq au vin* ?

— Ne t'emballe pas. Nous ne sommes pas… nous vivons dans une cité HLM. Le menu sera probablement composé de croque-monsieur et d'un gâteau au chocolat de Tesco.

— Je ne refuse jamais un croque-monsieur. Ma thèse de doctorat a été alimentée par des croque-monsieur, dit Jo en disposant des frites sur une tranche de pain beurré, avant de l'enduire de sauce tomate et d'en prendre une bouchée. Compte sur moi.

— D'accord, merci.

— Je ne quitterai pas la librairie deux fois en un week-end, grommela Heathcliff.

— Ce n'est pas grave, tu n'es pas obligé de…

Morrie lui donna un coup de pied dans les tibias.

— Nous serons tous là, promit-il.

— Oui.

Quoth traça une ligne sur le bord de ma main du bout du doigt.

— Vous êtes sûrs ? dis-je, mes nerfs s'affolant.

Je m'attendais à ce qu'ils refusent. *Comment allons-nous garder Quoth sous forme humaine aussi longtemps ? Comment allons-nous faire en sorte que Heathcliff se comporte comme un être humain le temps d'une soirée ? Par Isis, comment vais-je faire pour que* Maman elle-même *se comporte comme un être humain ?*

— Ma mère est un peu bizarre. Elle va essayer de vous vendre tous ses dictionnaires du langage des chats.

— Très bien, dit Morrie en tapotant la tête noire du félin. Grimalkin s'allonge souvent sur mon visage en plein milieu de la nuit et émet une sorte de gazouillement que j'aimerais bien comprendre.

Une boule se forma dans ma gorge. Je déglutis avec difficulté. Pourquoi leurs réactions m'affectaient-elles autant ?

— Quand on sait ce qui se passe dans cette boutique…,

chuchota Quoth, ses lèvres douces effleurant mon oreille. Tu crois vraiment qu'elle est si folle que ça ?

Un rire étranglé m'échappa.

— Mina, ça va ? me demanda-t-il, son visage se tordant d'inquiétude.

— Oui... ça va. C'est juste que... Quoth me demandait si ma mère était si folle que ça, dis-je en soupirant. Eh bien, vous êtes sur le point de le découvrir.

12

Quand Jo me raccompagna, ma mère n'était pas là pour me faire passer tout un interrogatoire. Une note épinglée sur le réfrigérateur m'informait qu'elle était allée au tournoi de bridge de la maison de retraite pour vendre ses dictionnaires pour chats. Apparemment, les retraités adoraient gaspiller leurs pensions pour acheter les bêtises de ma mère.

Je m'assis et fis une liste de toutes les informations que je connaissais sur l'affaire jusqu'à présent. Je ne voulais pas décevoir Mme Ellis, mais il semblait probable que Mme Lachlan ou son mari soient responsables – ils avaient certainement le mobile le plus évident. J'effectuai une recherche rapide en ligne sur la Gazette d'Argleton pour trouver des articles sur Mme Scarlett, afin de voir si elle avait été impliquée dans d'autres événements de la ville qui auraient pu susciter du ressentiment. Hormis la couverture des réunions houleuses du comité d'urbanisme, la seule chose intéressante était une lettre de Mme Scarlett au rédacteur en chef pour défendre les lectures d'aura de Sylvia Blume et son droit d'ouvrir une boutique de sorcellerie dans le village.

J'étudiai la lettre avec intérêt. Visiblement, certains membres de l'Église presbytérienne d'Argleton s'étaient offusqués de l'instauration de « rituels païens » dans le village et du fait que Mme Scarlett les ait – à juste titre selon moi – pris à partie. Elle s'était notamment focalisée sur un membre du comité qui semblait particulièrement l'accuser, la même Dorothy Ingram qui avait fait interdire à Mme Winstone d'être responsable du groupe de jeunes.

Je me demande si Maman s'en souvient. L'article datait d'il y a dix ans, c'est-à-dire à peu près à l'époque où ma mère avait commencé à proposer des lectures de tarot dans la boutique de Sylvia. Cela lui ferait également plaisir que je lui pose des questions sur sa vie. Je gardai l'article pour le lui montrer plus tard.

Je pris une douche, enfilai mon pyjama et me glissai dans mon lit avec un roman sur les vampires que j'avais emprunté à la librairie. J'enfonçai mes écouteurs dans mes oreilles, je regardai le poster des Misfits sur le plafond de ma chambre et toutes les photos d'Ashley et moi, et je réalisai que je ne verrais peut-être plus jamais de photo de ma vie. Lorsque je deviendrais aveugle, tous mes souvenirs s'imprimeraient-ils dans mon esprit ? Me souviendrais-je du monde tel qu'il était avant que je ne perde la vue ?

S'ESTOMPERAIT-IL AVEC LE TEMPS, ou bien serais-je condamnée à revivre en boucle des visions que je ne pourrais plus jamais expérimenter ?

La peur m'envahit. Toute ma vie, j'avais su exactement ce que j'allais faire : quitter cette fichue cité et ce village et réussir dans l'industrie de la mode. Mais maintenant, j'étais aussi perdue, aussi coincée que les garçons...

Une étrange lumière bleue clignota et s'agita dans mon champ de vision, comme une enseigne de néon à Times Square.

Je me redressai d'un coup. *Qu'est-ce que c'est ?*

Je me frottai l'œil. La tache bleue clignota à nouveau, puis disparut.

Mon corps entier se figea. *Ne panique pas. Cela peut être n'importe quoi.* Un reflet provenant de la rue, une hallucination de mon cerveau fatigué et gavé de vin.

Mais je *savais*. Mon ophtalmologue m'avait prévenue qu'à un moment donné, mon état oculaire évoluerait et que je commencerais à remarquer des éclats de couleurs aléatoires ou des couleurs qui se mélangeraient alors que mon cerveau tenterait de se réadapter pour voir à nouveau. Ces éclats deviendraient de plus en plus fréquents et, finalement, les couleurs laisseraient la place au noir et je ne pourrais plus voir du tout.

Il m'avait dit que j'en avais encore pour des années avant de commencer à remarquer ces éclats. *Des années.* Mais je ne m'étais pas trompé sur cette lumière bleue.

Sid Vicious hurla dans mes oreilles. Je refoulai mon envie de crier à mon tour.

Je pris mon téléphone pour envoyer un message à Morrie. Je commençai à taper un message. J'allai jusqu'à écrire : « Je viens de voir une lumière bizarre dans mes yeux. Je crois que je deviens aveugle. J'ai besoin de parler à quelqu'un. »

Puis je m'arrêtai. Mon doigt resta en suspens au-dessus du bouton ENVOYER.

Morrie n'était pas celui à qui je pouvais parler de ça. Il était bien pour oublier. Mais j'avais besoin... Je ne savais pas de quoi j'avais besoin. Je parcourus mon carnet d'adresses et mon doigt s'arrêta sur Quoth. Je lui envoyai un message. *Tu peux m'appeler ?*

Je fixai l'écran, souhaitant que le téléphone sonne. Mais il resta silencieux. *Il est probablement en train de voler dans le village. Il ne peut pas vraiment transporter un téléphone sous son aile...*

Quelque chose frappa soudain à la fenêtre.

Je bondis hors du lit, le cœur battant. Je jetai un coup d'oeil à travers le verre dépoli. Un oiseau noir était assis sur le rebord, me regardant avec des yeux sombres et très expressifs.

Mon cœur s'emballa. Je me levai et ouvris la fenêtre.

— Quoth ?

— Croac !

L'oiseau vola à l'intérieur et sauta sur le lit. Il toucha ma main avec le sommet de sa tête. Je caressai ses plumes douces, il pivota la tête et me regarda avec des yeux bruns remplis de douleur.

— Tu n'étais pas obligé de venir, murmurai-je.

Il se métamorphosa, les plumes noires se rétractant sous sa peau. Une paire de jambes musclées glissa sur le côté de mon lit et, un instant plus tard, un homme à la peau pâle et aux cheveux en cascade couleur minuit s'assit à côté de moi.

Il jeta mon drap sur son entrejambe nu et m'offrit son sourire éclatant.

— Évidemment que je suis venu. Tu es perturbée.

— Tu as écouté mes pensées ?

Quoth secoua la tête.

— Je peignais et j'ai vu ton message. Je me suis dit... que tu avais besoin de moi.

Je me détournai. Regarder son visage parfait et ses yeux doux et savoir qu'après tout ce qu'il endurait chaque jour, il était toujours là pour moi, m'envahit de honte. Perdre la vue n'était rien comparé à ce que Quoth avait enduré et endurait encore – il n'avait aucun souvenir de son passé au-delà d'une chambre obscure et d'une nuit lugubre, un corps qui le trahissait, une existence solitaire et confinée. Une grosse larme roula sur ma joue.

Le coin de la pièce, qui n'était pas éclairé par la lumière, fut remplacé par un trou noir d'obscurité. Je l'avais ignoré ces derniers temps, mais ma cécité nocturne s'aggravait aussi. *Je suis un désastre. Ma vie entière est un désastre.*

— Je me sens tellement stupide, dis-je en direction du mur.

— Tu n'es pas stupide.

— Je ne peux pas te demander de venir à la rescousse à chaque fois...

— Mina, dis-moi ce qui s'est passé.

Inspirant profondément, je me mis à lui parler de l'éclat de lumière que j'avais aperçu et de ce que cela signifiait.

— J'ai peur, tellement peur, Quoth. Je pensais que j'allais mieux. Après vous avoir rencontrés, je ne me suis plus sentie aussi déprimée et désespérée. Et j'étais persuadée que j'avais encore de nombreuses années devant moi mais maintenant...

Des doigts chauds effleurèrent ma main. Quoth joignit ses doigts aux miens, les serrant fort. Je fis de même.

— Je ne vais pas te dire que tout ira bien, dit-il.

— Ben merci.

— Pour citer un écrivain dont je n'ai jamais entendu parler, ton âme est « chargée de douleur* ». Tu as le droit de pleurer, de crier ou de donner des coups de poing. Tu pleureras tes yeux comme nous pleurons tous les choses que nous avons perdues. Mais il arrivera un moment où tu ne voudras plus pleurer. Tu auras d'autres choses à faire. Tu es forte, Mina.

— Je ne me sens pas forte, reniflai-je.

— Tu m'as fait comprendre que la vie ne se résumait pas à la survie. Je ne doute pas que tu le comprendras toi aussi.

Mon cœur se mit à battre la chamade. Les mots de Quoth faisaient si délicieusement mal – avec sa voix de velours, il chantait les étoiles et la pluie. J'appuyai ma tête contre son épaule nue. Une larme s'échappa de mon œil et tomba sur sa

---

* Référence sarcastique au poème « Le Corbeau » de Edgar Allan Poe

poitrine, roulant sur sa peau d'albâtre pour y laisser une traînée salée, comme le passage d'une limace.

— Qu'est-ce que tu dois faire maintenant ? chuchota Quoth, la voix serrée.

Ses lèvres effleurèrent mon front, faisant tressaillir ma peau.

— Je dois aller voir un ophtalmologiste, c'est-à-dire un spécialiste des yeux. Il fera des tests et me dira ce qui a changé avec ma vue. Il me donnera une idée du temps qu'il me reste et de ce qui m'attend ensuite.

— Je t'accompagnerai, si tu as besoin de moi.

— Merci.

Je savais ce qu'une telle promesse signifiait pour Quoth – il prenait le risque d'exposer ce qu'il était à tout moment. Je serrai ses doigts. Même si je le fis trop fort, il n'en montra rien.

Je m'effondrai sur le lit, mes yeux se concentrant sur le cercle lumineux de ma seule ampoule, éclairant le poster des Misfits et le contour de la tête de Quoth, ses cheveux ruisselant le long de son dos – une rivière de minuit.

Quoth s'allongea à côté de moi, sa tête à quelques centimètres de la mienne. Je regardais nos poitrines se soulever et s'abaisser en parfaite synergie. Mon corps bourdonnait d'émotions. J'avais envie de me retourner et de l'embrasser, mais je me retenais. Je ne voulais pas que mon premier baiser avec Quoth se fasse les larmes aux yeux et la morve au nez.

Et me voilà en train de parler de notre premier baiser comme s'il était inévitable.

— Quoth, soufflai-je.

Même son nom est poétique.

— Oui ?

— Ne le dis pas encore aux autres. S'il te plaît.

— Mina...

— J'ai juste... J'ai besoin de temps pour y réfléchir, d'accord ? Promets-moi de ne rien dire.

— Je te le promets. Mais tu devrais leur dire.

— Je le ferai.

Je serrai sa main, et mon cœur fit de même. J'étais censée avoir encore des années devant moi, mais il ne me restait peut-être que quelques mois avant de devenir aveugle et de ne plus pouvoir profiter de tant de plaisirs. La main chaude de Quoth dans la mienne me rassurait face à l'obscurité au coin de mes yeux et sur celle, intérieure qui menaçait de s'emparer de moi.

Il avait raison, bien sûr. Je ferais mon deuil. Je pleurerais à en crever. Mais ce n'était pas le moment, pas tant que j'avais encore des yeux pour voir. Il était *temps* que j'arrête de me soucier de ce que les autres pensaient de moi, de ma vie et de mes relations. Peut-être que j'avais besoin de vivre dans l'excès et d'assouvir tous les désirs de mes sens tant que j'en avais encore l'usage.

Il était peut-être temps que je relève le défi de Morrie.

13

— Je pense que la romance avec le groupe de rock loups-garous de KT Strange serait une excellente lecture pour vos vacances sur la côte amalfitaine, et que ce livre-là serait un beau cadeau pour votre nièce de six ans, terminai-je en tendant à la cliente une histoire magnifiquement illustrée sur un éléphant et son ballon. Il ne faut juste pas les confondre.

— Oui, dit-elle, rayonnante. C'est parfait. Vous avez été très utile !

Ses compliments me firent rougir. Il y avait quelque chose de satisfaisant pour l'âme dans le fait d'aider un client à trouver le livre parfait.

— Je suis ravie que vous soyez satisfaite. Je vais juste les passer en caisse pour vous, et...

— Oh, non, non, dit-elle en sortant son téléphone et en tapotant sur l'écran. Je vais les acheter en ligne. C'est toujours beaucoup moins cher. Merci pour les recommandations !

La rage m'envahit tandis que je la regardais se diriger vers le couloir, tapotant joyeusement pour accéder à La Boutique-En-Ligne-Dont-On-Ne-Doit-Pas-Prononcer-Le-Nom. *Merci de m'avoir fait perdre une demi-heure de mon temps.* L'animosité de Heathcliff envers les clients commençait à prendre tout son sens.

— Croac ?

Quoth se posa sur le bureau en face de moi, tapant du bec sur la caisse. Il était resté avec moi toute la nuit dernière, perché au bout de mon lit pendant que je dormais, sa vision aviaire supérieure scrutant l'obscurité à la recherche d'un danger. Je lui avais dit à maintes reprises de retourner à l'appartement, que je n'avais pas besoin de protection, mais il était resté ma tour de guet solitaire toute la nuit. Nous n'avions rien fait de plus que de nous serrer mutuellement dans les bras pour nous dire bonne nuit avant qu'il ne reprenne sa forme de corbeau, mais je n'avais jamais été aussi intime avec quelqu'un. Nous nous étions tous les deux mis à nus l'un pour l'autre.

— Vas-y, murmurai-je.

Quoth sortit de la pièce en volant et, un instant plus tard, un cri aigu retentit dans la librairie. Je me précipitai vers la voûte et jetai un coup d'œil, juste à temps pour voir la femme sortir en trombe, tamponnant frénétiquement une tache sur son épaule avec un mouchoir en dentelle.

Bien fait.

La femme était tellement occupée à essuyer le cadeau de Quoth qu'elle se heurta à Mme Ellis qui montait les marches.

— Eh ben, alors, il n'y a pas le feu que je sache, dit-elle gaiement à la dame qui répondit en sanglotant.

— Bonjour, Mme Ellis, dis-je en lui tenant la porte ouverte.

Quoth plongea vers le bas et se posa sur mon épaule, ses serres s'enfonçant dans ma clavicule.

— Vous allez bien ?

— Oh, je survis.

Mme Ellis enleva ses gants, les mains tremblantes. Son visage habituellement rosé était blafard.

— Mina, je voulais te demander quelque chose. Nous organisons une petite fête à l'église après les funérailles de Gladys, samedi. Elle était si importante pour tant de gens et je sais qu'elle aurait voulu rassembler le village, même dans la mort. Il n'y aura pas de larmes, juste du bon vieux divertissement à l'ancienne. Nous nous demandions si la librairie souhaitait tenir un stand de livres, et peut-être même vendre tes créations de livres creux ? Peut-être que ton ami aux magnifiques cheveux noirs aimerait peindre un tableau commémoratif...

— Non, dit Heathcliff sans même lever les yeux.

La lèvre de Mme Ellis frémit.

— Oh, ce n'est pas grave. Je comprends, bien sûr. Vous êtes très occupés, vous devez être débordés. Je m'étais dit que ça valait la peine de poser la question...

— Ignorez Heathcliff. Nous en serions ravis, dis-je avec un grand sourire.

— Oh, c'est merveilleux !

Mme Ellis sortit une enveloppe de son sac et me la tendit.

— Gladys serait ravie. Tu y trouveras toutes les informations dont tu auras besoin. Vous êtes le numéro vingt-trois. Rendez-vous demain à neuf heures et demie.

— Super ! J'ai hâte d'y être.

Mme Ellis se pencha et chuchota bruyamment :

— As-tu progressé dans l'affaire de la pauvre Gladys ? La police a emmené Cynthia et son mari pour les interroger. Elle m'a dit qu'ils avaient demandé un mandat pour perquisitionner leur maison !

S'ils s'intéressent autant aux Lachlan, c'est qu'ils savent probablement quelque chose que j'ignore. Et pourtant...

— Je ne veux pas vous donner de faux espoirs, mais j'*ai* trouvé quelque chose hier.

Je mentionnai alors l'article de Mme Scarlett qui défendait Mlle Blume.

— Oh, oui, je me souviens, ça date d'il y a plusieurs années... Dorothy n'était plus très amicale avec Gladys depuis cet incident. Le fait que Gladys soit toujours en train de remuer le couteau dans la plaie avec le comité de l'église n'a pas aidé. Elle assistait à la messe bien sûr, mais elle n'adhérait pas à toutes ces balivernes apocalyptiques que Dorothy affectionne tant. Elle croyait, tout comme moi, que tant que cela ne faisait de mal à personne, on avait bien le droit d'aller voir un astrologue, de manger quelques beignets à la crème et de lire des magazines coquins.

— Dorothy a-t-elle dit quelque chose quand Gladys a créé le Club des Livres Interdits ? Elle a quand même viré Mme Winstone du groupe de jeunes juste parce qu'elle en était membre.

— Oh, elle n'a pas arrêté de tanner le vicaire avec cette histoire, et nous avons dû assister à un service dominical entier consacré à ce sujet ! dit Mme Ellis en levant les yeux au ciel et je ne pus m'empêcher de rire. Dorothy est une sacrée adepte de la Bible et comme elle n'a pas d'homme dans sa vie, elle dépense beaucoup trop d'énergie à fourrer son nez là où il ne faut pas. J'ai bien envie de croire que c'est elle qui a fait rentrer cette pelleteuse dans la mairie pour tenter de nous faire taire ! Pourquoi... tu ne crois quand même pas qu'elle aurait pu tuer Gladys à cause du *club de lecture ?*

— Je ne sais pas. C'est juste une intuition. En plus, je ne saurais pas où elle trouverait l'arsenic ni comment elle l'administrerait.

— Oh, Mina, je crois que tu as trouvé ! Dorothy travaille à la pharmacie du village. Bien sûr qu'elle sait comment administrer de l'arsenic. Il faut que j'aille voir la police tout de suite...

— Attendez, dis-je en l'attrapant par le bras. Nous n'avons aucune preuve, seulement un vieil article de journal et des idées farfelues. Si vous allez à la police maintenant, ils penseront que vous essayez de détourner leur attention des Lachlan, et ils fouilleront encore plus. Ils pourraient même vous arrêter en pensant que vous êtes de mèche avec eux.

Mme Ellis pâlit.

— Tu as raison, murmura-t-elle. Qu'est-ce qu'on fait ?

— Dorothy sera-t-elle à l'enterrement demain ?

— Bien sûr ! Elle ne manquerait pas l'occasion de faire la maligne devant la congrégation, et se réjouir sur le cercueil de Gladys lui procurera une joie supplémentaire.

— Alors je vais voir si je peux trouver quelque chose pendant que je suis là.

— Oh merci, Mina. Tu es un ange, dit Mme Ellis en m'embrassant sur la joue avant de partir en traînant les pieds.

Mon cœur se serra pour elle, perdre une amie qui avait été empoisonnée, et réaliser que c'était peut-être une autre amie qui en était responsable... Je n'étais toujours pas certaine de ma théorie sur Dorothy Ingram, d'autant plus que la police enquêtait sur les Lachlan, mais cela valait la peine de vérifier pour ma professeure préférée.

Plongée dans mes pensées, je me retournai et me retrouvai nez à nez avec un Heathcliff qui me lança un regard noir.

— Pourquoi essayes-tu de me pourrir la vie ? grogna-t-il.

Je lui souris gentiment.

— Je croyais qu'on essayait de vendre des livres ? Parfois, cela signifie qu'il faut apporter les livres en question aux gens.

— Nous ne participons pas à des fêtes d'église, à des festivals d'écrivains ou à des collectes de fonds pour des clubs de football, dit Heathcliff avant de pointer son bureau du doigt. Nous ne faisons rien qui m'oblige à quitter ce fauteuil.

— Écoutez, Duc de Grincheuxgham, j'essaie de comprendre qui a empoisonné Mme Scarlett. Peut-être que toi tu t'en fiches, mais Mme Ellis était la meilleure enseignante que j'ai jamais eue. Elle veut que je l'aide, et ça, ça *compte* pour moi. Je pense que cette Dorothy Ingram a peut-être quelque chose à voir avec tout ça – elle avait certainement une dent contre Mme Scarlett. L'enterrement est le moment idéal pour observer Dorothy, ainsi que les autres amis et connaissances de Mme Scarlett, et voir qui pourrait agir de façon suspecte.

Heathcliff m'étudia pendant un long moment, sans rien dire. Je lus l'intensité dans ses yeux, la même que lorsqu'il m'avait embrassée – un tourbillon sauvage d'avidité, de désir et de rage. L'orage passa, et il posa une main sur mon épaule.

— Tu devrais prendre des bouquins de la section théologie, des livres pour enfants, ainsi que tes livres creux.

— Tu viendras m'aider à tenir le stand ?

— Non. L'enterrement de cette vieille peau sera le moment idéal pour avoir un peu de tranquillité dans cette boutique.

Je fis la moue.

— T'es pas drôle. Je vais en parler à Morrie. On dîne toujours ensemble ce soir ?

— À moins que tu n'aies changé d'avis ? rétorqua-t-il précipitamment, comme si Heathcliff craignait ma réponse.

— Bien sûr que non, dis-je en souriant. J'ai déjà prévu quelque chose. Et ne t'inquiète pas, il n'est pas nécessaire de porter des vêtements chics. Là où nous allons, même les pantalons sont facultatifs.

Je n'avais pas eu l'intention de dire ça pour flirter avec lui mais Heathcliff planta ses yeux brûlants dans les miens et la chaleur remonta dans mon cou.

Je me précipitai à l'étage.

— Morrie, ça te dit de m'aider à tenir un stand à la fête de l'église samedi...

Morrie se tenait dans le couloir, fixant la porte ouverte de la grande chambre du regard.

— Morrie.

Je fis un pas vers lui, la main en l'air, ne sachant pas trop quoi faire.

— Fascinant, dit-il simplement

Je regardai autour de lui et dans la pièce. Mes yeux ne distinguaient que quelques formes sombres, mais cela me suffit à réaliser que je ne me trouvais pas face à l'une ou l'autre des pièces que j'avais vues auparavant.

Des étagères sombres bordaient chaque mur. Au lieu des livres, elles contenaient des cavités où des rouleaux de parchemin et de papier étaient rangés dans des supports de cuir et d'argent. Un grand bureau en chêne brut trônait au centre de la pièce. Sur le bureau, un énorme livre était ouvert, avec de minuscules colonnes de texte et des illustrations enluminées qui scintillaient à la faible lumière des bougies. Derrière le bureau, la porte de la pièce pentagonale était solidement fermée. Les rideaux flottaient aux fenêtres et une odeur d'encre mouillée embaumait l'air, comme si l'occupant de la pièce venait de s'éclipser et allait revenir d'un instant à l'autre.

Je fis un pas vers la pièce et je saisis la poignée pour l'ouvrir complètement. Ce faisant, une forme blanche passa entre mes jambes et dérapa dans la pièce. La souris plongea sous le bureau et disparut. Je voulus la poursuivre, mais la porte m'échappa des doigts et se referma avec fracas.

Je secouai la poignée et la serrure, mais elle était bloquée, avec la Terreur d'Argleton enfermée à l'intérieur !

14

— Qu'est-ce que tu fais ? dit Morrie en enfonçant ses doigts dans mon bras. Tu essayais d'entrer là-dedans. Je croyais qu'on s'était mis d'accord pour qu'aucun d'entre nous n'entre dans cette pièce.

— Je voulais chasser la souris. Maintenant, elle est piégée dans un trou de ver dans l'espace-temps. C'est toi qui ne te souviens pas de cette conversation, rétorquai-je. C'est toi qui as ouvert cette porte au départ.

Il fit une grimace.

— Tu crois que j'oserais désobéir à un ordre direct de Monsieur Maussade ? Je suis sorti de la salle de bains et je me suis retrouvé là, face à la porte ouverte, l'intérieur exposé au grand jour. Quant à la souris, qu'elle pourrisse dans le vide intersidéral. Le village te remettra probablement une médaille en plus de cette récompense.

— Qu'est-ce qui se passe ?

Quoth apparut au bout du couloir, la pâleur de son corps nu contrastant avec la pénombre.

— La porte était encore ouverte, dit Morrie en secouant la

poignée et en tapotant le cadre. Elle s'est refermée dès que Mina a essayé d'entrer...

Quoth écarquilla les yeux.

— Tu n'es pas entrée, n'est-ce pas ?

— La pièce ne m'a pas laissé faire !

— Qu'as-tu vu ?

— Ça ressemblait un peu à un bureau d'imprimeur ou quelque chose comme ça. Il y avait plein de parchemins dans des cavités sur les murs.

— Pas un imprimeur, dit Morrie. Un relieur et un copieur. Je pense que nous venons de voir l'établissement du 9e siècle de M. Herman Strepel.

Mon esprit se mit à tourner à plein régime. *C'est impossible. Il n'y a aucune chance que nous ayons ouvert une porte et aperçu l'intérieur d'un bâtiment qui existait il y a mille ans.*

Mais ce n'était pas plus impossible que tout ce qui se passait dans cette boutique, comme le fait que je sois en train de parler d'un trou de ver dans l'espace-temps avec James Moriarty et le corbeau de Poe.

— Mettons que tu as raison, dis-je en faisant face aux gars. Qu'est-ce que ça veut dire ? Vous avez déjà vu cette pièce, vous ?

Morrie secoua la tête. Son œil pétillait de malice, ce qui, dans son cas, était un très mauvais signe.

— Tu as vu cet énorme livre sur le bureau ?

— C'était difficile de le rater, même avec mes yeux.

— Il semblait s'agir d'un catalogue de tous les textes à vendre et des différentes écritures, enluminures et décorations disponibles sur commande. C'est exactement ce que vous m'avez demandé de trouver. Si nous pouvions nous le procurer, nous pourrions voir...

Je croisai les bras.

— Non. Tu ne vas pas entrer là-dedans et prendre ce livre.

Tu as déjà pris le livre vide en bas. Pour ce qu'on en sait, ça a rendu la magie de la librairie encore plus instable.

— Nous ne sommes pas obligés de le prendre. Nous pourrions nous faufiler, jeter un coup d'œil et partir avant qu'il ne se passe quelque chose. Vous êtes déjà allés dans la chambre victorienne et il ne s'est rien passé de grave.

J'hésitai. *Techniquement*, Morrie avait raison. J'avais passé cinq bonnes minutes à observer la pièce et il ne s'était rien passé de grave.

— Mina, m'avertit Quoth de sa voix soyeuse. Ne laisse pas Morrie te tenter. Il est doué pour ça.

Je me mordis la lèvre. *Oui. Oui, il l'est.*

Heathcliff choisit ce moment pour monter les escaliers en trombe.

— Qu'est-ce qui se passe ? Il y a des clients en bas qui posent des questions et j'ai besoin d'au moins l'un d'entre vous pour faire tampon.

— Morrie veut faire quelque chose de dangereux, dit Quoth.

— Et vous l'en avez dissuadé ?

— Pas le moins du monde.

J'expliquai à Heathcliff ce qui venait de se passer.

— J'ai l'impression que c'est important, que ça veut dire quelque chose. Tu ne trouves pas ça étrange que nous apprenions que des livres sont vendus ici depuis l'époque d'Herman Strepel, et qu'ensuite la pièce nous offre un aperçu de son bureau ?

Sans mot dire, Heathcliff passa devant Morrie. Il sortit une clé de sa poche et l'introduisit dans la serrure. Lorsqu'il ouvrit la porte, nous nous attroupâmes tous pour observer.

Aucune chandelle n'éclairait la pénombre. Dans le carré de lumière que l'ampoule du couloir et les fenêtres projetaient sur le plancher de bois nu, j'entrevis une épaisse couche de poussière, mais rien d'autre.

— Je ne vois rien ! m'écriai-je.

— Tu devrais peut-être mettre tes lampes de brocante ici aussi, grommela Heathcliff.

— Espèce de salaud, ça fait combien de temps que tu le sais ?

— Depuis que cette lampe à frange bizarre est apparue à côté de l'étagère des romans policiers. Depuis, je me rends compte à quel point le magasin est sale. Maintenant, je dois nettoyer toute la poussière et la crasse, grogna-t-il. Et c'est de ta faute.

— La pièce est vide, Mina, dit Quoth en étirant son cou pour regarder à l'intérieur. Il n'y a rien ici.

Heathcliff claqua la porte.

— C'est bon, tout le monde est content ?

— Moi je suis content que la Terreur d'Argleton ait été reléguée au passé, dit Morrie. Mais je ne suis pas content que nous ayons perdu l'occasion de lire ce livre. Pensez-vous que si nous ouvrons à nouveau la porte, le bureau de Maître Strepel reviendra ?

— Je pense que rester plantés là ne permet pas de payer le loyer ou de préparer le dîner, dit Heathcliff en se tournant vers moi. Tu n'es pas rémunérée pour enquêter sur des manifestations magiques. Descends t'occuper de la boutique.

— Pourquoi tu ne le fais pas toi ?

Il me jeta un regard féroce.

— Parce que je dois prendre une douche avant que Morrie n'utilise toute l'eau chaude. Il faut que je sois présentable pour un foutu rencard ce soir.

15

Après avoir fermé la librairie, je me rendis chez Jo pour utiliser sa douche et récupérer le matériel de toilette que j'y avais laissé. De retour à Nevermore, je fis les cent pas dans le couloir, le cœur battant comme une adolescente qui attend que le joueur de foot vienne la chercher pour le bal du lycée. Au-dessus de ma tête, des bruits de pas résonnèrent dans l'appartement et des jurons retentirent dans les escaliers.

Pourquoi suis-je si nerveuse ? Je vois Heathcliff tous les jours.

Parce que ce n'est pas tous les jours que je sors avec mon crush littéraire et que j'essaie de le convaincre de faire partie d'une relation polyamoureuse avec son meilleur ami, voilà pourquoi.

Des pas tonitruants dévalèrent les escaliers. Je me retournai et eus alors le souffle coupé.

Heathcliff se déplaça sous la guirlande lumineuse que j'avais suspendue au-dessus de l'escalier, et sa silhouette se révéla à moi sous des faisceaux de lumière scintillants. Il portait une chemise noire garnie de fils d'or qui épousait ses larges épaules et qui me mit l'eau à la bouche. Il avait retroussé ses manches, révélant son tatouage : un arbre noueux et une écriture cursive que je n'avais jamais pu lire d'assez près le long d'un avant-bras musclé. Il avait peigné ses cheveux en arrière, les rassemblant en une queue de cheval. Plusieurs boucles récalcitrantes s'étaient déjà libérées pour se disperser sur son visage. Sous la lueur des guirlandes lumineuses, ses traits sombres s'adoucirent et ses yeux scintillèrent d'un éclat qui aurait pu être de l'excitation, si Heathcliff avait été capable d'éprouver une telle émotion.

— Bon, allez. Finissons-en, grommela-t-il, bien que sa voix n'ait rien perdu de son tranchant habituel.

J'ai un date avec Heathcliff. Le Heathcliff.

Un grand sourire idiot m'étira les lèvres. Les coins de sa bouche se relevèrent. Ce n'était pas tout à fait un sourire, mais c'était le sien et il était unique.

— Tu es jolie, dit-il.

J'espère bien. J'avais suivi le conseil de Morrie et j'avais mis ma robe en jersey rouge sur une paire de collants noirs. Cette robe épousait le peu de courbes que je possédais à tous les bons endroits. J'avais coiffé mes cheveux en leur donnant du volume avec une frange effilée et j'avais appliqué un peu de crayon noir pour un effet *smoky*. Avec mes bottines à talons compensés et un chapelet rouge sang que j'avais emprunté à Jo, je savais que j'avais un look *d'enfer*.

Nous enfilâmes nos manteaux et nos écharpes pour nous protéger du froid hivernal. Je tendis la main et Heathcliff passa son bras autour du mien.

— Où allons-nous ? demanda-t-il. J'espère que ce n'est pas au cinéma. Je déteste tous ces gens qui mangent bruyamment du pop-corn et qui parlent, et la musique est toujours trop forte...

— Détends-toi, Papi, à t'entendre on dirait que je ne te connais pas du tout, dis-je en souriant et en hissant mon sac fourre-tout sur mon l'épaule.

Les objets qui s'y trouvaient cliquetèrent et bruissèrent.

— Fais-moi confiance. Ce *date* te correspond très bien.

Je le conduisis à travers la place et jusqu'à la lisière du village, où les maisons toutes propres et identiques cédaient la place à des habitations neuves à moitié construites, puis à des collines ondulantes et à un petit bois familier.

— Ça, c'est « King's Copse ». Bien sûr, à l'époque où le roi chassait ici, le bois couvrait toutes les collines environnantes. Mais la plus grande partie a été défrichée au cours des 19e et 20e siècles, et il ne reste plus que cette petite partie.

— N'appartient-elle pas à l'homme dont la femme a, selon toi, tué la vieille peau ?

Heathcliff me tint la main alors que j'enjambais la clôture.

— On entre par effraction là.

— Gray Lachlan ? Oui, c'est le promoteur. Mais je ne suis pas sûre que ce soit lui. Mme Ellis pense que les Lachlan sont innocents, et je commence à être d'accord. Je veux dire, empoisonner quelqu'un est une façon assez extrême de confronter un comité d'urbanisme local, et tuer Mme Scarlett ne va pas vraiment faire changer d'avis le reste du comité. Je me pose des questions sur Dorothy Ingram – elle est à la tête du comité de l'église et pensait que le Club des Livres Interdits était un péché. Quant à notre intrusion, il s'agit d'un *bois*. Ce n'est pas comme s'il y avait des agents de sécurité. Les enfants du village et du lotissement viennent ici depuis des années. J'avais l'habitude de passer beaucoup de chaudes soirées d'été au bord du ruisseau.

— Je déteste être l'oiseau de mauvais augure, dit Heathcliff en resserrant le col de sa veste autour de son visage, mais ce n'est pas une chaude soirée d'été.

— Chut. Allez, prends sur toi.

Mes dents claquaient et de la condensation se formait devant mes lèvres. Heathcliff ne s'était pas trompé sur la température.

— Je veux te montrer quelque chose.

Mon excitation tourna rapidement au vinaigre dès que nous commençâmes à emprunter le sentier envahi par la végétation. Loin de la route, l'obscurité m'enveloppait. Je ne pouvais rien distinguer – pas de contours de branches arquées sur le chemin, pas de reflets dans les flaques d'eau boueuse entre les racines, pas de bordures où une plante cède la place à une autre. Je tendis les bras et je trébuchai à l'aveuglette sur le sentier. Les branches mouillées grattaient mon manteau de laine tandis que je me frayais un chemin sur le chemin envahi par la végétation. Des larmes de frustration me piquaient les yeux tandis que mes bottines s'abîmaient et se heurtaient aux racines et aux débris tombés sur le sol.

— Mina, grogna Heathcliff à mon oreille.

Il m'attrapa par les épaules, me stoppant net.

— Arrête-toi. Tu vas tomber et te blesser.

— Je connais le chemin, m'énervai-je.

Ce n'est pas juste. C'était censé être romantique. Mes foutus yeux gâchent tout.

— Évidemment que tu le connais.

Une main se glissa dans la mienne, avec d'énormes doigts rugueux entre les miens, chauds et rassurants.

— Mais il ne faudrait pas que tu déchires ta belle robe. Laisse-moi suivre le chemin, tu me diras où aller.

J'essuyai mes larmes du revers de la main, heureuse qu'il ne puisse pas voir mon mascara couler dans la pénombre. *C'est stupide. Pourquoi ai-je pensé que c'était une bonne idée de rendez-vous ?*

Mais je n'avais pas de plan de secours, ni de torche, ni même de téléphone portable, alors je laissai Heathcliff me guider sur le sentier. Je m'excusais chaque fois que je marchais sur ses talons ou que je lui donnais un coup de pied dans les tibias en essayant d'éviter les racines. Devant moi, derrière moi, en bas et au-dessus de moi, tout n'était qu'un vide profond, infini et terrifiant. *Est-ce que c'est ça que je verrai quand je serai aveugle ?*

Au bout d'un moment, je ne pris plus la peine de m'excuser ou d'éviter les obstacles sur mon chemin. Je remplaçai ma prise par le coude de Heathcliff et me laissai glisser dans son sillage. Heathcliff était une force de la nature, et je n'avais pas d'autre choix que de me laisser emporter par lui, de lâcher prise et de faire confiance à l'obscurité.

Faire confiance à l'obscurité. Me sentirais-je un jour chez moi dans cette obscurité ?

— On est arrivés à une intersection, dit Heathcliff au bout d'un moment. Quelle direction ?

— À gauche. On continue jusqu'à ce qu'on atteigne un petit ruisseau.

Nous tournâmes. Des sons parvinrent jusqu'à mes oreilles, proches, mais de plus en plus lointains à mesure que nous descendions. Des voix. Des rires d'enfants. Une chanson de rap diffusée par des enceintes USB minuscules. Et au-dessus de tout cela, l'eau bouillonnante du ruisseau, plus rapide que dans mon souvenir, car il s'était intensifié sous l'effet des pluies hivernales. Le bruit de l'eau s'amplifia, le chemin s'élargit et devint plus escarpé, les arbres plus oppressants. Mes pieds glissaient sur les pierres et les cailloux.

Heathcliff se tourna vers moi et m'agrippa par la taille, supportant aisément mon poids tandis qu'il m'aidait à descendre la pente abrupte et rocailleuse. En bas, je me tins debout, tenant le bras de Heathcliff jusqu'à ce qu'il m'attire contre lui. Je me plaquai contre son corps large et *écoutai*. Je ne voyais pas l'eau, mais je l'entendais, le son me ramenant à mon enfance – quand je lisais des livres sur un rocher plat à cet endroit précis, à l'abri des regards des enfants qui traînaient plus haut le long du ruisseau.

Le sang battait dans mes tempes à cause de l'effort que

j'avais fait pour voir dans l'obscurité, mais je m'en moquais. L'euphorie m'envahit. *Nous avons quand même réussi à trouver cet endroit, et il n'a pas changé.* L'odeur et le son étaient les mêmes que dans mes souvenirs. Et si le rendez-vous ne se déroulait pas comme je l'espérais ? Je n'avais pas besoin de voir Heathcliff pour savoir à quel point il était sexy, ou à quel point c'était agréable de sentir son corps contre le mien.

— On ne voit pas cet endroit depuis la route, et la plupart des gens vont dans l'autre direction car il y a une surface plane où il est plus agréable de s'asseoir, dis-je. Ashley et moi avions l'habitude de sécher les cours et de marcher jusqu'ici. On écoutait des chansons punks sur un vieux Discman et on dessinait des croquis de mode. Une fois, nous sommes même allées nous baigner nues dans le ruisseau.

Heathcliff grogna. À côté de moi, son corps se raidit.

— Ne t'emballe pas, c'était un *désastre*. Il s'avère que le ruisseau n'est profond que jusqu'aux genoux, alors on s'est contentées de se dandiner dans la boue. Puis quelque chose a mordu le pied d'Ashley, et j'ai eu une vilaine éruption cutanée rouge à cause des mauvaises herbes, qui est restée pendant une *semaine*. Depuis, je ne me suis plus jamais baignée à poil. Tu vois un long rocher plat quelque part ?

— Par ici.

Heathcliff me conduisit jusqu'au rocher en question. Je tâtai les bords avec mes mains, m'assurant qu'il était bien tel que je m'en souvenais et assez grand pour deux. Je sortis une couverture du haut de mon sac, et je l'étalai sur le rocher avant de m'assoir.

L'eau dégageait un froid mordant, me fouettant le visage et séchant mes larmes. La roche m'étreignait à des endroits familiers – fraîche, rassurante, faisant autant partie de moi que l'homme qui était maintenant assis à mes côtés, sa cuisse pressée contre la mienne.

J'ouvris mon sac et sortis la nourriture que j'avais rassemblée un peu plus tôt – un pain frais de la boulangerie de Greta, des tranches de chorizo et de prosciutto, du fromage de qualité, un sac de raisins et deux des incroyables beignets à la crème de Greta. Je tendis un couteau à Heathcliff et lui ordonnai de couper le pain et le fromage pendant que je nous servais un verre de vin.

— Tu as pensé à tout, dit-il alors que je dévissais le couvercle d'un pot de confiture de fraises maison de Mme Ellis.

— Je suis plutôt intelligente, tu sais.

Je lui tendis un gobelet en plastique rempli de champagne, et il fit glisser une tranche de pain recouverte de fromage et de chorizo dans mon autre main. Je mordis dedans, savourant la viande épicée et le cheddar corsé.

— Ne dis pas ça. Tu parles comme Morrie. Je n'ai pas envie de penser à Morrie ce soir.

— Alors, est-ce que je n'ai pas choisi l'endroit rêvé pour notre rendez-vous ? demandai-je en buvant une gorgée de champagne, les bulles chatouillant ma langue.

— Si, c'est vrai.

Le souffle chaud de Heathcliff caressa ma joue alors qu'il se penchait vers moi.

— Je ne savais même pas que ce bois existait, ajouta-t-il. Si je l'avais su, je serais probablement venu plus souvent. Je ne sors pas dans la nature autant que je le devrais.

— Est-ce que c'est parce qu'elle te rappelle Les Hauts de Hurlevent ?

Heathcliff marqua une pause.

— Probablement. C'est plutôt que l'Angleterre de mon univers n'existe pas ici, pas pour moi – les landes étaient le dernier endroit vraiment sauvage, à la fois éthéré et menaçant. Leur beauté brute cachait des dangers, des souvenirs et un rêve qui a été réduit en poussière.

— Les landes existent toujours, tu sais. Tu pourrais y retourner et être proche de sa mémoire.

Ou de sa légende.

Pour lui, c'était la même chose.

— Je ne peux pas.

— Pourquoi pas ? Vends la librairie. Achète un cottage au milieu de nulle part. Tu n'auras plus jamais à voir un seul client...

— Ne dis pas des choses pareilles, Mina, grogna Heathcliff.

Son gobelet en plastique se froissa tandis qu'il buvait une longue gorgée de champagne.

— Ne crois pas que je n'y ai pas songé, ajouta-t-il.

— Alors pourquoi restes-tu ? L'un des autres personnages de fiction pourrait sûrement tenir la boutique, quelqu'un qui serait plus à l'aise avec les gens. Il n'y a rien qui te retienne ici...

— Parce que tu es là.

La chaleur me monta soudain aux joues.

— Mais je ne suis là que depuis quelques semaines. Tu aurais pu partir avant.

— J'ai un devoir, dit-il en se raidissant.

— Envers M. Simson ? Mais *pourquoi ?*

— À cause de toi ! cria-t-il en se levant et en éparpillant la nourriture sur les rochers. Pourquoi tu poses toujours autant de questions ?

— Je ne sais pas, pourquoi tu ne me donnes jamais une réponse claire et nette ? Tu ne peux pas lâcher une bombe comme ça et t'attendre à ce que je ne veuille pas en savoir plus. Pourquoi à cause de moi ?

Heathcliff respira bruyamment. La tension montait entre nous tandis que la rivière grondait dans mes oreilles.

— M. Simson m'a dit d'attendre le retour d'une fille à la boutique. Il a dit que cette fille était extrêmement importante pour nous tous, qu'elle était en grand danger et que nous devions la protéger. Il t'a décrite. Ou du moins, nous sommes presque sûrs que c'était toi. La description de cette aveugle n'était pas très détaillée. Mais quand tu es entrée dans la boutique et que tu as raconté que tu y passais tout ton temps quand tu étais enfant, et que Quoth s'est rendu compte que tu pouvais entendre ses pensées, nous avons deviné qu'il parlait de toi.

Je me souvins de ce que Quoth avait dit sous sa forme de corbeau, le tout premier jour où j'étais entrée dans la boutique. *C'est celle dont il t'a parlé...* J'avais supposé qu'il voulait dire par là « C'est celle qui pourra supporter tes conneries », mais là... je n'arrivais pas à y croire.

— Et c'est pour ça que tu m'as donné ce boulot. Parce que M. Simson vous l'a demandé. C'est insensé. Pourquoi M. Simson vous aurait-il demandé de m'attendre ?

— J'en sais tout autant que toi, c'est-à-dire rien. L'hypothèse actuelle de Morrie est que M. Simson a utilisé la chambre principale pour voyager dans le futur de la librairie et voir que tu étais en danger. Morrie a terriblement envie d'essayer de faire pareil.

Je plissai les yeux.

— C'est pour ça que Quoth me suit tous les soirs et s'assoit au bout de mon lit ? Parce que vous pensez tous que je suis en *danger ?* Quel genre de danger je cours exactement pour ne pas pouvoir m'en occuper moi-même ?

— Il ne l'a pas précisé.

— Eh bien, vous pouvez arrêter de me protéger. Je n'en ai pas besoin.

— Hors de question, grogna Heathcliff. Le danger te poursuit comme une malédiction. Pas une seule personne n'est morte à la Librairie Nevermore jusqu'à ce que tu n'arrives. On ne prendra aucun risque. Depuis que tu es entrée dans la boutique, nous faisons toujours en sorte que l'un d'entre nous soit près de toi. Nous nous relayons pour nous assurer que tu es toujours en sécurité.

Ils me suivaient et m'espionnaient ? Je serrai les poings et me levai d'un bond.

— Vous n'avez pas le droit de m'espionner sans me le dire !

— Maintenant, je te le dis.

— Tu aurais dû me le dire dès le *premier jour*. C'est ma vie. J'avais le droit de savoir.

— Il n'est pas seulement question de ta vie, rétorqua-t-il. Ce danger va s'abattre sur nous tous.

— Si je suis un tel danger pour vous tous, criai-je à Heath-cliff, alors pourquoi prendre la peine de me garder dans les parages ?

— *Mina*, dit Heathcliff alors que mon prénom semblait gronder sur ses lèvres.

— Vire-moi, Heathcliff. Arrache le pansement une bonne fois pour toutes. Tu ne m'aimes même pas, de toute façon. Tu fais ça par sens du devoir envers M. Simson. Je refuse de faire pitié à qui que ce soit. Tout irait mieux si je n'étais jamais entrée dans votre vie. Vous seriez...

— Oh, et puis merde, grogna Heathcliff.

Quelque chose de chaud se pressa contre mes lèvres.

Heathcliff.

Toutes mes protestations s'envolèrent tandis que Heathcliff me dévorait, sa langue chaude et exigeante. Il n'hésita pas, ne perdit pas de temps, pas maintenant qu'il avait déclaré ce qu'il voulait.

Il me veut. Heathcliff me veut.

La rage qui m'habitait se transforma en une passion brûlante, et je lui rendis son baiser avec toute la force dont je pouvais faire preuve. Heathcliff gémit lorsque j'aspirai sa lèvre inférieure et que je répondis à sa férocité par la mienne.

Des semaines entières de frustration refoulée s'exprimèrent, alors qu'avec nos mains, nos bouches et nos langues, nous nous disions toutes ces choses que nous avions évitées depuis trop longtemps.

Dans l'obscurité, chaque sensation s'intensifiait. Ses baisers allumèrent une ligne de feu à travers mon corps. Les bras de Heathcliff m'entourèrent, me serrant contre lui, tandis qu'il déversait en moi sa passion et sa rage, que je dévorais et lui renvoyais.

Le poids de Heathcliff me repoussa contre le rocher. Ses mains agrippèrent mes seins, mes fesses, mes joues, mes hanches. Il m'explora avec un abandon sauvage, ses mains se promenant partout à la fois, me laissant haletante, à bout de souffle. Mon gobelet de champagne en plastique se renversa alors que je m'allongeais sur la couverture, éclaboussant celle-ci de liquide. *Je m'en fiche. Heathcliff est en train de parcourir mon corps.*

— Mina, grogna-t-il, ses mains se glissant sous moi, remontant la robe en jersey par-dessus mes hanches. Tu veux que j'arrête ?

— Certainement pas, putain.

— Tant mieux.

Heathcliff repoussa ma robe, baissa mon collant et plongea entre mes jambes.

16

Heathcliff ne perdit pas de temps à me taquiner comme le faisait Morrie. Sa langue trouva l'endroit parfait et il s'y attaqua avec toute sa fureur et sa ferveur, s'y engouffrant comme un ancien guerrier pour réduire mon corps à l'état de chaos impuissant et frémissant.

Je me cambrai contre la roche dure et de minuscules points lumineux pénétrèrent l'obscurité – des étoiles scintillantes dans le ciel nocturne. Un univers qui s'ouvrait à moi comme Heathcliff ouvrait mon corps et mon cœur.

Il aspira mon clitoris dans sa bouche et je m'envolai, je dégringolai dans l'obscurité, me perdant dans le vide du plaisir. Mon corps trembla tandis que le feu se répandait dans mes veines.

À peine un dernier frisson m'avait-il parcourue que Heathcliff était déjà de retour, me saisissant la joue, attirant mon visage contre le sien pour un nouveau baiser à couper le souffle. Il batailla avec ses propres vêtements pour les enlever. Les boutons s'entrechoquaient sur les pierres et tombaient dans le ruisseau. Je glissai mes mains sous la chemise de Heathcliff, pressant mes paumes contre son torse. Je sentis son cœur battre sous mes doigts, vivant et libre de tout fardeau.

Il ramena mes jambes autour de sa taille, sortit un préservatif de je ne sais où, l'enfila et se jeta sur moi comme un homme possédé, ses doigts griffant ma peau tandis qu'il m'adossait au rocher et me pénétrait d'un seul et profond coup de reins.

Oui, oui !

Lorsque Heathcliff s'enfonça en moi, un rayon de lumière bleue traversa mon champ de vision. J'aurais dû être terrifiée, mais au lieu de cela, je réalisai que c'était magnifique. C'était comme mon propre feu d'artifice, à la hauteur du feu qui brûlait dans mes veines.

Si ses bras ne m'avaient pas maintenue en place, ses gestes puissants m'auraient envoyée valser de l'autre côté du rocher. Pour lui, mon corps était le champ de bataille où il menait une guerre contre sa propre conscience.

Mais actuellement, je m'en moquai, parce que ses bras m'entouraient, que son sexe était en moi et qu'il me faisait beaucoup, beaucoup de bien.

Le feu de nos corps s'accrochait à notre peau, nous enveloppant de chaleur contre la nuit glaciale. Les baisers de Heathcliff s'attardaient sur mon visage. Il me maintenait d'une main, tandis qu'il poussait, poussait et poussait, abandonnant le peu de pudeur qu'il possédait et laissant le champ libre à l'homme sauvage et possessif dont j'étais tombée amoureuse entre les pages d'un livre.

Heathcliff gémit en me pénétrant, sa voix profonde et nouée par le désir et la douleur. Je me levai pour le rejoindre, serrant les cuisses pour le prendre plus profondément, pour absorber sa douleur et la faire mienne. Ses doigts s'enfoncèrent dans ma cuisse, une piqûre exquise qui me rapprocha de l'extase.

Je jouis à nouveau, sentant la nuit fraîche contre mon visage et un crépitement de lumière bleu néon traversa mon champ visuel. Des feux d'artifice explosèrent dans mon corps et derrière mes yeux. Avec un mugissement, Heathcliff jouit à son tour, ses muscles se contractant et se relâchant tandis que son sexe frémissait en moi, tel un lion rugissant son défi dans la nuit.

Pendant un instant, un seul instant glorieux, alors que l'air glacial frôlait mon corps et que Heathcliff me serrait contre lui, je réalisai qu'il n'y avait pas de mal à ce que je devienne aveugle. Parce que même lorsque je ne pourrai plus voir et que des feux d'artifice semblables à des néons danseraient devant mes yeux, je pourrai encore *ressentir*. Et entre les mains de Heathcliff et de Morrie, il y avait *tant de* choses agréables à ressentir.

Et puis l'instant s'estompa, le froid me mordit les os, la lumière bleue continua à danser devant mes yeux et je ne pus plus distinguer les étoiles. Je m'efforçai d'enfiler ma robe et de cacher mon visage à Heathcliff, car même si *moi* je ne pouvais pas voir, il pourrait remarquer mes larmes et penser qu'il les avait provoquées.

— Tu veux marcher un peu ? demanda-t-il en brossant la saleté de mon manteau et en enroulant mon écharpe autour de mon cou.

Il ramassa les déchets de notre pique-nique et mit le sac fourre-tout sur son épaule.

— On pourrait traverser la forêt pour nous rendre dans les champs, où il fait plus clair.

Je m'essuyai le visage avec le bord de mon écharpe.

— Très bonne idée.

Heathcliff passa à nouveau son bras autour du mien et je lui accordai ma confiance le laissant me soulever le long de la rive escarpée et me ramener le long du sentier. À chaque pas, son corps se redressait, ses muscles se rappelant comment esquiver, courir et vagabonder.

J'avais envie de dire quelque chose sur ce qui venait de se passer. J'avais désespérément besoin de savoir ce que Heathcliff pensait de nous et de moi et Morrie. Mais Heathcliff n'était pas Morrie. Il ne discutait pas des choses en profondeur et n'envisageait pas toutes les possibilités.

Il n'avait pas de grand projet en tête. Si je voulais comprendre Heathcliff, il me faudrait analyser son esprit à partir des grognements intelligibles qu'il s'avisait de lancer dans ma direction de temps à autre.

Plus loin sur le sentier, il bifurqua vers une autre route, qui nous emmènerait à la lisière de la forêt, là où les sentiers étaient aménagés par la mairie et où les villageois promenaient leurs chiens ou faisaient du vélo pendant les week-ends. Rapidement, nous ne marchâmes plus sur de la terre battue et des racines d'arbres, mais sur une passerelle en bois.

— Intéressant, dit Heathcliff.

— Quoi ? demandai-je, le souffle court.

Allons-nous vraiment parler de ce qui vient de se passer ?

Mais non.

— Certains de ces arbres ont été abattus, dit Heathcliff. Il y a un engin de terrassement et d'autres équipements là-bas. Il semble que Gray Lachlan ait pris les devants en commençant à déboiser pour son projet.

J'étais déçue, mais aussi intéressée. Si les Lachlan avaient commencé à faire avancer les travaux de terrassement de la deuxième phase du projet, avant que le comité ne rejette à nouveau leur demande... Je me demandais si la police était au courant.

Le poids oppressant des arbres disparut, et je sus que nous étions arrivés à la lisière de la forêt, où une grande prairie fleurie laissait place à des terres agricoles plus bas dans la vallée. Des lampes solaires montées sur des bâtons ponctuaient les abords, me permettant d'apercevoir les grandes fleurs sauvages qui m'entouraient.

— Je vois des lumières ! m'écriai-je.

À l'horizon, des orbes brillants attirèrent mon regard, projetant les formes sombres des bâtiments.

À mesure que nous nous rapprochions, les lumières se transformaient en fenêtres et en lanternes, projetant des ombres sur les murs de pierre et les pignons abrupts. Une rangée de cottages en pierre se dressait au bord de la prairie, donnant sur les champs ouverts au-delà. Un bosquet les surplombait, les branches des arbres raclant les pierres effritées et les tuiles cassées sous l'effet du vent. La fumée s'échappait des anciennes cheminées et les jardins envahis par la végétation débordaient des murets de pierre.

— Oh, je n'ai jamais vu ces maisons auparavant, soufflai-je.

La condensation s'éleva de ma bouche, captant la lumière et flottant en d'élégantes volutes.

— Elles sont magnifiques.

— Elles sont pratiquement en train de s'écrouler.

Heathcliff désigna la maison au bout de la rangée, dont une partie du toit s'était effondrée. Elle était recouverte de tôle ondulée.

— Ce n'est pas l'une des vieilles du Club des Livres Interdits ?

Je plissai les yeux vers l'endroit qu'il désignait. Devant le cottage, une voiture de sport rouge d'apparence coûteuse roulait au ralenti dans l'allée, les phares éclairant deux cercles blancs sur le côté de la maison. Une portière claqua et une silhouette courut dans la lumière des phares jusqu'à la porte d'entrée du cottage. J'eus beau forcer sur mes yeux, je ne parvins pas à la distinguer.

— À quoi elle ressemble ? Je ne vois rien.

— Cheveux noirs frisés, robe Tie and Dye sous un trench-coat couleur vomi...

— Oh, c'est Sylvia Blume. Qu'est-ce qu'elle fait ?

— Elle a une clé et elle ouvre la porte d'entrée. Il y a une autre personne dans la voiture, elle sort...

Une autre portière claqua. Heathcliff se pencha en avant.

— Celle-ci, c'est une femme à l'air crâneur qui porte une tonne de diamants. Elle est très enceinte. Elles se disputent.

Ginny Button !

Pourquoi se disputent-elles ? Quelque chose me soufflait que c'était important. Des mots chuchotés me parvinrent aux oreilles, trop étouffés et trop éloignés pour être entendus. La frustration monta en moi. Comment allais-je pouvoir comprendre ce qui se passait ?

— Qu'est-ce qu'elles font maintenant ? sifflai-je à Heathcliff.

— La femme enceinte s'est approchée très près, comme si elle menaçait Cheveux Frisés. Maintenant elle retourne à sa voiture, et...

« Tu crois peut-être que tu es intouchable, Ginny Button ! » hurla soudain Sylvia Blume, transperçant la nuit. Sa voix s'était élevée d'une octave, la tonalité trahissant sa peur. « Mais je sais ce que tu as fait. Tu es pourrie, et tu ne t'en tireras pas comme ça ! »

« Oh, arrête de dramatiser, Sylvia ! » cracha Ginny, la voix snob et pleine de venin. La portière de la voiture claqua à nouveau.

« Il y a problème ? » demanda une voix d'homme profonde avec un épais accent allemand.

— Tiens, tiens, ce ne serait pas l'Angleterre sans un voisin curieux qui se mêle de tout, chuchota Heathcliff.

Des roues crissèrent et la voiture rouge recula dans l'allée commune, puis s'élança sur le chemin de gravier, laissant dans son sillage un nuage de poussière qui obscurcit encore plus ma vision.

« Tout va bien, Helmut » répondit Sylvia Blume, la voix hésitante. « J'ai juste eu une petite querelle avec une amie, c'est tout. Je suis désolée de t'avoir réveillé. »

« Je comprends. Bonne nuit. »

« Bonne nuit. » Je tendis l'oreille et entendis une porte s'ouvrir et se refermer en grinçant. Quelques lumières du cottage s'éteignirent.

Le cœur battant, je me tournai vers Heathcliff.

— C'est quoi cette histoire à ton avis ?

— Garce Enceinte a emmené Cheveux-Frisés faire un tour pour l'intimider, dit Heathcliff d'un ton détaché. Puis elle l'a ramenée à la maison et l'a menacée, mais Cheveux-Frisés en sait plus qu'elle ne le laisse penser.

— Elles parlaient du meurtre de Mme Scarlett !

— On n'en est pas sûrs. Ces cottages font-ils partie du projet King's Copse ? demanda Heathcliff.

— Je ne sais pas, mais je parie que Morrie peut le découvrir. Pourquoi, à quoi tu penses ?

— Je pense que si tu vivais dans un minuscule cottage en pierre au milieu de nulle part, tu n'aurais pas envie qu'un énorme projet immobilier moderne soit construit à côté de chez toi.

— C'est vrai. J'ai lu dans l'un des articles de presse qu'il y avait des habitants des environs dont les maisons devraient être détruites au bulldozer.

— Il faisait probablement référence à ces cottages. Je pense aussi que si tu étais propriétaire dudit cottage et que tu étais agacée par certains promoteurs un peu trop curieux, tu pourrais bien transmettre des informations sur des travaux douteux ou des comportements déplacés à une certaine commère du quartier, ce qui pourrait faire de toi une cible.

— Tu veux dire que Mme Blume pourrait également être en danger ?

— Si quelqu'un est désespéré au point d'empoisonner une vieille dame tellement il souhaite que ce projet voie le jour, dit Heathcliff d'un ton sombre en m'attirant contre lui et en enroulant fermement ses bras autour de moi, alors il est prêt à tout.

17

— Vous avez quelque chose de David Copperfield ? me demanda un vieil homme alors que je transportais des cartons de marchandises vers les deux chariots que Morrie avait subtilisés au supermarché ce matin. C'était le jour de l'enterrement de Mme Scarlett et j'étais arrivée tôt pour trier les stocks pour la fête de l'église.

Et aussi pour voir Heathcliff et essayer de savoir ce qu'il ressentait vis-à-vis d'hier soir, mais c'était sans espoir. Les deux grognements que j'avais obtenus en lui apportant son café ce matin ne pouvaient pas être interprétés comme : *Mina est hyper sexy et je veux encore découvrir son corps...*

Si Maman pouvait créer un dictionnaire Heathcliff pour les humains, je connais au moins une personne qui en achèterait un exemplaire.

— Madame ? dit le client en agitant la main devant mon visage. Où puis-je trouver le célèbre auteur David Copperfield ?

— Oh, oui, bien sûr. Par-là, dis-je en affichant un sourire et en lui faisant signe de se diriger vers le rayon littérature.

Peut-être que comme ça, il finirait par acquérir un cerveau par osmose.

— La soirée d'hier a dû bien se passer, songea Morrie alors que nous poussions les chariots jusqu'à l'église et que nous trouvions notre table. Tu ne corriges pas les connaissances littéraires d'un client, et Heathcliff chantait sous la douche ce matin.

Malgré moi, mon estomac tressaillit.

— Qu'est-ce qu'il chantait ?

— Je ne le prendrais pas personnellement, mais « You Give Love A Bad Name[*] ».

Je donnai un coup de poing dans le bras de Morrie.

— Honte à toi de te servir de Bon Jovi pour être méchant avec moi.

— Tu adores ça, ma belle.

— Si tu veux tout savoir, le rendez-vous s'est bien passé.

Je me penchai par-dessus les cartons pour embrasser chastement Morrie sur les lèvres, trop effrayée pour faire quoi que ce soit d'autre de peur de m'attirer les foudres de l'une des dames de la chorale qui s'affairaient sur le parking de l'église.

— Qu'est-ce que tu veux savoir exactement ?

— Donne-moi tous les détails croustillants.

— Je ne peux pas faire ça, dis-je en rougissant et Morrie se mit à rire. Mais je peux te dire que nous avons découvert quelque chose d'intéressant à King's Copse. Il y a toute une rangée de petits cottages en pierre à l'orée du bois. D'après leur apparence, ce sont d'anciens logements ouvriers. Je sais qu'il y avait là un ancien moulin à bois. On peut apercevoir certaines des ruines depuis la forêt si l'on s'y promène en journée. Je n'ai jamais vu ces cottages auparavant, mais ils doivent se trouver sur le terrain dont Gray Lachlan a besoin pour le développement. Nous avons vu Ginny Button s'approcher de l'un des

---

[*] Titre de Bon Jovi qui se traduit par « Tu donnes une mauvaise réputation à l'amour ».

cottages avec Sylvia Blume. Mlle Blume est descendue de la voiture et s'est dirigée vers la porte. Elle avait une clé, elle devait donc habiter là. Ginny lui a couru après et l'a menacée. Mlle Blume lui a répondu en criant qu'elle savait ce que Ginny avait fait et qu'elle ne s'en tirerait pas comme ça. Cela n'a peut-être aucun rapport avec les meurtres, mais...

— C'est un autre lien, acquiesça Morrie. Je vais trouver tout ce que je peux sur Sylvia Blume et son cottage, et sur cette Ginny Button.

Morrie sortit les cartons des chariots et je disposai les livres sur deux tables à tréteaux, en prenant soin de séparer les livres religieux des romans populaires. À côté de nous, un homme drapa sa propre table d'un tissu bleu et disposa joliment des tisonniers en fer et des casiers à vin. Alors qu'il se retournait pour parler à un client, je crus reconnaître sa voix grave et son accent allemand. C'était l'homme qui avait parlé à Mlle Blume depuis sa fenêtre hier soir !

Peut-être que je n'ai même pas besoin que Morrie fasse une recherche illégale pour découvrir ce qui se passe... Je m'approchai du stand de l'homme.

— Ils sont magnifiques, dis-je en prenant l'un des casiers à vin.

Il avait la forme d'un chien, et quand on insérait la bouteille de vin, elle devenait le corps du chien. J'étais certaine que ma mère l'adorerait, mais c'était plus cher que je ne pouvais me le permettre.

— C'est vous qui les avez fabriqués ?

— *Ja,* répondit-il. Merci complimenter mes créations. Je suis forgeron. J'ai une petite forge sur propriété, et j'extrais et fonds moi-même le minerai.

— C'est difficile à faire ?

— C'est travail difficile pour seule personne. En Allemagne, je travaillais avec trois autres artisans, et nous parcourions les marchés médiévaux pour vendre nos créations. Mais mes parents sont morts et ne nous ont laissé que petite maison en Angleterre, où nous avions l'habitude de venir en vacances à une époque plus joyeuse. Ma sœur et moi avons emménagé ici il y a quelques années et j'ai transformé petite dépendance en forge, si bien que je n'ai pas la place d'embaucher d'autres artisans. Mais je me débrouille. Je fais les marchés de la région et les gens passent commandes – des portails, des balustrades et d'autres choses de ce genre.

— Vous vivez à King's Copse, dans l'un des petits cottages.

Son visage se tordit sous l'effet de la surprise, et j'ajoutai rapidement :

— Je me promenais avec une amie là-bas, hier et j'ai remarqué votre camion. Qu'est-ce que vous pensez de ce grand projet de développement qui est en train de se mettre en place ?

— Les nouvelles maisons sont très laides et je serais triste de quitter le bois. Mais ils nous ont proposé beaucoup d'argent pour acheter nos terres et démolir les cottages. Et cet argent permettrait de construire une plus grande forge ailleurs, et peut-être d'embaucher à nouveau équipe, m'expliqua-t-il avant de jeter un coup d'œil vers l'église, où les dames du club de lecture des Livres Interdits s'affairaient à arranger les fleurs et à disposer les paniers contenant le programme pour les funérailles. Je suppose que maintenant qu'elle est morte, le développement pourrait se poursuivre.

— Vous habitez à côté d'une des dames de mon club de lecture, Sylvia Blume. C'est justement l'amie avec laquelle je me promenais, mentis-je.

— Oui, Sylvia. La diseuse de bonne aventure.

Il était difficile de savoir, d'après son ton, ce qu'il pensait d'elle.

— Comment est-elle en tant que voisine ?

Il fronça les sourcils face à ma question indiscrète, et je réfléchis rapidement.

— C'est juste qu'elle a l'air un peu silencieuse et réservée ces derniers temps, et je m'inquiète pour elle.

— Elle lit l'avenir et cherche herbes. Elle s'est disputée avec autre femme hier soir, mais c'est tout ce que je sais. Je n'aime pas les ragots sur les voisins. Je me contente de travailler dans ma forge. Me soucie pas de ce qui se passe autour de moi.

— *Helmut, ich habe dein Mittagessen mitgebracht**, dit soudain une voix familière derrière moi.

Greta, de la boulangerie, tendit une assiette remplie de sandwiches et de gâteaux, et le forgeron – Helmut – l'accepta avec un sourire. Greta me fit un petit signe de tête.

— *Hallo*, Mina.

— Bonjour, Greta. C'est gentil d'être venue à l'enterrement. Je sais que Mme Scarlett était une de tes clientes régulières. Elle disait beaucoup de bien de tes pâtisseries.

Greta acquiesça à nouveau.

— *Ja*. C'est très triste. Mme Ellis m'a demandé de préparer des rafraîchissements. J'ai un stand là-bas.

Je suivis son doigt jusqu'à une table qui gémissait sous le poids des gâteaux, des roulés à la saucisse et des pâtés.

— Ça a l'air délicieux. Tu te débrouilles super bien bien malgré la Terreur d'Argleton qui est toujours en liberté.

— Cette souris pourrie ! s'exclama-t-elle en rougissant de colère. Elle est revenue plusieurs fois dans ma cuisine. Je vois ses petites crottes partout, mais elle ne tombe pas dans mes pièges. Eh bien, je vais lui montrer. J'ai un vilain piège auquel même une souris intelligente ne pourrait pas échapper.

Intéressant, elle a donc dû réussir à s'échapper du passé.

— C'est bien. J'espère vraiment que tu l'attraperas.

---

* Helmut, je t'ai apporté ton déjeuner, en allemand.

— Oui, dit Greta en jetant un coup d'œil par-dessus son épaule vers son étal où une petite foule de gens s'était déjà rassemblée. Je ferais mieux d'y retourner.

—Oui, moi aussi.

Je remarquai alors que l'homme qui s'était renseigné sur David Copperfield à la librairie était en train de fouiller dans l'un de mes cartons

— Les clients ont toujours besoin de beaucoup d'aide. Bonne chance aujourd'hui, Helmut. J'espère que vous pourrez bientôt déménager dans une forge plus grande !

Helmut hocha la tête d'un air compréhensif. Je retournai à mon stand au moment même où une cliente me mettait un livre sous le nez.

— Pourquoi avez-vous apporté ces livres à une fête d'église ? demanda une voix féminine.

Je levai la tête et croisai le regard perçant d'une femme d'âge moyen à l'air sévère, dont les cheveux grisonnants étaient tellement tirés en arrière qu'ils plissaient son front à la racine. Elle tenait le manche d'une canne en bois sculptée avec soin d'une main et un exemplaire de « *Des Souris et des Hommes* », de l'autre, me poussant la couverture sous le nez.

— J'ai apporté une large sélection de titres, expliquai-je. Il se trouve que c'est un livre que Mme Scarlett appréciait...

— C'est un ouvrage vulgaire, dit-elle en donnant un petit coup sec de ses ongles soignés et dépourvus d'artifices sur la couverture. Il n'a pas sa place dans la Maison de Dieu.

Waouh, on était donc sur un puritanisme de très haut niveau.

—Techniquement, nous ne sommes pas dans l'église.

— Je vous interdis de me répondre jeune fille ! dit la dame en frappant le sol de sa canne. Nous sommes en territoire sacré, et Dieu surveille chacun de vos gestes. Et croyez-moi, il est très mécontent que cette immondice soit vendue sur SES terres pour corrompre SES enfants. J'exige que vous examiniez ces livres immédiatement et que vous enleviez tout ce qui n'est pas sain.

Rien ne me mettait plus en colère que la censure, sauf les parents qui abandonnaient leurs enfants et lorsque Morrie n'arrêtait pas de parler alors que nous regardions un film que j'avais vraiment envie de voir.

— Vous n'avez pas lu ce livre, n'est-ce pas ? Il contient un message puissant sur l'amour et l'acceptation. Je pense que tout le monde ici *devrait* le lire, et je ne jouerai pas à la police de la censure.

Derrière moi, Morrie ricana. Je reculai et je lui écrasai l'orteil. *Tu pourrais me filer un coup de main.*

La femme plissa les yeux.

— Vous êtes la fille qui travaille dans la librairie tenue par ce détestable Heathcliff. Pas étonnant que vous n'ayez aucune décence si vous traînez avec ce...

Non, elle n'avait quand même pas dit ça.

— *Pardon ?*

Mes joues brûlaient de colère. *J'espère que vous êtes prête pour la guerre, Madame.*

— Vous utilisez une insulte raciale à l'égard de mon employeur – un membre de notre communauté tout à fait respectable et qui paie ses impôts – et vous me faites ensuite la leçon sur la notion de décence ? Je ne crois pas non...

Mme Ellis s'approcha en courant, son sac en tissu battant contre son flanc. Elle saisit le bras de la femme.

— Mesdames, qu'est-ce qui se passe ici ?

— Mabel, lorsque tu as organisé ce fiasco, je m'attendais quand même à ce que tu informes au moins les exposants de nos principes, répliqua la femme en tapant sur son bâton pour souligner ses propos. Je veux que cette librairie vulgaire et ses employés grossiers disparaissent avant la fin des funérailles.

— S'il te plaît, Dorothy, l'implora Mme Ellis. C'est l'enterrement de Gladys. Ces livres ne font de mal à personne.

C'est donc elle, Dorothy Ingram ? Elle était effectivement redoutable. Je n'avais aucun mal à l'imaginer faire virer la gentille Mme Winstone du groupe de jeunes.

— De mal à personne ? postillonna Dorothy. Ces livres vont mettre des idées diaboliques et non chrétiennes dans la tête de nos enfants innocents. C'est déjà assez grave que les funérailles de cette femme infâme aient lieu dans notre belle église, mais j'en ai assez que votre club de lecture soit une influence corruptrice dans ce village...

Mme Ellis battit des mains.

— Oui, oui, mais il est presque onze heures. Nous allons bientôt commencer la cérémonie. Si Mina part maintenant, elle va interrompre la procession.

Dorothy me lança un regard mauvais, puis fit un signe de tête à Mme Ellis.

— Très bien. Range tes livres, jeune fille, et prépare-toi à partir dès que le cortège partira pour le cimetière. Mabel, je te retrouve à l'intérieur. Je vais dire à l'organiste de commencer la cérémonie.

Elle s'éloigna en trombe, me jetant un dernier regard noir par-dessus son épaule.

Dès qu'elle fut assez loin, Mme Ellis fit un geste grossier dans son dos. Je me mis à rire.

— C'est donc elle, la fameuse Dorothy Ingram, dis-je.

— Elle déborde de charité chrétienne, dit Morrie en souriant derrière moi.

Je lui lançai un regard noir.

— Tu aurais pu m'aider.

— Tu avais l'air de très bien te débrouiller. Et puis, si je m'étais approché trop près de toi, la vapeur qui sortait de tes oreilles m'aurait aplati les cheveux.

Il passa une main dans ses mèches parfaitement coupées.

— Ne t'inquiète pas pour Dorothy. Elle est tout feu tout flamme, mais c'est juste parce qu'elle n'a rien d'autre dans sa vie que l'église. Elle n'a jamais été mariée, enfin, sauf si cela compte d'être mariée à Dieu, ce qui, à mon avis, n'offre aucun des avantages d'un mari..., dit Mme Ellis avant de froncer soudain les sourcils. C'est étrange.

Je suivis le regard de Mme Ellis. Tout autour de l'église, les personnes en deuil se rassemblaient par petits groupes, parlant à voix basse et jetant des coups d'œil sur les stands en attendant le début de l'office. À l'écart de la foule, sur les marches au fond de l'église, se tenaient Dorothy Ingram et Ginny Button. Elles baissaient toutes les deux la tête pour discuter intensément.

— Dorothy n'aurait jamais fréquenté des gens comme Ginny, une fille de petite vertu qui porte un enfant hors mariage, dit Mme Ellis en se tapotant le menton. Qu'est-ce qui se passe ?

J'eus le sentiment que mon cœur plongeait vers le sol alors que plusieurs éléments se mettaient en place. *Ce qui est en train de se passer, c'est que Dorothy Ingram en avait après le Club Des Livres Interdits, un club immoral, et surtout après sa dirigeante qui ne mâchait pas ses mots. Si elle avait voulu faire du mal à Mme Scarlett, elle aurait eu besoin de quelqu'un de l'intérieur pour le faire. Quelqu'un comme Ginny.*

— Morrie, occupe-toi des clients ! criai-je en me frayant un chemin dans la foule.

Je m'appuyai contre le mur de l'église et je scrutai le sol, faisant semblant de chercher un bijou perdu le long du jardin. Je longeai le mur, m'approchant de l'endroit où se tenaient les deux dames. Je m'efforçai de tendre l'oreille pour entendre ce qu'elles disaient.

— ... je l'ai mise hors d'état de nuire pour vous..., dit Dorothy en jetant un regard furtif sur le parking de l'église.

Elle n'avait plus l'air aussi hautaine et vertueuse, et elle s'appuyait lourdement sur sa canne, comme si c'était la seule chose qui la maintenait debout.

— ...elle a payé pour ses péchés, et maintenant vous et moi n'avons plus rien à faire ensemble.

— Nous n'en avons pas fini, dit Ginny. Il y a autre chose que tu vas faire pour moi.

— Je ne suis pas votre marionnette, Mlle Button. Dieu déteste les maîtres chanteurs.

— Il déteste aussi les *meurtriers*, Dorothy. J'espère que tu n'es pas en train de me menacer, espèce de vache bien-pensante, dit Ginny avant de bailler et de caresser son collier de diamants et de rubis. Je me fiche de ce que Dieu pense de moi. Tout ce qui m'importe, c'est d'obtenir ce que je veux. Fais ce que je te demande, ou tout le village connaîtra ton sale petit secret.

— C'est ce qu'on va voir ! souffla Dorothy.

Elle tourna les talons et partit en trombe.

Ginny vient quasiment de dire que Dorothy était une meurtrière ! Je m'attendais plutôt à ce que Dorothy menace Ginny pour qu'elle se taise, et non l'inverse. Mais pourtant, j'avais bien entendu. Dorothy avait dit : « Je l'ai mise hors d'état de nuire pour vous. »

Elle parlait forcément de Mme Scarlett.

Mais comment avait-elle pu tuer Gladys Scarlett avec de l'arsenic si elles n'étaient pas des amies proches, et pourquoi Ginny voulait-elle sa mort ?

Je me précipitai vers notre table, voulant désespérément raconter à Morrie ce que j'avais entendu, mais il était entouré de plusieurs adolescentes du groupe de jeunes. Elles le regardaient en battant des cils, s'extasiaient sur ses vêtements et lui posaient toutes sortes de questions. Il s'en délectait. En soupirant, je le laissai à ses adoratrices et commençai à ranger à nouveau les livres dans les cartons, tout en observant les rangées de personnes en deuil qui entraient dans l'église. Les autres membres du Club des Livres Interdits se regroupèrent à l'entrée, distribuant des programmes et sortant des mouchoirs de leurs manches pour se moucher. Mme Winstone m'adressa un sourire bienveillant en se tamponnant les yeux. Les cloches retentirent à travers le village et le son des hymnes lugubres résonna dans le parking.

Quarante-cinq minutes plus tard, Morrie et moi avions vendu une pile de romans de vampires aux adolescentes et un ensemble de vieilles bibles au fils du pasteur, et rangé tous les cartons dans les chariots. À côté de nous, Helmut était en pleine effervescence : il avait complètement épuisé ses casiers à vin et prenait des commandes pour en vendre d'autres. *Visiblement, il est acceptable de promouvoir les méfaits de l'alcool lors de la fête de l'église, mais pas les risques de la lecture ?*

La cérémonie se termina par un dernier hymne épouvantable. Les personnes en deuil sortirent de l'église au compte-gouttes et le cortège funèbre traversa la route pour se rendre au cimetière. Alors que le lourd cercueil d'acajou traversait le parking, je levai la main et fis le signe des cornes.

Reposez en paix, Mme Scarlett. J'espère que vous êtes au paradis, en train de semer la pagaille. J'espère...

Un cri perçant interrompit mes pensées. Je me retournai. Mme Ellis sortit en trombe de l'église, ses joues habituellement rouges étaient blafardes et elle agitait frénétiquement les mains. Le cortège s'arrêta net et tous les gens dans la foule se retournèrent pour la dévisager.

— Venez vite ! hurla-t-elle. Oh, c'est horrible !

Morrie lâcha les poignées du chariot et se précipita vers l'église. Je lui emboîtai le pas, me frayant un chemin à travers la foule troublée et en deuil à l'entrée. Morrie passa la tête par la porte de l'église et recula, les lèvres pincées. Il étira les bras devant la porte, bloquant le passage avec son corps. Mme Ellis me tomba dans les bras, sanglotant sur mon épaule.

— J'avais oublié mon châle. Je suis juste r-r-rrevenue à l'intérieur pour le récupérer, dit-elle en sanglotant. Et je l'ai v-v-vvue.

Vu quoi ? Je me précipitai vers la porte. La conversation entre Dorothy Ingram et Ginny Button se répétait en boucle dans ma tête. Que s'était-il passé ?

Morrie tendit la main pour m'arrêter.

— Mina, ne...

L'ignorant, je me glissai sous son bras et entrai dans l'église. Des bougies scintillaient dans les appliques à côté des portes et sur l'autel, mais elles n'éclairaient guère l'espace sombre. Je plissai les yeux dans la pénombre, essayant de discerner ce qui avait effrayé Mme Ellis. Je ne vis rien d'anormal.

En me dirigeant vers la lumière des vitraux, je remarquai un tas de vêtements froissés au bas de l'escalier en colimaçon menant au clocher.

Oh, non.

Je m'approchai un peu plus.

Ce ne sont pas des vêtements.

Je fis un pas de plus, jetant un coup d'œil à la silhouette qui se trouvait sur le sol. Ginny Button gisait au bas de l'escalier, sa robe déchirée. Du sang coulait d'entre ses jambes et son cou était tordu de façon horrible.

18

Le cœur battant, je m'agenouillai devant Ginny Button et je me mis à chercher son pouls. Il n'y en avait pas. Ses yeux vitreux me fixaient, silencieux et accusateurs, comme si c'était moi qui l'avais poussée. Je sortis mon téléphone et appelai une ambulance. Ginny était peut-être partie, mais s'il y avait une chance que son bébé soit sauvé...

— Bonjour... nous avons besoin d'une ambulance à l'église presbytérienne d'Argleton. Une femme est tombée dans les escaliers.

Morrie enroula les mains autour de ma taille et m'attira contre lui.

— Elle n'a pas de pouls, mais elle est enceinte, continuai-je. Oui... oui... merci.

Morrie me caressa les cheveux.

— Oh regarde, encore un meurtre. Tu es sûre que tu n'es pas maudite, ma belle ?

— Ce n'est pas drôle.

Pitié, faites que le bébé de Ginny aille bien.

— Et ce n'est pas un meurtre, dis-je. Elle a trébuché dans les escaliers.

— Non, elle n'a pas trébuché, dit Morrie en pointant son cou...nu. Quelqu'un a volé son collier.

Je frissonnai. Il avait raison. Le collier coûteux de Ginny était introuvable. Et il y avait autre chose... un objet blanc qu'elle tenait dans sa main. Un morceau de papier. Je le retirai de ses doigts et lus le message, le retournant pour vérifier qu'il n'y avait pas de signature, mais ce n'était pas le cas. Il était écrit dans une police simple :

« Retrouve-moi en haut du clocher après la cérémonie. Nous avons quelque chose d'important à nous dire. »

Morrie me prit le mot et tint le papier par les coins, l'observant à travers la lumière.

— Papier d'imprimante standard, jet d'encre. Il n'y a pas grand-chose à en tirer, si ce n'est le ton menaçant du message.

Je passai en revue la foule qui entrait dans l'église. *N'importe lequel d'entre eux aurait pu le faire.* Les femmes hurlèrent en voyant le corps. Le vicaire et son fils tentèrent de repousser tout le monde à l'extérieur, mais évidemment, il était impossible d'éloigner des villageois curieux d'un cadavre. À cause du froid de l'hiver, la plupart d'entre eux portaient des gants. Il n'y aurait probablement pas d'empreintes digitales décelables sur le morceau de papier.

— Quelqu'un l'a attirée dans la tour et l'a tuée ! s'écria Mme Ellis en lisant le mot par-dessus mon épaule.

Les gens observaient le corps avec horreur. Ses mots retentirent à travers la foule, et les têtes se penchèrent pour chuchoter des accusations sur l'identité du coupable.

— Nous ne savons encore rien pour le moment, dis-je pour apaiser Mme Ellis, afin que ni elle ni personne dans la foule ne panique et ne s'enfuie. Ginny a probablement trébuché en montant les escaliers. Les marches sont glissantes et irrégulières, et regardez les chaussures qu'elle porte.

Les talons aiguilles de Ginny n'étaient pas des chaussures adéquates pour gravir les escaliers d'une ancienne église.

— Elle a été assassinée, je le sais ! Par la même personne qui a empoisonné Gladys. Tu ne comprends donc pas ? Quelqu'un en veut au Club des Livres Interdits.

Les narines dilatées et la bouche tordue de Dorothy Ingram me revinrent à l'esprit, tout comme les mots inquiétants de sa conversation secrète avec Ginny. *Mme Ellis a peut-être raison.*

— La police examinera toutes les possibilités. Avez-vous vu quelqu'un d'autre à l'intérieur quand vous cherchiez votre châle ?

— Non. Je suis allée au bout de la rangée, et j'ai remarqué une forme au bas de l'escalier menant à la tour. J'ai pensé qu'une des compositions florales était tombée, alors je suis venue la redresser et... oh...

Je passai les bras autour des épaules de Mme Ellis et tentai de l'éloigner de la scène macabre. Dehors, les sirènes se rapprochaient.

—Je pense vraiment que Ginny est tombée...

— Elle n'est pas tombée, elle a été poussée ! s'écria Mme Ellis en s'accrochant à ma chemise. Ginny était aussi agile qu'une chèvre des montagnes dans ses chaussures. Elle ne serait jamais tombée. Et regarde, quelqu'un a pris son collier de diamants. C'était son préféré, elle ne l'enlevait jamais. Oh, Mina, il faut que tu m'aides.

— Qu'est-ce que vous racontez ? Vous n'êtes pas en danger.

— Si ! s'exclama-t-elle, ses yeux sortant de leurs orbites. Quelqu'un est en train de tuer les membres du Club des Livres Interdits. Et je pourrais être la prochaine !

19

Une fois notre déposition faite à la police, je laissai Morrie ramener les livres à la boutique et le chariot au marché, et j'aidai Mme Ellis à retourner à la librairie Nevermore. À l'étage, dans l'appartement, elle s'installa dans le fauteuil de Heathcliff près du feu pendant que je faisais bouillir de l'eau et préparais le thé – la seule réaction anglaise appropriée à une telle frayeur.

Plus j'y réfléchissais, plus je réalisais qu'elle avait peut-être raison de dire que le Club des Livres Interdits était visé. D'abord Mme Scarlett, et maintenant Ginny Button. La seule chose que ces deux dames avaient en commun était leur appartenance au club de lecture et le fait qu'elles avaient toutes deux croisé Dorothy Ingram.

Et puis il y avait cette étrange conversation que j'avais surprise entre Dorothy et Ginny Button. D'après les propos de Dorothy, c'était presque comme si Ginny la faisait chanter. Mais quel secret une femme comme Dorothy pouvait-elle bien avoir, et que ferait-elle pour empêcher qu'il soit dévoilé ?

Je tendis son thé à Mme Ellis, qui le prit avec des doigts tremblants.

— Mme Ellis, Dorothy Ingram a-t-elle déjà menacé quelqu'un du club de lecture ?

— Oh, oui. Tous les mois, cette méchante femme se met en tête de dénoncer quelque chose dans le village qui ne satisfait pas ses critères puritains. Elle écrit des lettres à la *Gazette*, placarde les magasins de prospectus et met le comité paroissial dans tous ses états. Elle s'est mis le vicaire dans la poche, tu sais. Mais elle n'a jamais réussi à prendre le dessus sur Gladys. Chaque fois que Dorothy lançait une campagne contre le Club des Livres Interdits, Gladys trouvait un moyen de la ridiculiser et de faire en sorte que les gens cessent de la prendre au sérieux, et Dorothy s'occupait alors de terrifier un autre groupe.

— J'ai lu un article dans la *Gazette* où Gladys défendait Sylvia Blume.

— Oui, c'était il y a plusieurs années, quand Sylvia a voulu ouvrir son magasin de cristaux et offrir ses services. Dorothy a essayé de lancer une bonne vieille chasse aux sorcières. Gladys ne supportait pas les brutes, alors elle s'est lâchée dans le journal. Évidemment, Dorothy ne pouvait pas empêcher un commerce légitime d'ouvrir dans la rue, et après la lettre de Gladys dans le journal, rien de ce que Dorothy a dit n'a empêché les villageois de faire la queue pour qu'on leur lise leurs auras, alors elle a laissé Sylvia tranquille depuis.

Vraiment ? Je n'arrêtais pas de repenser au fait que Ginny était venue rendre visite à Sylvia Blume.

J'étais sûre que tout cela était lié, mais je ne savais pas comment.

— Je pense que vous devriez dire à la police ce que vous m'avez dit, expliquai-je. Cela pourrait contribuer à innocenter les Lachlan. Après tout, ils ne peuvent pas avoir tué Ginny s'ils sont toujours détenus au poste de police.

— Oh, je leur ai dit à l'église lorsqu'ils sont venus, mais je ne pense pas qu'ils m'aient crue. Et ils n'ont pas laissé partir

Cynthia et son mari. J'ai tellement peur, Mina. Si quelqu'un pousse une femme enceinte dans les escaliers, imagine ce qu'il pourrait faire ensuite ! Tu veux bien rester avec moi ce soir ? gémit Mme Ellis. Je suis terrifiée à l'idée que quelqu'un vienne me faire du mal.

— Oui. Bien sûr.

Puis je me souvins soudain.

— Oh, non, mince, je ne peux pas. Je dîne avec ma mère.

Et mes trois... petits amis.

— Alors je viens aussi ! se réjouit Mme Ellis. Je promets de ne pas vous déranger. J'apporterai même mon fameux hachis parmentier. J'en ai gardé un au congélateur au cas où une occasion pareille se présentait.

Qu'est-ce que je suis censée répondre à ça, au nom d'Astarté ?

— Je ne sais pas s'il y aura assez de place. Heathcliff, Morrie et Quoth viennent, ainsi que Jo, la médecin légiste. La maison de ma mère est très petite...

— Mais non. Avec une telle foule, vous ne remarquerez même pas qu'il y a quelqu'un de plus. Et je pourrais peut-être arracher quelques informations utiles à cette pathologiste pour t'aider à résoudre l'affaire.

Je soupirai. Comme si cette soirée ne pouvait pas être plus désastreuse.

— D'accord, j'imagine que vous pouvez venir.

APRÈS AVOIR TERMINÉ sa tasse de thé, Mme Ellis se détendit un peu plus. Grimalkin se blottit sur ses genoux et je n'eus pas le cœur de leur rappeler que Heathcliff ne voulait personne sur son fauteuil. Je lui apportai une pile de livres à l'eau de rose et une tablette de chocolat et elle redevint elle-même en un rien de temps.

En bas, je réunis Heathcliff, Morrie et le corbeau, et je les mis au courant de ce qui s'était passé à l'église et de la conversation que j'avais entendue entre Ginny Button et Dorothy Ingram.

— Mme Ellis pense que c'est en rapport avec le Club des Livres Interdits, et après cette journée, moi aussi.

— Si cette sorcière essaie de te faire du mal, je lui ferai avaler un crucifix ensanglanté, grogna Heathcliff.

— Si Dorothy Ingram est derrière tout ça, je doute qu'elle s'en prenne à moi. Je n'ai assisté qu'à cette seule réunion.

— Mais tu as apporté tous ces livres corrompus à l'église, fit remarquer Morrie.

— C'est vrai, mais je pense que ce qui se passe remonte à bien plus loin. Ginny a évoqué le « vilain petit secret » de Dorothy. C'est peut-être ce que Dorothy cherche à protéger. La seule chose qui n'a pas de sens, c'est la conversation entre Ginny et Dorothy.

— Je suis d'accord, dit Morrie en se frottant le menton. À t'entendre, on dirait que Dorothy a tué Mme Scarlett sur ordre de *Ginny* pour que cette dernière ne révèle pas un secret à son sujet. Mais Ginny voulait que Dorothy fasse encore du sale boulot. Alors Dorothy l'a poussée dans les escaliers pour mettre fin au chantage.

— Peut-être que cela signifie qu'elle ne tuera plus ?

— Je ne compterais pas trop là-dessus. Nous ne savons pas qui d'autre connaît ce vilain petit secret. Nous savons déjà que Gladys est du genre à divulguer un secret dans tout le village. N'est-ce pas ce qu'elle a fait aux Lachlan ?

J'acquiesçai.

— Dans ce cas, il ne nous reste plus qu'à comprendre pourquoi Ginny Button aurait voulu la mort de Mme Scarlett, et quel vilain secret elle avait sur Dorothy Ingram, dit Morrie en souriant. Une vieille peau aussi coincée qu'elle ? Je parie que c'est absolument *immonde*.

— Je préfère ne pas le découvrir, si cela ne vous dérange pas, murmura Heathcliff.

— Tu veux dire que tu n'es même pas un peu curieux ? dit Morrie d'un air scandalisé. J'avoue que je ne te comprendrai jamais, Heathcliff. J'aime *tellement* les secrets croustillants.

Effectivement. James Moriarty avait déjà stocké tous mes secrets dans les vastes voûtes de son esprit. Je me demandai à nouveau si Morrie avait lui aussi des secrets croustillants. Il jouait un peu trop bien le rôle du méchant insouciant et je-m'en-foutiste. Mais je soupçonnais que sous cette attitude se cachait un homme qui souffrait énormément.

Ou... peut-être que derrière ce masque se cachait tout simplement le Diable lui-même. C'était l'un ou l'autre.

— Je vais me renseigner sur les antécédents de Dorothy. J'ai déjà vérifié ceux de toutes les femmes du Club des Livres Interdits, et rien ne ressort pour Ginny, si ce n'est qu'elle a assuré ce collier de diamants et de rubis pour vingt mille livres. La seule vieille dame à avoir un casier est Mme Ellis, qui a montré ses seins à un policier pour tenter de se soustraire à une contravention.

— Bravo Mme Ellis ! dis-je en souriant. J'étais sûre qu'elle avait eu une jeunesse tumultueuse.

— Jeunesse ? Cet incident s'est produit l'année dernière.

Heathcliff s'étouffa avec son beignet.

Quoth descendit de son perchoir sur le lustre pour s'asseoir sur mon épaule. Il inclina la tête, ses grands yeux bruns se teintant d'inquiétude. Je lui tapotai gentiment le haut du crâne.

Je suis inquiet pour toi, dit-il mentalement. *Pourquoi tu te mêles d'une autre affaire de meurtre ? Ne devrait-on pas faire confiance à la police pour résoudre l'enquête ?*

— Je suis d'accord avec l'oiseau, ajouta Heathcliff. Nous avons bien assez à faire avec la librairie qui a tendance à ouvrir des portes et à nous réserver des surprises, ainsi qu'avec notre querelle persistante avec La-Boutique-Dont-On-Ne-Doit-Pas-Prononcer-Le-Nom Résoudre des meurtres ne fait pas partie de ta description de poste.

Je les dévisageai tous, rencontrant des yeux noirs féroces, des bleus calculateurs et des bruns bienveillants.

— Maintenant, si. La police essaie toujours de mettre la mort de Mme Scarlett sur le dos des Lachlan. Ils pensent que Ginny Button est tombée dans les escaliers. Si Dorothy Ingram est derrière tout ça, il faut que nous allions au fond des choses avant que quelqu'un d'autre ne meure, dis-je en grimaçant. *Après* avoir enduré un dîner avec ma mère.

20

— Pourquoi devons-nous prendre un taxi ? grogna Heathcliff. C'est une perte d'argent. Votre petit stand à la fête de l'église ne nous a pas vraiment rapporté des millions.

— Courage, Seigneur Grogneugneu, dis-je en souriant.

Heathcliff détestait qu'on lui invente des noms de nobles.

— Nous prenons un taxi parce que c'est une longue distance à parcourir pour Mme Ellis, ajoutai-je, surtout lorsqu'il y a un meurtrier en liberté. Et c'est la dernière fois que je t'entends te plaindre à ce sujet, sinon, on reste pour une partie de charades après le dîner.

Heathcliff ferma la bouche lorsque le taxi se gara devant nous. Nous nous entassâmes tous les cinq – Mme Ellis sur le siège avant, son châle à paillettes remonté autour de ses larges épaules. Moi, au milieu, entre Heathcliff et Morrie. Quoth sur un siège rabattable à l'arrière. Jo avait appelé plus tôt pour s'excuser – elle devait procéder à l'autopsie de Ginny Button. Elle m'avait aussi annoncé que l'enfant – un petit garçon – avait survécu et se trouvait dans un état stable à l'hôpital.

Morrie et Mme Ellis continuèrent à bavarder pendant que

nous traversions la cité. Je regardais fixement par la fenêtre, grimaçant face à chaque détail. Les doigts énormes de Heathcliff s'accrochaient à mon genou et ne le lâchaient pas. J'imaginais qu'il essayait simplement de me rassurer, mais lorsque j'observai son visage, je remarquai que ses traits étaient tirés. *Il est nerveux, lui aussi.*

Je ne savais pas quoi en penser.

La voiture prit le dernier virage et ralentit devant notre rangée d'appartements. Nos voisins organisaient une sorte de fête. Les gens sortaient de chez eux, regroupés sur la terrasse branlante, la pelouse envahie par la végétation et dans la rue. Notre chauffeur poussa un juron en contournant un grand canapé qui avait été incendié au milieu de la route. Les gens riaient et criaient en jetant des canettes de bière dans le brasier.

— Eh bien, dit Mme Ellis d'un ton faussement jovial en se glissant hors du taxi et en serrant son sac à main contre sa poitrine. C'est *charmant*. C'est très festif.

— Au moins, ils restent au chaud, dit Morrie en claquant des dents.

Il avait enfilé une de ses vestes taillées sur mesure par-dessus un pantalon gris, une fine chemise blanche et un gilet de soie noire. Il était à croquer, mais pas vraiment habillé pour une soirée d'hiver britannique.

Ma mère ouvrit la porte d'entrée et nous regarda d'un air radieux. Elle portait un tablier et une toque en papier journal enroulé.

—Entrez donc !

Oh non, Maman, non. Elle se comportait comme une idiote, essayant de prétendre qu'elle était super chic, comme à chaque fois que j'amenais quelqu'un à la maison, ce que je n'avais pas fait depuis la première fois qu'Ashley était venue dîner et que ma mère avait essayé de fumer son propre saumon dans son Gore-Met Kitchen Whiz (encore un gadget censé lui permettre de faire fortune rapidement) et qu'à cause d'elle Ashley avait eu une intoxication alimentaire.

Je serrai les dents. *Finissons-en, comme ça, elle arrêtera de me harceler avec la librairie.*

— Salut, maman, on est tous là.

Les garçons me suivirent à l'intérieur, Mme Ellis à la traîne. En entrant dans le salon, je jetai un coup d'œil à la table de la kitchenette. Maman avait enlevé les cartons qui la jonchaient habituellement et y avait disposé des sets de table (en carton coloré) ainsi que notre meilleure vaisselle et notre meilleure verrerie (des pièces toutes dépareillées et choisies parce que c'étaient celles qui étaient les moins abimées). Deux bols trônaient au milieu de la table, recouverts de couvercles bien serrés. Je tremblais à l'idée de ce qu'il pouvait y avoir à l'intérieur. Une pile de dictionnaires sur les animaux de compagnie avait été disposée en éventail sur la table.

Ça va être un désastre.

— Eh bien, nous y voilà, dit ma mère en joignant les mains sur sa poitrine. Je suis ravie de rencontrer enfin les nouveaux amis de Mina.

Morrie s'avança et lui tendit la main.

— James Moriarty, mais mes amis m'appellent Morrie. C'est un plaisir de vous rencontrer, Mlle Wilde. J'ai choisi un vin pour l'occasion – c'est un vin pétillant, il faudra donc le garder au frais à six degrés idéalement. Avez-vous un seau à glace ?

Ma mère ne saisit pas la signification du nom de Morrie. Elle n'était pas vraiment une grande lectrice.

— Merci, Morrie. Je n'ai pas de seau à glace, mais tu peux le mettre au congélateur un moment ? Mon Dieu, que tu es grand.

— Oui, je le suis. Outre mon esprit vif et séduisant, c'est l'une de mes plus belles qualités.

Morrie se rendit à la cuisine pour régler la question du vin.

Heathcliff s'avança et lui tendit la main. Sa carrure était

imposante dans notre minuscule appartement et, sous la lumière du tube fluorescent, ses yeux noirs et ses cheveux sauvages lui donnaient un air menaçant.

— Heathcliff, marmonna-t-il.

Ma mère hésita un instant avant de lui serrer la main.

— Tu as un nom de famille, Heathcliff ?

— Juste Heathcliff.

— C'est Earnshaw, dis-je en lançant un regard noir à Heathcliff.

Dans son monde, il n'avait qu'un seul prénom, mais le nôtre exigeait un nom de famille.

— Heathcliff Earnshaw.

Ces mots sonnaient si mal dans la bouche de ma mère.

— C'est un nom de famille très anglais, ajouta-t-elle. Mais tu n'es pas anglais, n'est-ce pas ?

Je lui jetai un regard noir, mais elle fit semblant de ne pas s'en apercevoir.

Heathcliff haussa les épaules.

— Cela dépend de la définition que vous en faites.

— Eh bien, *Heathcliff*, je dirais qu'un vrai Anglais c'est...

— Moi c'est Allan Poe, dit Quoth en contournant Heathcliff et en lui tendant la main.

Merci, mon beau corbeau.

Lorsque Maman se détourna de Heathcliff pour saluer Quoth, elle sursauta un peu et ses yeux se mirent à briller. La chose horrible qu'elle s'apprêtait à dire à Heathcliff lui échappa. La beauté de Quoth faisait souvent cet effet.

— C'est un plaisir, Allan, souffla ma mère, parcourant du regard la peau de porcelaine de Quoth, ses yeux ardents et profonds et ses cheveux noirs qui tombaient comme une cascade de minuit dans son dos.

— Et moi je suis Mabel Ellis. J'étais l'enseignante de Mina à l'école, dit Mme Ellis en serrant ma mère dans ses bras. C'est si gentil à vous de m'accueillir. Tenez. J'ai apporté un hachis parmentier.

— C'est très gentil, merci. Bon, ne restons pas plantés là. Je vous en prie, asseyez-vous. J'ai préparé des amuse-bouche de poulet épicé.

Nous nous installâmes sur les canapés usés et les chaises de salle à manger en plastique ébréché pendant que ma mère nous tendait une assiette contenant des nuggets de poulet saupoudrés de flocons de piment, embrochés sur des cure-dents.

— Avec plaisir, dit Morrie en repliant son grand corps sur le sofa avant de fourrer deux nuggets dans sa bouche.

J'étouffai un rire quand je le vis écarquiller les yeux et s'éventer avec sa main. Ma mère avait dû mettre le paquet avec le chili.

— Je passe mon tour, dis-je en souriant.

Heathcliff et Quoth firent de même. Mme Ellis en prit un, mais essuya le chili sur le bord du canapé pendant que ma mère avait le dos tourné. Elle revint avec un plateau de boissons et fit circuler des gobelets en plastique remplis du vin cher de Morrie, et nous portâmes un toast maladroit.

— Alors, Heathcliff, tu n'es pas d'Argleton ? demanda ma mère, essayant à nouveau de piéger Heathcliff dans une conversation où il finirait par admettre qu'il était étranger.

— Je vis dans la librairie.

— Mais tu n'as pas grandi ici, n'est-ce pas ?

— Je crois que ma mère te demande d'où tu viens, dis-je en lançant un regard noir à cette dernière.

Elle sourit gentiment en mâchant un nugget de poulet.

— J'ai été élevé dans une ferme dans les landes du York-shire, dit-il. Mais ce n'est pas là que je suis né. Mes parents m'ont abandonné dans les rues de Liverpool, et j'ai été recueilli et élevé par la famille Earnshaw. Je ne connais pas mes véritables origines, et je n'ai pas spécialement envie de les connaître.

— Eh bien, on pourrait penser que tu es d'origine Rom, à en juger par ton teint, dit ma mère.

— On me l'a déjà suggéré, oui, dit Heathcliff d'un ton laconique.

— Morrie vient de Londres, annonçai-je, cherchant à changer de sujet.

Maman fit une grimace.

— Londres c'est si grand et bruyant. Tu dois nous prendre pour de vrais campagnards après avoir vécu à la capitale.

— Argleton a un rythme de vie plus lent, mais ce n'est pas sans charme, dit Morrie en faisant glisser un doigt sur ma cuisse, et un frisson me parcourut le corps. Mais oui, Londres a toujours été mon terrain de jeu favori. À l'exception d'un bref passage à Oxford où j'ai obtenu mon diplôme, j'ai toujours vécu en ville, et il se peut que j'y retourne.

— À Oxford ?! s'exclama ma mère en tendant l'oreille. Tu as entendu ça, Mina ?

— Oui, maman. J'ai entendu. Je pensais moi-même aller à Oxford, si tu te souviens bien.

— Mais tu n'étais pas faite pour ce genre d'études savantes. Tu es trop créative. Morrie, lui, a les compétences intellectuelles pour. Qu'est-ce que tu fais dans la vie, Morrie ? Médecin ? Avocat ? Entrepreneur dans le milieu de la technologie ? demanda-t-elle, les yeux brillants. Je la voyais déjà dépenser tout l'argent de Morrie dans un manoir de footballeur aux couleurs criardes et dans une piscine en forme de haricot.

— J'ai un peu d'expérience en médecine, mais je suis avant tout un mathématicien.

— Oh, dit ma mère en se figeant. Et combien gagne un mathématicien ?

— Maman, tu ne devrais pas demander aux gens ce qu'ils gagnent !

— Ça ne me dérange pas, dit Morrie en souriant. Tout dépend du type de mathématiques que l'on pratique. Mon travail est exceptionnellement lucratif.

— Oh, eh bien, c'est merveilleux.

Ma mère me lança un regard appuyé, et je savais qu'elle était déjà en train d'imaginer à quoi ressemblerait ma robe de mariée lorsque j'épouserais Morrie, le beau et riche mathématicien. *Pitié, faites que le sol m'engloutisse tout entière.*

— Et toi, Allan ? Où es-tu né ?

— À Richmond, aux États-Unis, répondit Quoth.

— C'est de là que vient ton accent ? Tu n'as pas l'air d'un Américain.

— Ah oui ? dit Quoth en penchant la tête sur le côté.

Ses cheveux tombaient sur son épaule. Je ne pus résister à l'envie de tendre la main pour les placer derrière son oreille. Il sursauta lorsque mes doigts effleurèrent sa peau. *Il est inquiet.*

— En tout cas, il paraît exotique avec sa voix rauque et sexy, dit Mme Ellis.

À côté d'elle, Heathcliff s'étouffa avec son vin.

Ma mère ne sut pas comment réagir. Elle avala son verre d'une traite, oubliant heureusement de demander à Quoth ce qu'il faisait dans la vie. Au lieu de cela, elle se tourna vers Heathcliff.

— Alors, est-ce qu'il se passe quelque chose d'intéressant à la librairie, à part le fait que des gens se font assassiner ?

— Maman !

— Ben quoi, chérie ? Je *demande* juste... M. Heathcliff rencontre sûrement des clients intéressants.

— Non, marmonna Heathcliff dans son verre.

— Nous avons eu la visite de la Terreur d'Argleton, dit

Morrie, frissonnant en se remémorant la présence de la souris dans son pantalon.

— La souris dont on parle dans le journal ? demanda ma mère, intriguée. Vous l'avez prise en photo ?

— Pas vraiment. Elle est trop rapide pour nous. Même le chat du magasin, Grimalkin, n'a pas réussi à l'attraper.

— Oh, je sais ! s'exclama ma mère avant de fouiller dans la pile de livres sur la table. Elle en sortit un et le déposa sur les genoux de Heathcliff. C'est ça qu'il vous faut !

Je jetai un coup d'œil au titre. *Le langage des souris pour les humains.*

— Maman, non...

— Si, c'est parfait ! Vous pourrez traduire ses couinements, comprendre ce qu'elle veut et vous en servir pour la piéger.

Heathcliff agita la mâchoire de haut en bas. Je crus d'abord qu'il était furieux, puis je remarquais l'étincelle dans ses yeux alors qu'il luttait pour ne pas rire.

Morrie se frotta le menton.

— Ça vaut le coup d'essayer. À ce stade, je ferais n'importe quoi pour me débarrasser de cette créature immonde. Combien vous dois-je pour le livre ?

— Je vous l'offre. Quand vous aurez capturé la souris, le journal fera un article sur vous et vous pourrez leur raconter comment mon livre vous a aidé. Nous pourrions même travailler ensemble pour améliorer notre image.

— C'est une excellente idée, dit Morrie avant de tapoter le genou de Heathcliff. Heathcliff a vraiment besoin d'aide pour son image.

Heathcliff glissa le livre dans sa veste.

— Merci, parvint-il à dire d'une voix étranglée.

— Maman, en fait, il y a quelque chose que nous aimerions te demander. Sylvia Blume a-t-elle eu des accrochages avec Dorothy Ingram ces derniers temps ? Ou avec Ginny Button ?

— Oh, Mina, tu n'es quand même pas en train de te mêler de cette histoire de meurtre, n'est-ce pas ? dit ma mère en fronçant les sourcils. Tu vas encore éveiller les soupçons de la police.

— Non, Maman. Je te le jure, dis-je en réfléchissant rapidement. J'ai juste retrouvé ce vieil article dans le journal alors que j'aidais Mme Ellis à rédiger la nécrologie.

Je sortis mon téléphone et lui montrai l'article en question. Elle le parcourut, ses lèvres s'étirant en un sourire devant les mots acerbes de Mme Scarlett.

— La querelle de Sylvia avec Dorothy Ingram est terminée depuis de nombreuses années. Pour autant que je sache, Dorothy n'a jamais mis les pieds dans la boutique et n'a plus jamais redit que Sylvia était une sorcière. Ginny Button venait tout le temps, parée de diamants, pour qu'on lui lise l'avenir. Bizarrement, elle ne semblait jamais payer pour ses séances. Je ne l'aimais pas beaucoup – elle disait des choses tellement sournoises sur mes tenues, dit ma mère en lissant le devant de sa robe cocktail couleur moutarde qu'elle avait dénichée dans une boutique solidaire. J'imagine qu'elle ne dira plus rien maintenant.

— Tu as déjà vu Ginny avec Mme Scarlett ?

— Oh, tout le temps ! Ces deux-là étaient très impliquées dans la fondation historique, qui travaillait sur ce grand projet à l'ancien hôpital d'Argleton, vous savez, pour trier les dossiers, etc, avant qu'il ne soit démoli. Elles passaient en ville pour prendre un café et venaient bavarder avec Sylvia. Évidemment, dit-elle en fronçant les sourcils, ça fait longtemps que ce n'est pas arrivé.

— Pourquoi ?

— Je ne sais pas, chérie. Tout ce que Sylvia a dit, c'est qu'elle n'était pas satisfaite de la façon dont Gladys dirigeait le comité d'urbanisme. Mais je ne prête pas attention à ces trucs politiques.

La sonnerie retentit dans la cuisine. Ma mère se leva.

— Oh, le dîner est prêt. Mina, si tu pouvais faire asseoir tout le monde à table et t'assurer que les verres sont pleins.

Je sortis les chaises et tout le monde s'installa. Ma mère revint de la cuisine, portant un grand plateau contenant quelque chose qui ressemblait étrangement à une pile de boulettes de viande.

C'est effectivement une *pile de boulettes de viande. Mais à quoi pense-t-elle ?*

J'avais pratiquement été élevée avec ces boulettes de viande. Il s'agissait de couches de pommes de terre rissolées, d'œufs durs et de saucisses bon marché coupées en morceaux et cuites dans une sauce pour pâtes en conserve, le tout recouvert d'une couche de fromage.

Je me mis à rougir. Pour ma mère, c'était sa spécialité, mais pour n'importe qui d'autre, c'était une horrible mixture grasse et bancale. En voyant Morrie, ce fin gourmet, se crisper lors-qu'elle posa le plat devant lui et commença à découper la croûte de pommes de terre rissolées au fromage, je réalisai que juste pour ça, ça en valait presque la peine.

— Ça te suffira Morrie ? demanda-t-elle d'un ton jovial en lui servant une énorme cuillérée.

La sauce tomate brillait d'un rouge éclatant sous les néons fluorescents de notre cuisine.

— Oh, oui, ce sera parfait dit Morrie avant de vider son verre de vin d'un trait. Puis il attrapa la bouteille sur le comptoir et remplit son verre à ras bord.

— Mina, fais passer la salade, ordonna ma mère en dépo-sant une nouvelle portion encore plus large dans l'assiette de Heathcliff.

Je soulevai les couvercles des deux plats posés sur la table avec précaution, révélant une salade de pommes de terre de chez Tesco et des petits pains à l'aspect triste. À côté du plat préparé par ma mère, le hachis parmentier brun doré de Mme Ellis avait l'air d'un plat étoilé au Michelin.

Heathcliff se jeta sur son assiette dès que ma mère lui tendit la sienne. Maman rayonnait comme s'il l'avait complimentée sur ses talents culinaires. Ce n'était pas le cas – les landes avaient dû altérer les papilles gustatives de Heathcliff, car il mangeait *n'importe quoi*. Une fois, je l'avais même vu mâcher une ficelle de réglisse si vieille qu'elle *s'était fossilisée*. Je picorai dans mon assiette, trop mortifiée pour en goûter une seule bouchée.

— C'est délicieux, Helen, dit Morrie en me faisant un clin d'œil et en avalant une nouvelle bouchée. C'est ce que vous cuisinez chaque fois que Mina ramène un garçon à la maison ?

— Mina n'a encore jamais ramené de garçon à la maison, dit ma mère avec un grand sourire.

Je me demandai si elle n'avait pas déjà choisi les fleurs pour le mariage.

— Elle n'aime pas que je m'implique dans cette partie de sa vie, n'est-ce pas, ma chérie ?

Je me demande vraiment pourquoi, Maman...

— Ça me surprend, dit Morrie en construisant un mur avec ses pommes de terre rissolées pour essayer de faire croire qu'il en avait mangé plus. Mina est si belle et si incroyablement intelligente. J'imagine que la seule raison pour laquelle elle n'a pas eu plus de petits amis c'est parce que les cadavres s'empilent sur son passage.

Heathcliff ricana. À côté de moi, Quoth s'agita sur son siège. Il porta la main à sa joue et une plume noire perça sa peau. *Merde, merde.*

— Mina est *trop* intelligente. C'est ça, son gros problème. Je n'arrête pas de lui dire que les garçons n'aiment pas les filles intelligentes, à moins qu'elles ne soient mathématiciennes, bien sûr. Est-ce que l'un d'entre vous est le petit ami de Mina ? demanda ma mère en jetant un coup d'œil autour de la table, le sourire plein d'espoir lorsqu'elle croisa le regard de Morrie.

Oh Maman, si seulement tu savais...

— Je ne sais pas si elle pourrait se résoudre à ne choisir qu'un seul d'entre nous, dit Morrie en glissant sa pile de boulettes de viande dans l'assiette de Heathcliff.

— Il faut que j'aille aux toilettes, souffla Quoth.

— Bien sûr, Allan. C'est juste à côté de...

Quoth me jeta un regard désespéré avant de disparaître dans le couloir. Ma mère m'observa d'un air appuyé, mais je l'ignorai délibérément.

— En fait, maman, j'ai juste besoin de... me rafraîchir le visage, soufflai-je.

— Mais Mina, je veux savoir avec qui tu sors !

— Morrie a raison. Je ne pourrais pas choisir. Je reviens tout de suite.

Je me précipitai dans le couloir. La porte de la salle de bain était encore ouverte, mais celle de ma chambre était fermée. Je toquai contre le bois.

— Quoth ?

— Croac !

Je poussai la porte. Des vêtements jonchaient le sol de ma chambre. Un corbeau se précipita contre la fenêtre, ses serres cherchant à s'accrocher alors qu'il essayait de manœuvrer le levier d'ouverture.

— Oh, non, certainement pas, dis-je avant d'attraper le loquet et de le refermer.

Quoth sauta rageusement sur le lit.

Je m'agenouillai à côté de lui et croisai son regard qui était aussi effrayé que le mien.

— Si je dois endurer cette torture, alors toi aussi. Je t'ai vu ces deux dernières semaines – tu apprends à contrôler tes métamorphoses. Il faut juste que tu *veuilles* les contrôler. Si tu ne veux pas le faire pour toi, fais-le pour moi.

— Croac !

Quoth battit des ailes et sauta d'une patte sur l'autre.

Mina, je ne peux pas faire ça. Je ne peux pas ! Dis à ta mère que je me sentais mal et que j'ai dû rentrer chez moi...

Je me levai.

— Non, je ne vais pas te trouver d'excuses. On se retrouve dehors. Ne me laisse pas seule avec Morrie, Heathcliff et *ma mère*.

Je laissai la porte entrouverte et je retournai m'asseoir. Morrie et ma mère avaient la tête penchée l'un vers l'autre et chuchotaient furtivement. Mme Ellis avait fini son vin et avait commencé à boire le mien, tandis que Heathcliff était en train de terminer l'assiette de Quoth.

— Qu'est-ce que j'ai raté ? dis-je avec enthousiasme, en affichant un sourire hypocrite.

— Oh, Mina. Morrie était justement en train de me raconter toutes tes idées ingénieuses pour la librairie, dit ma mère avec un grand sourire. Tu as organisé des clubs de lecture et des conférences d'auteurs, tu as accroché des œuvres d'artistes locaux et tu as créé des réseaux sociaux pour la librairie. Et tu as aussi égayé cet endroit morne avec des lampes et des lanternes !

— Oh oui, Mina a toutes sortes de projets pour *ma* boutique, marmonna Heathcliff.

— Tu sais ce qui serait une autre idée vraiment intelligente ? dit ma mère en brandissant l'un de ses dictionnaires. Un présentoir réservé aux dictionnaires d'animaux sur le comptoir ! Il y a tellement de propriétaires d'animaux à Argleton et...

— Maman, *non*.

— Mais il y a des centaines de livres dans cette vieille boutique miteuse que personne n'achètera. Je ne vois pas en quoi c'est un problème d'en ajouter quelques-uns, dit ma mère avec enthousiasme. Surtout avec tes talents de commerçante, Mina. Tu pourrais mettre au point un plan marketing astucieux et...

Nous entendîmes soudain une forte détonation dans la rue, l'un des voisins ayant tiré avec sa carabine à air comprimé. Un bruit sourd retentit alors que quelque chose se heurtait au mur du couloir, suivi d'un faible : « Croac ? ».

Je soupirai et repoussai ma chaise.

— Je vais voir ce que c'est. Peut-être que la porte de la salle de bain est coincée...

— Croac !

Quoth déboula soudain dans la pièce, les yeux ronds comme des soucoupes. Il fit plusieurs tonneaux sur la table, projetant assiettes et couverts à travers la pièce. Il dérapa du bord et s'écrasa sur le sol.

— Quoth ?

Je tendis la main vers lui, mais dans sa panique, il ne me vit pas. Il grimpa sur le canapé et s'élança dans les airs, décrivant des cercles dans la pièce et poussant des croassements effrayés.

— Argh, qu'est-ce que cet oiseau fait ici ! s'écria ma mère en saisissant le balai et en le lançant sur Quoth. Va-t'en !

J'ai essayé de sortir par la fenêtre ! cria Quoth dans ma tête. *Tes voisins m'ont tiré dessus !*

— Tu n'as rien à craindre. Ce n'est qu'une carabine à air comprimé ! criai-je en m'élançant vers lui.

Mais l'adrénaline dut déferler dans le corps minuscule de Quoth, le poussant à fuir. Il plongea entre mes bras et se dirigea à nouveau vers la table.

— Frappe-le avec la bouteille de vin ! cria ma mère.

— Non, Maman, c'est bon. C'est... euh, c'est Quoth, l'oiseau de la librairie.

Je tentai de faire sortir Quoth de sous la table.

— Il est un peu possessif, alors il a dû nous suivre jusqu'ici. Je pense que les voisins lui ont fait peur.

— Eh bien, sortez-le d'ici.

Je tentai de repousser Quoth dans le couloir, mais il ne se laissa pas faire. Il dérapa sur le sol de la cuisine et se faufila dans l'espace entre le comptoir et les cartons de dictionnaires de ma mère. La pile de boîtes vacilla, et celle du haut glissa et s'écrasa sur le sol.

— Oh, Mina ! s'écria ma mère. Arrête-le !

Tandis que je me précipitais par-dessus les meubles à la poursuite d'un Quoth paniqué, une sonnerie stridente accompagna ses cris. Morrie porta son téléphone à son oreille et voulut quitter la pièce. Je posai une main sur son genou.

— Tu ne peux pas me laisser ici.

— Désolé, ma belle, je n'entends rien avec les hurlements de Quoth. En plus, tu as l'air d'avoir la situation sous contrôle, dit Morrie en me faisant un clin d'œil.

— Dis-leur de te rappeler. J'ai *besoin* de toi.

— Je ne serai pas long, dit Morrie en s'éclipsant.

Heathcliff ne s'était même pas levé de table, mais ses yeux me suivaient d'un regard intense.

— Eh bien, c'est amusant tout ça ! s'exclama Mme Ellis en souriant et en se servant du vin de Morrie tandis que Quoth jaillissait de derrière les cartons et se dirigeait droit vers le canapé.

Je plongeai à travers la pièce et l'entourai de mes bras.

— Je t'ai eu !

Je soulevai son corps tremblant. Le pauvre, il était vraiment terrifié. Je serrai Quoth contre ma poitrine et le cajolai.

Mina, Mina, ils m'ont tiré dessus !

Je sais. Chhh, tout va bien maintenant.

— Tu es sûre que ce n'est pas dangereux de tenir cet oiseau

comme ça ? dit ma mère en fronçant les sourcils. Et s'il est porteur d'une maladie ?

— Non, il va bien. On s'occupe de le vacciner.

Quoth nicha sa tête dans le creux de mon épaule. Je cherchai désespérément un moyen de sauver la situation.

— Je vais le garder contre moi et il sera sage, je te le promets. Il n'y avait pas une sorte de meringue dans la cuisine ?

— Oh, si ! dit ma mère qui se précipita pour préparer le dessert.

Je m'affalai à côté de Heathcliff, Quoth dans mes bras.

— T'as quelque chose de plus fort que du vin dans ton bureau à la librairie ?

— J'ai de l'alcool caché partout dans le magasin. C'est la seule façon de tolérer les clients. Pourquoi ?

— Après ce soir, je vais devoir tout boire. Jusqu'à la dernière goutte.

— Pas si j'arrive le premier.

Les yeux sombres de Heathcliff scintillèrent et les commissures de ses lèvres se relevèrent, dessinant presque un sourire.

Un sentiment étrange, comme une palpitation, me serra la poitrine tandis que je refermai ma main sur la sienne.

— Et voilà !

Ma mère entra dans la pièce avec un grand plateau. Elle fronça les sourcils en nous voyant Heathcliff et moi, assis côte à côte.

— Où sont les autres ? Allan n'est pas encore revenu de la salle de bain ?

— Il a dit qu'il était constipé, marmonna Heathcliff.

J'écrasai la botte de Heathcliff avec mon pied. Il grimaça, mais ne revint pas sur sa déclaration.

— Morrie a dû s'éclipser pour passer un coup de fil, expliquai-je avant de regarder le dessert avec horreur. Maman, *qu'est-ce que c'est* ?

— J'appelle ça le « Helen's Mess ». C'est comme le Eton Mess*, sauf qu'au lieu de la purée de fraises, j'ai utilisé de la crème glacée aux fraises et un arrangement de réglisses, dit-elle en désignant l'énorme tas de bonbons. Et j'ai ajouté des chocolats Cadbury sur le dessus. Je me suis dit qu'on pourrait faire quelque chose de chic pour fêter la venue de tes amis.

— Ça a l'air délicieux.

Je la laissai me servir une énorme portion dans un bol.

— Merci.

Morrie entra soudain en trombe dans la pièce, brandissant son téléphone.

— Je suis désolé, Helen. Nous ne pouvons pas rester pour le dessert, dit-il avant de glisser le téléphone dans sa poche. C'était Jo. Mme Winstone a été admise à l'hôpital. Quelqu'un a essayé de la tuer.

---

* Dessert traditionnel anglais compose d'un mélange de fraises, de meringue et de crème.

21

— Oh, mais je vais parfaitement *bien*, croassa Mme Winstone. Les médecins disent que je sortirai demain.

Elle n'avait pas l'air bien du tout. Une ecchymose violette couvrait la moitié de son visage, et elle avait plusieurs autres hématomes sur les bras. Elle appuya sur le bouton de son lit pour lever la tête et nous faire face, et la torsion de sa mâchoire indiqua à quel point ce mouvement saccadé lui faisait mal.

Je n'arrive pas à croire que quelqu'un ait essayé de tuer cette gentille dame. Ça me semblait irréel.

— Pffft. Qu'est-ce qu'ils en savent ces médecins ? Ils sont encore pires que ces détectives incompétents, se moqua Mme Ellis en saisissant la main de sa cousine. Brenda, les membres de notre club de lecture sont en train de se faire éliminer, les unes après les autres, et ils retiennent *toujours* Gray et Cynthia. Les Lachlan n'ont pas pu t'attaquer, car ils sont sous les verrous !

— Je viens de parler à l'inspecteur Hayes, dit Mme Winstone, l'agacement se lisant sur ses traits. Cet imbécile ne croit pas que la mort de Gladys soit liée à mon agression.

— Bah ! Alors il est encore plus idiot que je ne le pensais, dit Mme Ellis en frottant les doigts de Mme Winstone. Mais ne t'inquiète pas. Mina va nous aider à attraper la personne qui t'a attaquée.

Mme Wiston écarquilla les yeux.

— C'est vrai, ça, Mina ? Oh, tu es vraiment un trésor.

— Je vais essayer, lui promis-je, car c'était ce que l'on faisait quand une personne dans un lit d'hôpital nous regardait avec autant d'espoir. Mais n'oubliez pas que je ne suis pas un officier de police, donc je ne...

— Oh, je ne fais pas confiance à cet inspecteur Hayes, même s'il est très beau avec sa moustache, dit Mme Ellis en soupirant. Est-ce que tu as déjà un suspect en tête ?

— J'en ai quelques-uns, dis-je en revoyant Mlle Blume parler à Ginny devant son cottage et le visage furieux de Dorothy Ingram à l'église. Je commence à faire le point. Pouvez-vous m'expliquer ce qui s'est passé ?

— J'étais à la bibliothèque et je discutais avec les bibliothécaires de l'organisation d'une session de bricolage et de lecture pour les enfants. Ils sont très enthousiastes, surtout après avoir eu de bons retours quant à ma gestion du groupe de jeunes. Apparemment, tous ces enfants adorables me supplient de revenir, dit-elle en souriant avec nostalgie. Sur le chemin du retour, je me suis arrêtée au marché pour faire quelques courses. J'étais en train de poser les paquets sur le perron et de chercher les clés dans mon sac à main quand quelqu'un a surgi derrière moi et m'a frappée au visage avec quelque chose de dur, expliqua-t-elle avant de grimacer en levant le bras. Je me souviens avoir pensé : « Tu ne m'auras pas comme tu as eu cette pauvre Gladys ! » Alors je me suis jetée sur la personne qui m'agressait, j'ai attrapé son bras et j'ai lutté avec elle. J'ai réussi à saisir l'objet avec lequel elle m'avait frappée – il était long, rond et en bois – mais elle s'est libérée et m'a donné un coup de pied ; je suis tombée et je me suis cogné la tête sur le perron. Elle m'a encore frappée plusieurs fois, dit-elle en montrant les bleus sur ses bras. Elle a dû penser que j'étais fichue parce qu'elle s'est enfuie sans finir le travail.

Un long objet en bois, comme la canne de Dorothy Ingram.

— Avez-vous bien vu la personne qui vous a attaquée ? Que pouvez-vous nous dire à son sujet ?

— C'était une personne de petite taille, peut-être une femme, mais je ne saurais le dire, expliqua Mme Winstone en se tordant les mains. Elle portait un voile sur le visage et des vêtements sombres. Il commençait juste à faire nuit quand je suis sortie de la voiture, et l'ampoule au-dessus de la porte est cassée, donc je crains de ne pas pouvoir en dire plus que cela.

— Et avez-vous mentionné à quelqu'un de la bibliothèque que vous aviez l'intention d'aller faire les courses ?

— Eh bien... oui. Deux dames de l'église se trouvaient devant la bibliothèque et distribuaient des prospectus sur les lectures autorisées par l'église. Je me suis arrêtée pour discuter avec elles. Cassandra Irons et Dorothy Ingram étaient d'accord avec moi sur la piètre sélection de légumes au marché. Dorothy m'a dit qu'ils avaient reçu des carottes fraîches de la ferme Ingles ce matin-là et que si je me dépêchais, je pourrais m'en procurer pour le dîner.

— Donc Dorothy savait que vous alliez au marché ?

Mme Winstone acquiesça.

— Et qu'en est-il des voitures qui circulaient dans votre rue lorsque vous êtes rentrée chez vous ? Et votre mari, où était-il ? A-t-il remarqué quelque chose d'inhabituel ?

— Oh, Harold est en voyage d'affaires, à la recherche de vieilles archives liées au projet de l'ancien hôpital. Il est parti depuis quelques jours, et il a dit qu'il ne fallait pas s'attendre à le voir revenir avant au moins trois semaines.

— Et il ne peut pas venir vous voir à l'hôpital ?

Je commençais à croire ce que Mme Ellis avait dit à propos d'Harold Winstone, le célèbre historien.

— Oh non, je lui ai dit de ne pas s'inquiéter pour moi, dit-elle avec un grand sourire. Je vais bien, et Harold est tellement absorbé par son travail, que je ne veux pas le déranger. Pour ce qui est du reste, il y avait une voiture grise garée au coin de la rue lorsque j'ai tourné à l'angle. Je m'en souviens très bien, car elle était garée dans la rue, devant la maison de ma voisine Gillian Appleby, ce qui est très inhabituel. Les visiteurs de Gillian se garent toujours dans son allée, mais j'ai remarqué que ses rideaux étaient fermés. Elle n'avait même pas l'air d'être chez elle.

Je me tournai vers Mme Ellis.

— Savez-vous quel type de voiture conduit Mme Ingram ?

— Je crois que c'est une Nissan grise, répondit Mme Ellis. Mina, que sous-entends-tu ?

Je me tournai vers Mme Ellis.

— Dorothy Ingram a eu l'opportunité de savoir que Mme Winstone allait au marché, ce qui lui a donné le temps de se rendre chez elle et de se cacher dans le jardin. Elle possède une voiture grise *et* utilise une canne qui aurait pu être l'arme. *Et* elle avait un mobile : elle voulait mettre fin au Club des Livres Interdits. Je pense qu'elle est responsable non seulement de l'agression de Brenda, mais aussi des autres meurtres.

Mme Ellis tressaillit.

— Ce n'est pas une raison suffisante pour assassiner ces pauvres Gladys et Ginny et presque tuer le bébé de Ginny !

— S'il y a bien une chose que j'ai apprise en lisant des centaines de romans policiers au fil des ans, c'est que les gens ont toutes sortes de motivations qui sont parfois inexplicables. Mme Scarlett et Ginny Button ont toutes les deux subi la colère de Dorothy pour leurs soi-disant péchés. Gladys pour avoir créé le club de lecture, et Ginny pour avoir eu un bébé hors mariage, et je crois aussi que cette dernière faisait chanter Dorothy Ingram, dis-je avant de tapoter le bras de Mme Winstone. Et *vous,* pour avoir essayé de corrompre des enfants innocents par le biais de livres non approuvés. Tout concorde. Nous devons aller voir la police.

— Je leur ai déjà raconté tout ce que je viens de vous dire, déclara Mme Winstone. Même avec ce mot dans sa main et le collier manquant, ils pensent que la mort de la pauvre Ginny n'est qu'un accident. Hayes a dit que l'une des personnes présentes à l'enterrement a sans doute profité de l'agitation pour empocher les diamants, et il pense que j'ai été frappée à la tête par un jeune voyou qui essayait de me voler mon sac à main. Mais quand j'ai repris mes esprits, mon sac était par terre à côté de moi !

— Que pouvons-nous faire si la police refuse de nous écouter ?! s'écria Mme Ellis.

— Nous devons trouver des preuves plus convaincantes. Si vous êtes d'accord, Brenda, j'aimerais jeter un coup d'œil à votre jardin.

— Bien sûr, dit Brenda en refermant ses doigts sur les miens. Si Dorothy est vraiment derrière tout ça, je veux la voir en prison pour ce qu'elle a failli faire au bébé de cette pauvre Ginny. Faire du mal à un enfant est la chose la plus horrible qui soit. Nous sommes si chanceux qu'il ait survécu.

Ce pauvre bébé.

— Que va-t-il devenir maintenant ? Va-t-il aller chez son père ?

— Non, non. Si Ginny savait qui était le père, elle n'en a rien dit, expliqua Mme Ellis. Brenda va adopter l'enfant dès qu'elle le pourra, n'est-ce pas merveilleux ?

Brenda eut un grand sourire.

— J'ai toujours voulu avoir un enfant à moi. S'il y a bien une lueur d'espoir dans cette tragédie, c'est que je peux offrir à cet enfant un foyer heureux.

Une infirmière entra et nous chassa pour que Mme Winstone puisse se reposer. Dans le hall, Mme Ellis se mit à trembler.

— Qu'est-ce que je vais faire ? Si Dorothy tue vraiment les membres du Club des Livres Interdits, alors je pourrais être la prochaine !

— Je ne laisserai pas cela se produire.

Je repensai alors à la Terreur d'Argleton et aux pièges élaborés par Greta et les autres commerçants du village.

— J'ai une idée. Nous allons lui tendre un piège.

22

— Comment est-ce que tu comptes transformer ma librairie en piège exactement, *déjà* ? grogna Heathcliff.

— C'est très simple. J'ai laissé des notes dans les boîtes aux lettres de Mme Ellis et de Mlle Blume pour les inviter à une pyjama party du Club des Livres Interdits pour honorer la disparition de leurs chères amies et pour parler d'une campagne de recrutement visant à inciter plus de jeunes à lire des livres interdits. Cette réunion se tiendra ici même, dans la boutique. Mme Ellis va s'assurer d'en parler à toutes les vieilles commères qu'elle connaît, c'est-à-dire à peu près tous les membres du club. Nous veillerons à ce que Dorothy Ingram en soit informée. Ce soir, les dames camperont dans la salle d'Histoire Mondiale, et aucun aliment ou objet ne sera autorisé à franchir la porte à moins que l'une d'entre nous ne l'ait personnellement acquis ou inspecté. Ensuite, nous attendrons. Quoth suivra Dorothy et verra ce qu'elle fait.

— J'ai un problème avec ce plan, annonça Heathcliff.

— Seulement un ? dit Morrie en tapotant sur son téléphone. J'en ai au moins dix-sept, à commencer par le fait que tu dormes en bas avec les vieilles dames et pas en haut dans mon lit.

— Je ne vais pas vraiment *dormir* avec un meurtrier en liberté, lui fis-je remarquer.

— Mais tu ne *dormirais* pas beaucoup dans mon lit non plus, ma belle.

— Ce que je veux savoir, c'est pourquoi tous ces fichus pièges doivent-ils impliquer ma librairie ? grommela Heathcliff. Et pourquoi est-ce que tu es obligée de te mettre en danger ?

— Parce que si quelque chose arrivait à Mrs Ellis alors que j'aurais pu l'en empêcher, je ne pourrais pas le supporter. Point.

Je laissai les garçons sécuriser les fenêtres et installer un piège dans l'entrée de la salle d'Histoire Mondiale, puis je me rendis à la boulangerie de Greta et je commandai une grande quantité de nourriture, que je la regardai préparer et me tendre. Je ne pouvais pas me permettre de prendre le moindre risque.

Ensuite, je me rendis à l'épicerie et choisis quelques bouteilles de vin. Je vérifiai que les bouchons étaient toujours scellés. Une fois chez Mme Ellis, je retirai les draps et les couettes du lit et je les transportai à côté pour préparer la soirée.

Quoth me rejoignit dans l'entrée et me soulagea de mon fardeau.

— Cet endroit parait presque confortable désormais.

Je ne pouvais qu'être d'accord. Ils avaient déplacé tous les meubles sur le côté, comme je l'avais fait pour la réunion du Club des Livres Interdits. Morrie avait branché un vidéoprojecteur sur l'un de ses disques durs et diffusait déjà la version de 1939 des *Hauts de Hurlevent,* avec Laurence Olivier qui incarnait un Heathcliff ardent à la perfection.

— Si je ne craignais pas pour ma vie, tout ça serait très amusant ! dit Mme Ellis en prenant un beignet à la crème au sommet de la pile et en s'allongeant sur la chaise longue. Vous devriez organiser plus souvent des événements de ce genre à la librairie. Je suis sûre que Brenda serait ravie d'y emmener son groupe de jeunes.

Mon esprit s'emballa, imaginant des soirées cinéma sur le thème des livres avec le vidéoprojecteur, et peut-être des conférences sur l'histoire locale ou des lancements de livres.

— J'essaie de convaincre Heathcliff.

— Non, dit ce dernier derrière son bureau depuis l'autre pièce.

— Tu n'as même pas entendu ce que j'ai dit.

— Tu veux transformer la librairie en un endroit attrayant où les gens veulent venir, et j'ai dit non.

Je lui tirai la langue.

— Tu n'es pas drôle.

— Ce n'est pas ce que tu disais vendredi soir.

Mme Ellis se redressa d'un coup, les yeux scintillants.

— Que s'est-il passé vendredi soir, ma chère ?

Je me mis à rougir.

— Regardez le film, Mme Ellis. Je dois parler à Heathcliff *en privé*.

Elle me serra la main, m'attirant plus près d'elle pour qu'elle puisse me murmurer quelque chose de si coquin que j'en rougis de la tête aux pieds.

Comment cette femme a-t-elle pu enseigner à des enfants innocents pendant quarante ans ?

Je me glissai hors de la pièce et m'assis sur le bord du bureau de Heathcliff.

— C'est bon, tout le monde est bien installé, bien au chaud comme des coqs en pâte.

— Cette expression est vraiment nulle. Un coq n'aurait pas besoin de pâte pour être à l'aise, mais seulement de paille, dit-il en tournant une page de son livre. Morrie t'attend à l'étage.

— Ah bon ? Tu ne veux pas que je...

— Non, dit Heathcliff dont les doigts glissaient entre les

pages avant qu'il n'affiche un rictus. Je m'occupe de monter la garde en premier.

— Tu es sûr ?

Il s'adossa à son fauteuil, repliant ses chevilles l'une sur l'autre et tapota la pile de livres à côté de lui.

— J'ai de quoi faire.

— OK. Mets ton alarme et viens chercher Morrie dans deux heures.

— Si tu le dis.

Je me faufilai à l'étage. J'avais accroché encore plus de guirlandes lumineuses autour de l'escalier. Morrie les avait laissées allumées pour moi. En me frayant un chemin à travers les lumières scintillantes jusqu'à l'appartement du deuxième étage, j'eus l'impression d'entrer dans un monde magique. Ce qui, d'une certaine manière, était le cas.

— Morrie ?

Je poussai la porte de l'appartement, m'attendant à voir la lueur de l'écran de son ordinateur dans l'alcôve qui lui servait de bureau. Au lieu de cela, le salon était plongé dans l'obscurité, la seule lumière provenait du couloir qui menait à la salle de bains et aux chambres.

— Oh, ma beauté, retentit soudain une voix sucrée depuis les profondeurs de l'appartement. Tu ne veux pas venir me trouver ?

J'entrai dans le couloir, le cœur battant à tout rompre, plein d'anticipation délicieuse. La porte de Morrie était entrouverte. Je la poussai du pied et jetai un coup d'œil dans la pénombre.

— Qu'est-ce qu'il y a ?

— J'ai une surprise pour toi, chuchota-t-il, ses mots dégoulinants de désir.

— Oui ?

Toute envie d'attraper la meurtrière s'évanouit et un sentiment d'excitation me parcourut l'échine. J'entrai dans la chambre. La lampe de chevet de Morrie était allumée et le faisceau était dirigé vers le plafond, où une paire de menottes en cuir et en acier était suspendue au crochet au-dessus du lit.

— Surprise, me chuchota Morrie à l'oreille, alors qu'il se plaçait derrière moi et abaissait un bandeau sur mes yeux. Ce soir, tu es à moi.

23

Lorsque le tissu glissa sur mes yeux, une légère panique me noua l'estomac. Je tendis la main et saisis son poignet.

— Morrie, qu'est-ce que c'est ?

Il baissa le bandeau et sortit de l'ombre pour que je puisse le voir. Il portait une belle chemise bleue qui faisait ressortir le côté glacé de ses yeux, et arborait un sourire malicieux – un sourire qui transforma mes membres en gelée. Il fit un signe de tête vers les menottes suspendues au plafond.

— J'ai pensé à toi, Mina, à ta peur des ténèbres. Pas seulement les ténèbres qui pourraient éventuellement devenir ta réalité, mais aussi les ténèbres que tu perçois en moi, dit Morrie avant de marquer une pause. Et en Heathcliff et Quoth aussi. Mais c'est surtout de tes propres ténèbres que tu as peur.

Je restai bouche bée, fixant le bandeau du regard. Je repensai aux lumières bleues qui avaient traversé mon champ de vision et dont seul Quoth était au courant pour le moment.

— À t'entendre, j'ai vraiment l'air d'un chat effrayé.

— Ce n'est pas le cas. Tu es la personne la plus courageuse

que j'aie jamais rencontrée, dit Morrie en se penchant en avant, pressant ses lèvres contre mon front.

Il s'y attarda, la chaleur de ses lèvres brûlant mes doutes.

— Peut-être que si tu apprends que les ténèbres ne sont pas à craindre, alors tu seras capable de libérer toute cette fureur qui se cache en toi.

— Je ne sais pas...

— L'autre jour, tu as dit que tu voulais essayer. Tu te ravises ?

— Non, c'est juste que...

— Tu as respecté ta part du marché avec Heathcliff, alors j'ai décidé de te récompenser. Tu me fais confiance ? me demanda Morrie.

Oui, est-ce que je lui fais confiance ? D'un point de vue théorique, je n'aurais pas dû. Je devais sans cesse me rappeler que le pirate informatique sexy que je considérais comme Morrie était en réalité James Moriarty, le « Napoléon du crime », l'ultime ennemi juré de Sherlock Holmes. Et pourtant, même si j'avais vu Morrie accomplir un certain nombre d'actes illégaux lorsque nous traquions le véritable assassin d'Ashley et enquêtions sur les meurtres du Club des Livres Interdits, je savais qu'il était bien plus que cela. Je *savais* que si je tombais, il serait là pour me rattraper.

— Oui, je te fais confiance.

Morrie plaça le bandeau sur mes yeux. L'obscurité m'enveloppa, balayant mon corps comme une vague de froid. La panique m'envahit à nouveau.

Morrie pressa sa bouche contre la mienne, sa langue cherchant et appréciant. Il effleura mon bras du bout de ses doigts et la panique se transforma en frissons de désir.

J'en ai envie. J'en meurs d'envie. Mais Dorothy Ingram... tout le monde en bas...

— Morrie, on ne peut pas faire ça maintenant.

— Nous pouvons faire tout ce que tu veux, murmura-t-il contre mes lèvres. J'en ai parlé à Heathcliff. C'est pour ça qu'il s'occupe du premier tour de garde. Personne ne nous dérangera, sauf en cas d'urgence.

— Tu as *dit à* Heathcliff...

— Bien sûr, dit Morrie en m'attrapant par le cou et en me forçant à relever le menton pour intensifier notre baiser. À Quoth aussi. Je n'avais pas vraiment envie qu'ils débarquent ici à chaque fois qu'ils t'entendraient crier.

J'étais sur le point de lui demander ce que Heathcliff lui avait dit à propos de tout ça, mais les lèvres de Morrie quittèrent les miennes. Alors je me penchai en avant, le cherchant, privée de son contact. Il gloussa en s'éloignant, traînant les pieds derrière moi. Sa peau glissa contre la mienne – le contact léger comme une plume provoqua tout un tas de sensations excitantes en moi.

Les doigts de Morrie dansèrent sur mon épaule, glissant sous le tissu, poussant mon chemisier vers le bas. Ses lèvres effleurent mon cou. Ses dents... *oh, oh.*

Je gémis lorsque Morrie embrassa et caressa mon cou, mes oreilles et ma clavicule. Dans l'obscurité, chaque contact enflammait mon corps, chaque centimètre de peau frémissait dans l'attente de son prochain geste. Je ne remarquai même pas qu'il avait déboutonné mon chemisier et l'avait jeté. Ses doigts se glissèrent sous la bretelle de mon soutien-gorge et le dégrafèrent avec facilité.

Morrie m'entoura de ses bras et m'aida à monter sur le lit.

— Les bras au-dessus de la tête, murmura-t-il d'une voix autoritaire et empreinte de désir.

Je levai les mains docilement. J'avais endossé ce rôle avec une facilité déconcertante, lui faisant confiance pour s'occuper de mon corps. C'était comme à King's Copse avec Heathcliff. J'avais dû lui faire confiance à lui aussi. Mais en réalité, il s'agissait surtout de me faire confiance, de me dire que si je sombrais dans les ténèbres et que les garçons ne me rattrapaient pas, je serais capable de me rattraper toute seule. Je n'y avais jamais vraiment cru jusqu'à ce que j'entre à la Librairie Nevermore.

Morrie fit glisser mes poignets dans les menottes et les verrouilla. Je tirai dessus. J'étais fermement maintenue. Morrie effleura mes chevilles des doigts alors qu'il écartait mes pieds à la largeur des épaules, à l'extrémité du lit.

— Normalement, j'utiliserais une barre d'écartement sur tes chevilles pour te maintenir comme ça, dit-il, embrassant ma jambe en remontant jusqu'à ce que je gémisse. Mais je veux que les choses restent simples pour ta première fois.

Une barre d'écartement ? Mon esprit s'emballa. *Comment Morrie pouvait-il connaître ce genre de choses ? Il n'y avait pas de barre d'écartement dans* Le Dernier Problème*.

L'air effleura ma peau nue. Morrie retira ses mains. Je restai là, toute nue, attendant qu'il me touche. La pièce s'anima alors que plusieurs sons se faisaient entendre. La respiration de Morrie, lente et lourde. Le bruissement d'un vêtement ou d'un tissu ou... le tintement d'un verre... De faibles voix provenant du film flottant à l'étage... *mais où est Morrie ? Pourquoi ne me touche-t-il pas...*

Je sursautai lorsqu'un froid intense passa entre mes seins, les bords brillants d'une chaleur humide. *Un glaçon,* réalisai-je. Morrie avait un glaçon dans la bouche.

Oh.

Il fit glisser le glaçon en cercle sur mon ventre, et ma peau frémit sous le choc, poursuivie par la chaleur de ses lèvres et de sa langue. Je tentai de garder mon corps immobile, me concentrant sur les sensations tandis que Morrie dessinait des cercles complexes sur ma peau.

---

* Nouvelle d'Arthur Conan Doyle.

Je gémis lorsque Morrie retira le glaçon. Il réagit en pressant le cube sur mon mamelon. Je sursautai et une douleur froide et lancinante me traversa de toute part. Morrie enfonça un doigt en moi alors qu'il maintenait le glaçon immobile, et je me cambrai, déglutis et criai parce que c'était douloureux mais à la fois si bon et *pourquoi pourquoi pourquoi...*

Si c'était ce qu'il avait voulu dire en parlant d'embrasser les ténèbres, alors peut-être que je pourrais m'y habituer.

— Attention, ma beauté. Tes cris ont attiré un petit oiseau.

— Quoth ? murmurai-je.

— Je ne voulais pas..., l'entendis-je croasser depuis l'embrasure de la porte. J'ai simplement entendu un cri et...

— Je t'ai dit ce que je comptais faire ici. Tu n'es pas censé surveiller notre potentielle meurtrière ?

— J'étais sur le point d'y aller. Je croyais que tu faisais du mal à Mina, dit Quoth, sa voix se durcissant.

— Elle a l'air de souffrir, là ? dit Morrie d'un ton amusé.

— Non, murmura Quoth.

Je perçus tant d'émotions à travers ce mot que mon cœur s'ouvrit à lui. Je l'aurais serré dans mes bras si ceux-ci n'avaient pas été attachés au-dessus de ma tête.

Pourquoi ne suis-je pas totalement mortifiée ? Pourquoi est-ce que je me préoccupe plus des sentiments de Quoth que du fait qu'il soit en train de me voir nue et attachée sur le lit de Morrie ?

Pourquoi est-ce que l'idée que Quoth me voie nue et les poings liés me paraît si délicieuse et me fait palpiter le ventre comme ça ?

— Et si tu venais m'aider, petit oiseau ? dit Morrie. Enfin, si Mina est d'accord bien sûr.

— Je suis d'accord, dis-je.

Quoi ? Mais qu'est-ce que je viens de dire ?

Mon cœur se mit à battre la chamade lorsque le lit grinça et qu'une autre présence se tint derrière moi.

— Tu es sûre de toi, Mina ? demanda Quoth, son souffle me chatouillant le cou.

— Oui, je suis sûre.

— Tant mieux. Parce que tu es si belle, putain, soupira Quoth en pressant ses lèvres contre ma peau.

24

Je gémis lorsque les lèvres de Quoth touchèrent ma peau, mon corps tremblant de toute part, de nerfs, de peur, et de désir.

Les lèvres de Quoth restèrent à cet endroit, la chaleur de son baiser se propageant à travers ma peau. Le lit grinça de nouveau, et je sus que Morrie se tenait maintenant devant moi. Je sursautai lorsqu'il prit mes seins dans ses mains, taquinant les mamelons avec ses doigts, mes tétons encore froids après avoir rencontré la glace.

Morrie me touchait uniquement avec ses doigts et Quoth avec sa bouche. Et pourtant, mon corps réagit. Tous mes sens furent exacerbés. Leurs odeurs se mélangèrent dans l'air autour de moi – le parfum de pamplemousse piquant et de vanille de Morrie, et celui de l'air frais, du soleil et de l'herbe fraîchement coupée de Quoth. J'humidifiai mes lèvres avec ma langue, désireuse de goûter à l'un d'eux, aux *deux*. L'air se déplaçait autour de moi tandis qu'ils bougeaient sur le lit, leurs corps proches, si proches, mais intouchables. Oh, comme j'avais envie de les toucher... Des courants électriques jaillissaient de leur peau et crépitaient contre la mienne, les rapprochant de plus en plus...

Quoth déposa des baisers légers sur ma clavicule. Ses doigts se mêlèrent à mes cheveux et descendirent le long de ma colonne vertébrale jusqu'à mes épaules, chaque contact me hérissant le poil. Je me penchai en arrière, testant mon poids contre les menottes, essayant de me presser contre le corps de Quoth. Mais il restait hors de portée.

— Elle est prête, gloussa Morrie.

Ses mains effleuraient mes flancs, taquinaient mes cuisses, tournaient entre mes jambes, si près de l'endroit où convergeaient toutes mes envies, mais sans jamais me toucher, sans jamais me donner ce que je voulais.

— S'il te plaît..., murmurai-je.

— Puisque tu le demandes si gentiment...

Morrie s'avança. Il saisit mes fesses d'une main et sa langue plongea entre mes lèvres. Son autre main se glissa entre mes jambes, heurtant mon clitoris. Je vacillai sous sa force soudaine, et je m'écrasai contre Quoth. Je gémis lorsque ce dernier m'entoura de son corps, m'enveloppant de sa chaleur protectrice.

Ils me maintinrent tous les deux en place, exactement là où je voulais être. Quatre mains me caressèrent, explorant chaque partie de mon corps, encerclant mes seins, roulant et pinçant mes mamelons, caressant et frottant mon clitoris. Je me perdis dans les sensations, abandonnant l'idée de savoir qui était qui et ce qu'ils faisaient, et je me délectai de ce plaisir que j'éprouvais en étant vénérée par eux deux.

Sous leurs caresses incessantes, je me laissai emporter. Le mal qui m'habitait se transforma en un feu rugissant, un brasier, qui envahit mes veines et m'engloutit tout entière. Je poussai un cri rauque contre les lèvres de Quoth lorsque je jouis.

La lumière bleue explosa dans les ténèbres. Mes jambes se

dérobèrent sous moi. Les menottes scièrent mes poignets alors qu'elles encaissaient mon poids.

— Oh, non, ma belle. Nous n'en avons pas encore fini avec toi.

Morrie chuchota quelque chose à Quoth. Je m'efforçai d'entendre ce qu'ils préparaient. Mais leurs mains étaient de nouveau sur moi, me touchant, plongeant et me caressant.

Le lit grinça lorsque l'un d'entre eux s'agenouilla sur le bord. Deux mains s'enroulèrent autour de mes cuisses, me faisant basculer vers l'avant. Une langue glissa entre mes jambes, écartant mes lèvres, me léchant. *Morrie. Ce doit être Morrie, avec son rythme calme et contrôlé...*

Derrière moi, on froissa un emballage de préservatif. Un doigt caressa ma joue, léger comme une plume, et me fit tourner la tête sur le côté. Les lèvres de Quoth effleurèrent les miennes, douces, prudentes. Je les séparai en l'embrassant, glissant ma langue sur la sienne, l'attirant plus près, plus profondément.

— Mina, chuchota-t-il, la voix étranglée par le désir. Est-ce que tu veux de moi ?

— J'ai eu envie de toi dès que je t'ai vu, murmurai-je à mon tour.

Quoth gémit, repliant son corps contre mon dos. Son sexe se pressa entre mes jambes, dur et prêt. J'écartai les cuisses. Il se glissa en moi.

Oh, oui.

Quoth était si agréable, si parfait, il me remplissait entièrement. Il soupira contre mes lèvres en se déplaçant lentement, se retirant et s'enfonçant à nouveau. Et pendant ce temps, les mains puissantes de Morrie agrippaient mes jambes et sa langue me dévorait.

C'est... je ne peux pas...

L'intensité du moment me fit exploser. Je jouis à nouveau,

criant contre les lèvres de Quoth alors que mon corps perdait le contrôle. La poigne de Morrie et le sexe de Quoth me maintinrent debout. Quoth enfonçait ses ongles dans mes cuisses alors qu'il traversait mon orgasme, gémissant lorsque je me contractais autour de lui.

Ils ne s'arrêtèrent pas. Mon clitoris vibrait, comme habité par les flammes tandis que Morrie poursuivait son rythme implacable. Quoth me pénétra, s'enfonçant si profondément, et cette fois-ci, je hurlai lorsqu'un autre orgasme me traversa. Des étoiles à la lumière bleue et violette explosèrent dans mes yeux.

Waouh. OK...waouh...

Je m'effondrai, vacillante, et les nerfs à vif jouissant à nouveau alors que Quoth enfonçait ses dents dans mon épaule. La douleur jaillit de la morsure, ses muscles se contractèrent, son sexe tressaillit et il jouit.

— C'est mon tour, s'écria Morrie avec joie.

— Je ne peux pas... haletai-je.

— Bien sûr que si.

Quoth s'écarta. Morrie se glissa derrière moi et mit un préservatif. Quoth dut se positionner devant moi, car son corps se pressa contre ma poitrine et ses lèvres cherchèrent les miennes.

Morrie écarta de nouveau mes jambes et s'introduit en moi. Mon corps se tendit et se contracta, s'adaptant à sa taille. Tandis que Morrie s'enfonçait à un rythme régulier et contrôlé, Quoth m'embrassait, sa langue battant contre la mienne, ses lèvres libérant toutes les choses qu'il ne pouvait pas me dire. Il exprima toute la profondeur de son âme dans un baiser qui me coupa le souffle et me brisa le cœur en même temps.

Tout était si parfait. Quoth relâcha tous ses espoirs en moi tandis que Morrie libérait tout son désir de contrôle. Le corps de Morrie se tendit et ses dents raclèrent le même endroit de mon épaule lorsqu'il jouit à son tour, durant cette nanoseconde où il laissa régner son propre chaos.

Morrie s'affaissa contre moi. La sueur collait à ma peau et je ne sentais plus mes poignets. Quoth pressa ses lèvres contre mon front.

— Merci, murmura-t-il.

Je tentai de lui répondre : « De rien », ce qui était plutôt bizarre après un premier plan à trois, mais mes lèvres étaient tellement engourdies que je n'arrivai pas à prononcer les mots.

— Appuie-toi contre moi, ma belle.

Les bras puissants de Morrie m'entourèrent. Il tendit la main et détacha les menottes. Mon corps s'affaissa contre le sien. Je n'arrivais plus à tenir debout.

Il enleva le bandeau de mes yeux. Le visage qui m'observait tout à coup n'était pas celui du maître criminel confiant que je rencontrais habituellement. Les yeux glacés de Morrie étaient remplis d'inquiétude et ses traits étaient tirés. Des gouttes de sueur perlaient sur son front. Il me fit un sourire de travers.

— Est-ce que ça va ?

— Je....

J'eus du mal à trouver les mots.

— C'était génial, ajoutai-je enfin.

— Bien.

Morrie se fendit d'un de ses sourires suffisants dont il avait le secret et tout à coup, il remit son masque. Il me prit dans ses bras et me déposa sur le lit.

— Quoth va te câliner un peu.

— Mais tu...

— J'ai besoin d'être ailleurs.

Morrie s'éloigna dans l'obscurité. Je tendis la main vers lui, mais la porte se referma. Il n'était plus là.

Ma lèvre se mit à trembler. *Qu'est-ce qu'il vient de se passer ?* Morrie venait d'orchestrer la meilleure partie de jambes en l'air de ma vie. Il venait de me convaincre de faire un plan à trois, et je ne le regrettais absolument pas. Et après avoir croisé mon regard sans le bandeau, il s'était enfui ?

Mon esprit s'embrouilla. Il se passait *bien* quelque chose dans la tête de Morrie derrière toute cette fanfaronnade et cette bravade. Venais-je tout juste d'en avoir un aperçu ? Était-ce pour cela qu'il s'était enfui, parce qu'il ne voulait pas être vulnérable devant Quoth et moi ?

En parlant de vulnérabilité...

Quoth souleva le bord du drap. Je souris, lui faisant signe de venir. Il se glissa à côté de moi, me prit dans ses bras et m'attira contre lui avant d'emmêler ses jambes aux miennes. Je posai ma tête sur son biceps et je le regardai droit dans les yeux, observant l'anneau orange s'allumer à l'extérieur de ses iris d'un brun profond.

— Il devrait être avec nous, dit Quoth, ses doigts parcourant mon visage et mes épaules, laissant derrière eux des traînées de chair de poule.

— Ce n'est pas grave. Je t'ai toi.

Je blottis ma tête contre son épaule, posant ma main sur son torse, au-dessus de son cœur qui battait.

Il soupira.

— Mina, comment c'est possible ? Comment puis-je être aussi chanceux ?

— Tu remercieras Morrie plus tard. Je me demande quand même s'il n'avait pas prévu que ça se passe comme ça. Tu savais qu'il m'avait dit de coucher avec toi et Heathcliff ? Il devait se douter que nous nous tournerions autour pendant des mois s'il ne nous poussait pas l'un vers l'autre.

— Alors si c'est le cas, je retire tout ce que j'ai pu dire de mal sur lui, dit Quoth en plissant les yeux avant de sourire.

Oh, Isis, ce sourire...

— Ne retire pas la fois où tu l'as traité de Glace Napolitaine du Crime, parce que c'était hilarant.

Il s'esclaffa, me serrant un peu plus fort.

— Jamais.

— Quoth, murmurai-je contre son torse. Je suis désolée si je t'ai forcé à te re-métamorphoser chez ma mère. Je pensais réellement que tu avais besoin d'être un peu secoué, mais j'avais tort. Tu étais tellement terrifié.

Mon cœur se brisa à nouveau en me rappelant comment son corps de corbeau avait tremblé dans mes bras.

— Ce n'est pas grave.

— Je n'en suis pas si sûre. Je pensais t'aider, mais je ne comprends pas ce que c'est que d'être toi, ce qui se passe dans ton corps et dans ton esprit.

— Je suis un triste, disgracieux, sinistre, maigre et augural oiseau des anciens jours*, dit Quoth. Tu sais tout ce que tu as besoin de savoir.

— Tu ne devrais pas parler de toi comme ça, même si Poe l'a fait. Tu es bien plus que cela pour moi. S'il te plaît, ne me laisse pas te forcer à sortir et à faire des choses si tu ne peux pas...

— Je *veux* être un humain, Mina, dit Quoth d'une voix pleine de fiel. Je *veux* pouvoir être dans ce monde avec toi. Je veux pouvoir t'aider quand...

Il s'arrêta.

— Finis ta phrase. Tu veux pouvoir m'aider quand je deviendrai aveugle.

Je ne bafouillai pas, comme je le faisais d'habitude.

— Et j'apprécie que tu me dises tout ça, ajoutai-je, mais je commence à réaliser que ce n'est pas ton rôle. C'est le mien.

— J'ai juré de te protéger, insista-t-il.

— C'est vrai, et c'est très noble, même si c'est un peu

----

* Référence au poème Le Corbeau, d'Edgar Allan Poe

bizarre. Mais si je ne me protège pas moi-même, je ne pourrai plus jamais regarder mon poster de Sid Vicious dans les yeux, dis-je avant de rire. En fait, ça risque bientôt de devenir un vrai problème.

— Tu as encore vu les lumières colorées ?

— Oui, dis-je en le serrant dans mes bras. Je suis toujours effrayée, mais j'ai l'impression qu'avec toi, Heathcliff et Morrie à mes côtés, je peux vaincre cette peur. Et je veux être là pour toi pendant que tu vaincras ta propre peur. Mais je ne veux pas te forcer, parce que ce n'est pas comme ça qu'on fonctionne, d'accord ?

— Tu ne pourras jamais me forcer, dit Quoth d'une voix dure.

— Tant mieux. Et tu auras la gentillesse de me dire si je me comporte comme une vraie garce à l'avenir.

Il rit à nouveau.

— Tais-toi et ferme les yeux, Mina Wilde. Sinon, ces paroles seront le signal de notre séparation*.

---

* Référence au poème Le Corbeau, d'Edgar Allan Poe.

25

Quoth et moi étions allongés l'un contre l'autre, nous assoupissant à moitié, nos lèvres et nos mains explorant le corps de l'autre dans un monde étrange entre veille et sommeil. Des bottes lourdes retentirent dans l'escalier, me sortant de ma rêverie. Je me redressai au moment où Heathcliff appelait mon nom.

Je me glissai sous le bras de Quoth et rassemblai l'édredon de Morrie autour de moi comme un peignoir, puis je sortis dans le hall.

Heathcliff se tenait devant la cheminée, les yeux flamboyants. Des vagues de tension semblaient émaner de son corps. Je décidai de ne pas battre en retraite, ne sachant pas s'il allait se mettre à hurler et à jeter des objets, ou s'il allait me plaquer contre le mur pour me prendre. J'espérais plutôt que ce soit la deuxième option.

— Morrie me rend fou. Je suis venu pour...

Les mots de Heathcliff moururent sur ses lèvres tandis qu'il s'avançait vers moi, baissant les yeux sur mon épaule. Je suivis son regard et remarquai plusieurs ecchymoses violettes qui se suivaient sur ma peau. Des marques de morsure.

— Ça, c'est l'œuvre de Morrie, murmura-t-il en enfonçant son doigt dans ma peau.

Le suçon devint blanc, puis s'assombrit pour redevenir rose.

— Et celui de Quoth, dis-je.

Heathcliff haussa un sourcil.

— Alors, ça va se passer comme ça maintenant, hein ?

— Je n'en sais rien. Je n'ai aucune idée de ce que je fais. Tout ce que je sais, c'est que ça m'a fait du bien. Vous me faites tous du bien.

— En même temps, tu es incroyable.

Heathcliff réduisit la distance qui nous séparait, effleurant mes lèvres, puis il glissa les mains dans mes cheveux et je laissai tomber l'édredon pour presser mon corps contre le sien.

La tension semblait vibrer le long de ses bras tandis que ses mains exploraient mon corps, me soulevant et m'écrasant contre lui, comme si nous n'étions pas assez proches tant que nous ne rampions pas l'un sur l'autre. Mes sens languissants s'éveillèrent, savourant le côté possessif de ses caresses.

Heathcliff me retourna et me plaqua le dos contre le mur, dévorant ma bouche de la sienne. Je parvins à glisser ma main entre ses jambes et à ouvrir sa braguette. Alors que j'enroulais ma main autour de son sexe, il gémit contre mes lèvres.

Il sortit un préservatif de sa poche, déchirant l'emballage entre ses dents. Heathcliff l'enfila et j'enroulai mes jambes autour de lui. Heathcliff me tenait facilement, ses mains immenses enserrant mes fesses, son sexe entrant en moi d'un seul mouvement glissant.

Mon dos se heurta au mur tandis qu'il me prenait, me pénétrant encore et encore, plus profondément et plus fort qu'il ne l'avait jamais fait auparavant. Ses yeux sauvages se plantèrent dans les miens et je me noyai dans leur noirceur.

Heathcliff accéléra le rythme. Je me cambrai, enfonçant mes

ongles dans ses épaules, tandis que le désir qui m'habitait bouillonnait et qu'un orgasme me frappait de plein fouet.

Waouh. Waouhwaouhwaouh.

Je n'avais encore jamais joui par simple pénétration auparavant. Mais quelque chose dans la position et la façon dont les yeux ardents de Heathcliff brûlaient les miens m'avait fait basculer vers l'extase. Derrière lui, deux yeux cerclés de flammes brillaient dans l'obscurité. Quoth, assis sur son perchoir, nous observait, veillant toujours à ce que personne ne me fasse de mal.

Heathcliff cria lorsqu'il jouit, émettant un son qui rappelait la libération de quelque chose d'ancien et de primitif. Son sexe tressaillit et se libéra en moi. Il s'affaissa contre moi, me serrant toujours aussi fort.

Mon esprit était envahi par un million de pensées décousues. *Je viens de faire un plan à trois. Je viens de coucher avec trois hommes la même nuit.*

Et ils sont d'accord avec ça. Et moi... je suis peut-être d'accord aussi.

Nous pourrions discuter des détails plus tard, une fois que nous ne serions pas en train de résoudre un meurtre. Mais pour l'instant, alors que Heathcliff s'affaissait dans son fauteuil et m'attirait sur ses genoux, m'entourant de ses bras, et que les yeux attentifs de Quoth perçaient la pénombre, je n'avais pas peur du tout.

26

— Debout là-dedans, les marmottes !

Heathcliff se leva d'un bond, me laissant tomber sur le sol.

— Éloigne-toi d'elle, ou je t'étripe comme un poisson ! hurla-t-il en brandissant un tisonnier dans l'obscurité.

— Détends-toi, gloussa une voix que je reconnus comme étant celle de Morrie. Vous n'êtes pas en danger.

— Merde, dis-je en me frottant les yeux. Quelle heure est-il ? C'est l'heure de mon tour de garde ?

— Il est sept heures du matin. Je suis monté pour voir si tu voulais que je prépare le petit-déjeuner. Je pensais à une petite *baguette*...

— Tu ne nous as pas réveillés ? grogna Heathcliff. Que s'est-il passé ? Est-ce que Quoth est sorti pour suivre la suspecte ?

— Détendez-vous, tout va bien. J'ai essayé de vous réveiller, mais Mina était trop mignonne et toi tu m'as grogné dessus, et je n'ai pas voulu risquer ma peau. J'ai surveillé les vieilles. Quoth a passé la nuit à observer Dorothy Ingram à travers sa fenêtre. Apparemment, elle a tricoté une écharpe hideuse et a pleuré en regardant « *Elle et lui* ».

— Je ne t'ai pas grogné dessus ! hurla Heathcliff.

— Je t'assure que tu l'as fait, un peu comme tu le fais maintenant.

— Je n'ai pas pu. Je dormais.

— Alors tu grognes dans ton sommeil, comme un ours en peluche géant.

Morrie esquiva le coup que Heathcliff tenta de lui donner.

— Les gars, on peut se concentrer, *s'il vous plaît* ? Et Mme Ellis et Mlle Blume, elles vont bien ?

— Oui, elles sont parfaitement en sécurité et en pleine forme. Je viens de leur apporter leur thé. Mlle Blume a jeté le sien par la fenêtre pour « lire l'avenir dans les feuilles ». Et quand je suis sorti, Mme Ellis m'a pincé les fesses.

Je souris. Elles allaient effectivement très bien.

— À votre avis, qu'est-ce que cela signifie que Dorothy ne soit pas venue ?

— Probablement rien, dit Morrie. Peut-être que l'assassine n'a pas reçu l'information à propos de la soirée pyjama, ou peut-être qu'elle a soupçonné qu'on lui tendait un piège, ou que tes cris d'extase ont résonné à travers tout le village et ont dévoilé notre couverture.

Mes joues étaient brûlantes. Je me levai d'un bond.

— Je vais aller leur parler, marmonnai-je en me dirigeant vers les escaliers.

Mme Ellis me fit un clin d'œil alors que j'entrais dans la salle d'Histoire Mondiale. *Super, elle m'a entendue aussi...* Cette histoire allait faire le tour du village avant le coucher du soleil.

Han, par Hathor, Mlle Blume travaille avec Maman. Ce n'est vraiment, vraiment pas une bonne nouvelle.

— Vous avez bien dormi ? parvins-je à dire d'une voix étranglée.

— Oh, aussi bien qu'on pouvait s'y attendre, sourit Mme Ellis.

Mon visage tout entier me brûlait.

— Nous sommes restées debout toute la nuit, tendant l'oreille pour entendre notre tueur arriver.

— Nous avons entendu plusieurs craquements et gémissements, ajouta Mlle Blume. Ce vieux bâtiment est certainement *très vivant*.

Astarte, tuez-moi.

— Bon, eh bien, dis-je en me raclant la gorge. Visiblement vous étiez en sécurité. Cela ne vous dérange pas de rester à la boutique aujourd'hui ? Morrie et moi allons inspecter le jardin de Mme Winstone.

Mme Ellis replia sa couette.

— Oh, non, nous ne pouvons pas rester ici. Nous devons rendre visite à Brenda à l'hôpital, et Sylvia a des clients pour la journée...

— Très bien, alors Quoth, euh, *Allan* vous accompagnera à l'hôpital.

— Mina, chuchota Quoth derrière moi. Je peux te parler en privé ?

Les yeux de Mme Ellis sortirent de leurs orbites et elle se pencha en avant pour observer Quoth, torse nu, qui recula dans la pénombre.

—Bien sûr.

Je le suivis dans le couloir et dans la salle des Enfants. Quoth entoura mon poignet de ses longs doigts.

— Tu ne m'as pas dit un peu plus tôt que tu allais arrêter de me forcer ? dit-il, ses yeux s'enflammant.

— Tu ne m'as pas dit que tu voulais justement que je te pousse un peu ? répliquai-je.

— Tu parles un peu trop comme Morrie. Surveiller une vieille dame par sa fenêtre, c'est une chose, mais tu as vu ce qui s'est passé chez ta mère. Si je me plante, Mina... si je me transforme devant quelqu'un du village...

Je serrai sa main, me perdant dans le brun profond de ses yeux.

— Tu es juste nerveux, c'est tout. Les autres t'ont rempli la tête de toutes sortes de bêtises. Tu mérites d'avoir une vraie vie, Quoth. Je veux marcher main dans la main avec toi dans le village et voir les gens tourner la tête. Je veux t'emmener à un concert de punk pour que tu puisses sentir la façon dont la musique te transperce de l'intérieur et te permet d'évacuer toutes les mauvaises choses. Je veux que nous allions à la National Gallery, à la Tate Modern, et peut-être même qu'un jour nous pourrions faire un voyage à Paris et voir le Louvre et toutes ces peintures étonnantes qui te rempliront de joie. Ça pourrait être ta vie, et je pourrais la partager avec toi, et ce serait formidable. Mais si tu veux cette vie, tu dois d'abord emmener Mme Ellis et Mlle Blume à l'hôpital. D'accord ?

En réponse, Quoth porta ma main à ses lèvres, les pressant contre ma peau. Une décharge électrique me traversa de toute part. Il s'éloigna, trop tôt à mon goût se tournant pour partir.

— Où vas-tu ?

Je tentai de le tirer en arrière, mais il m'échappa.

Le sourire éclatant de Quoth éclairait la pièce mieux que n'importe quelle lampe de brocante.

— Si je dois me rendre à l'hôpital, je ferais mieux de mettre une chemise.

Je souris tout en rejoignant Morrie et nous partîmes fouiner. En chemin, nous nous arrêtâmes à la boulangerie pour prendre un café. Alors que nous nous apprêtions à partir, nos tasses et nos beignets à la crème à la main, Dorothy Ingram entra avec deux autres dames de l'église. Elle me lança un regard mauvais en passant devant nous en clopinant, sa canne serrée dans la main. Je lui jetai un regard noir en retour, résistant à l'envie de sortir mon pied et de la faire trébucher.

Morrie n'arrêta pas de bavarder pendant le trajet. Je tentai de lui poser des questions sur la nuit dernière, sur la raison pour laquelle il s'était enfui, mais je n'arrivais pas à trouver les mots. Je n'arrivais toujours pas à croire que c'était arrivé.

Les Winstone vivaient dans un joli cottage au bout d'un petit chemin, de l'autre côté de la place du village, surplombant une prairie pittoresque. Même si nous étions en plein hiver, le jardin regorgeait de couleurs et de textures. Morrie sortit une loupe de poche et contourna le petit muret de pierre, tandis que je me penchais pour examiner le perron où elle avait été attaquée.

Une haute haie de glycines se dressait sur un côté. Elle offrirait certainement une couverture suffisante à un assaillant à l'affût.

Je me penchai pour examiner la haie. Il y avait quelques brindilles cassées à l'avant, mais pas autant que ce que j'aurais pu imaginer au vu de la bagarre que nous avait décrite Mme Winstone. *Soit cette potentielle meurtrière était prudente, soit elle s'est faufilée le long du chemin au lieu de se cacher dans les buissons.* J'imaginai Dorothy Ingram avec sa canne et son pas boiteux. Elle n'aurait pas pu se faufiler discrètement derrière quelqu'un. J'observai la haie de plus près. Le sol ne semblait pas avoir été piétiné. *Évidemment, Dorothy est une petite femme, elle n'aurait pas besoin d'autant d'espace qu'un grand homme.*

Je déplaçai les feuilles mortes, à la recherche d'autres branches cassées. Peut-être pourrais-je trouver l'endroit où elle s'était accroupie pour attendre. Ma main effleura quelque chose de dur et de lisse. Je l'entourai de mes doigts, le sortis des feuilles et je le brandis dans la lumière.

Une canne en bois.

La meurtrière a dû la laisser tomber en s'enfuyant. J'étudiai le manche et remarquai des taches de sang séché autour de la poignée sculptée avec soin.

Mon esprit s'emballa. *Dorothy avait sa canne sur elle quand nous l'avons vue à la boulangerie. Ce qui veut dire que ce n'est pas la sienne.*

À moins qu'elle n'en ait plusieurs. Mais cela semble peu probable. C'est un bâton très distinct, et il a l'air couteux.

— Morrie ! criai-je. J'ai trouvé quelque chose.

Il s'approcha en courant et inspecta le bâton, faisant glisser ses doigts le long de la tige et étudiant le sang séché près de la poignée.

— C'est bien l'arme qui a été utilisée pour attaquer Mme Winstone.

— Mais Dorothy avait sa canne avec elle, dis-je en désignant le manche. Je pense que celui-ci est différent. Celui de Dorothy a des fleurs sculptées autour du manche. Celui-ci a des formes de demi-lune.

— Ce sont les phases de la lune, mélangées à des formes géométriques sacrées. C'est un motif occulte, dit Morrie en faisant une grimace. Tu as raison. Notre fanatique religieuse n'utiliserait pas ça.

Je fixai la canne dans mes mains. J'avais du mal à croire ce que je voyais. Cette canne bouleversait complètement notre théorie. Dorothy Ingram avait tous les mobiles et toutes les occasions pour éliminer les membres du Club des Livres Interdits. Mais si ce n'était pas la canne de Dorothy, alors à qui appartenait-elle ?

27

Morrie et moi nous assîmes sur le trottoir et terminâmes notre café désormais froid. Morrie me demanda d'énumérer à nouveau les preuves que nous avions recueillies jusqu'à présent, en particulier la conversation que j'avais surprise entre Dorothy et Ginny Button.

— Dorothy semblait avoir peur de Ginny, me souvins-je, essayant de me rappeler les mots exacts que j'avais entendus. Elle a dit : « Je l'ai mise hors d'état de nuire pour vous. Elle a payé pour ses péchés, et maintenant vous et moi n'avons plus rien à faire ensemble ». Mais Ginny voulait qu'elle fasse autre chose, alors Dorothy a dit que Dieu détestait les maîtres chanteurs. Puis Ginny a dit qu'elle espérait que Dorothy ne la menaçait pas, sinon tout le monde risquait de découvrir son secret.

— Son sale secret, corrigea Morrie avec une délectation exagérée.

— Oui, bien sûr. Son *sale* petit secret. Et elle a traité Dorothy de meurtrière. Dorothy s'est mise en colère et est partie en trombe. Et l'instant d'après, Ginny gisait morte en bas des escaliers.

— Et c'est la nuit précédente que tu as vu Sylvia et Ginny ?

229

— Oui. Ginny a dit quelque chose qui a effrayé Sylvia, et comme Ginny se dirigeait vers sa voiture, Sylvia a crié : « Tu crois peut-être que tu es intouchable. Mais je sais ce que tu as fait. Tu es pourrie, et tu ne t'en tireras pas comme ça ! »

— Alors Ginny aurait pu tuer Mme Scarlett, songea Morrie. Ou elle aurait pu demander à Dorothy de le faire. Et si Sylvia l'avait découvert ? Elle aurait pu pousser Ginny dans les escaliers. Elle était à l'enterrement. Mais si Ginny est morte, qui a attaqué Mme Winstone ?

— Pourquoi tu t'es enfui hier soir ? lâchai-je d'un ton brusque.

— Heathcliff avait besoin de moi en bas. Nous tentions de piéger une meurtrière, si tu te souviens bien.

— Ce n'était pas pour ça. Tu as orchestré toute cette soirée pour moi, y compris le fait d'envoyer Heathcliff à l'étage. Alors pourquoi tu n'es pas resté ?

— C'est simple. Tu venais de vivre une expérience sexuelle intense. Tu avais besoin de quelqu'un qui prenne soin de toi, qui ramène ton état émotionnel à quelque chose de normal et de joyeux. Tu avais besoin de câlins, de baisers et de poésie. Ce n'est pas mon truc, dit Morrie avec un sourire vacillant. Quoth adore les câlins, tu étais donc entre de bonnes mains. C'est bien là la beauté de notre arrangement, ma belle. Tu bénéficies de tous les avantages.

— Et toi tu n'as aucun travail émotionnel à faire, c'est ça ? demandai-je. Tu peux rester distant, maître de la situation et au-dessus de tout ?

Morrie se mordit la lèvre.

— À ta place, je n'essaierais pas de faire de la psychologie de comptoir, Sigmund Wilde. La dernière personne qui l'a fait a basculé par-dessus une chute d'eau, avec moi, ou du moins c'est ce qu'on m'a dit. Parler des sentiments va à l'encontre de leur raison d'être. Je ne veux pas que mon esprit devienne un spectacle pour les autres. Concentre-toi sur l'essentiel : on essaie d'attraper une meurtrière, là.

Joli changement de sujet, Morrie. Ne crois pas que c'est fini. Si je dois faire face à ma propre réalité, alors toi aussi.

— Je pense toujours que c'est Dorothy, dis-je. Ça n'a pas de sens que ce soit Sylvia si en poussant Ginny le but était de l'obliger à arrêter ce qu'elle faisait. Peut-être que Dorothy a acheté une autre canne pour tromper les autorités.

Morrie haussa les épaules.

— C'est possible. Je pense qu'il faut confronter Dorothy, voir si on peut la secouer un peu. J'ai entendu sa conversation à la boulangerie. Elle a dit qu'elle allait à l'église pour faire un peu de ménage. Avec un peu de chance, nous la trouverons là-bas, seule.

Nous courûmes jusqu'à l'église. Évidemment, il n'y avait qu'une seule voiture sur le parking : une Nissan grise. La porte en bois de l'église était entrouverte. Morrie et moi jetâmes un coup d'œil à l'intérieur, mais sans les bougies allumées, je ne voyais presque rien.

Morrie entra et claqua la porte derrière lui. *BANG*. Le son résonna dans l'imposante nef.

— Qui êtes-vous ? Que voulez-vous ? dit une voix depuis l'autel. Vous ne voyez pas que je suis occupée ?

— Dorothy Ingram, quel plaisir, ronronna Morrie. Nous sommes seulement deux citoyens inquiets, venus vous parler des récents crimes commis dans le village. À savoir, deux meurtres et une agression contre des membres du Club des Livres Interdits.

Dorothy se redressa, époussetant ses mains sur un tablier blanc qu'elle portait par-dessus sa robe noire très stricte.

— Vous êtes de la police ?

— En quelque sorte, dit Morrie en sortant son téléphone de sa poche et en tapotant sur l'écran.

— Je vous interdis de mentir dans la maison de Dieu ! lança-t-elle.

Même dans l'obscurité, je pouvais sentir ses yeux me transpercer la poitrine.

— Vous travaillez tous les deux dans cette librairie païenne. Je ne vois aucune raison de vous parler et je ne vois pas en quoi je pourrais vous intéresser. Je connaissais à peine ces pauvres dames.

— Sauf que c'est faux, n'est-ce pas ? dis-je. Je vous ai entendu parler à Ginny avant l'enterrement de Mme Scarlett. Elle vous faisait chanter. Elle voulait que vous fassiez quelque chose pour elle, sinon elle comptait raconter à tout le monde votre *sale petit secret*...

— C'est absurde.

La peur coupa court à la fanfaronnade de Dorothy.

— Ah bon ? Vous détestiez Mme Scarlett à cause de son influence au sein de la communauté. Elle ne cessait d'entraver vos projets visant à rendre le village plus vertueux et plus respectueux de Dieu. Vous considériez le Club des Livres Interdits comme un affront personnel.

— Même si c'était le cas, je n'ai pas touché à un seul de ses cheveux. Tuer est contraire aux Commandements de Dieu ! Je ne commettrais jamais un acte aussi ignoble.

— Et où se situe l'avortement de votre enfant à naître sur l'échelle morale de Dieu ? demanda Morrie, toujours concentré sur son téléphone.

Dorothy blêmit.

— Que...Qu'est-ce que vous racontez ?

Morrie brandit son téléphone. Sur l'écran s'affichait le scan d'un formulaire imprimé.

— Pendant que nous étions en train de discuter, j'ai piraté votre téléphone portable, et quel est le premier message que Ginny Button vous a envoyé ? Ce formulaire d'hospitalisation pour une clinique d'avortement... avec votre nom dessus.

— Ce n'est pas le mien. Il a été trafiqué ! s'écria Dorothy.

— Je ne crois pas, non, sourit Morrie en remettant son téléphone dans sa poche. Vous n'aviez que dix-neuf ans et vous étiez une femme célibataire. Que penserait Dieu ? Dites-moi, s'agissait-il d'une seule nuit de passion débridée, ou aviez-vous un amant de longue date ? Était-il bâti comme un âne ? Vous a-t-il fait crier ? Est-ce qu'il vous l'a mis dans le...

— Éloignez-vous de moi, espèce d'homme vulgaire ! hurla Dorothy en balançant son balai sur Morrie.

Elle est vraiment contrariée. Je tendis la main pour arrêter Morrie, mais il était sur sa lancée. Il lui arracha le balai des mains et le cassa sur son genou comme si de rien n'était. Elle sanglota et se recroquevilla derrière l'autel, et pendant ce temps, il continua de parler sur un ton calme et joyeux.

— Donc, vous avez avorté, et personne ne l'a jamais su. Sauf que, d'une manière ou d'une autre, Ginny Button est tombée sur ce vieux dossier, et elle s'en est servie pour vous faire obéir. Elle vous a forcée à empoisonner Gladys Scarlett, puis vous l'avez poussée dans les escaliers pour mettre fin à son chantage. Je sais que vous travaillez à la pharmacie du village. Vous auriez accès à l'équipement nécessaire pour fabriquer de l'arsenic. Vous n'appréciez aucunement Gladys Scarlett. Mais ce que je ne sais *pas* et que je veux désespérément savoir, c'est pourquoi Ginny voulait la mort de Mme Scarlett.

Dorothy jeta un coup d'œil par-dessus l'autel, riant comme une hyène.

— Quel tas de sottises ! Ginny ne m'a pas demandé de tuer Gladys Scarlett. Elle voulait que j'utilise ma position au sein du comité de l'église pour exclure Brenda Winstone du groupe de jeunes. Je n'étais que trop heureuse de le faire parce que l'influence corruptrice de Gladys avait entaché la douce nature de

Brenda. Mais le jour des funérailles, Ginny a dit que ce n'était pas suffisant. Elle voulait que Brenda *souffre*. Elle voulait que j'accuse Brenda d'avoir touché un enfant de manière inappropriée afin qu'elle ne puisse plus jamais s'approcher des enfants.

Je repensai à la façon dont Brenda s'était illuminée lorsqu'elle avait joué avec les enfants dans le magasin, et à la façon dont sa voix s'était affaiblie lorsqu'elle avait dit que son mari n'en voulait pas. *Quelle horrible idée. Cela détruirait Brenda.*

— Vous avez donc écrit ce mot et demandé à Ginny de vous retrouver après la cérémonie, dit Morrie. Vous avez sans doute essayé de la raisonner, mais elle n'a pas voulu céder. Alors vous l'avez poussée.

— Non ! Je n'ai pas vu Ginny après la cérémonie. Je me suis tenue à la porte pour offrir un panier de fleurs aux personnes en deuil afin qu'elles puissent les déposer sur la tombe de cette femme impie. Cassandra Irons peut attester que j'étais bien à cet endroit jusqu'à ce que Mme Ellis crie, et elle ne m'apprécie même pas.

— Pourquoi Ginny voulait-elle faire du mal à Mme Winstone ? demandai-je.

— Elle ne me l'a jamais révélé, et je ne lui ai pas posé la question. Je ne me soucie pas des querelles entre femmes de petite vertu et païens, dit Mme Ingram en se levant derrière l'autel et en agitant les bras. Si ce sont là toutes vos questions, je vous serais reconnaissante de me laisser en paix. Si vous avez un peu de bonté en vous, ne révélez pas mon secret aux villageois.

— Oh, ne vous inquiétez pas, dit Morrie en faisant un signe de croix bref. J'aime garder les secrets. Ils ont beaucoup plus de valeur comme ça. Nous devons partir. Dites bonjour à Jésus de ma part. À la revoyure !

— *À la revoyure ?*

Je lui donnai un petit coup dans le bras alors que nous sortions de l'église.

— J'essayais simplement d'être sympathique. Alors, Mina, la détective intelligente, tu la crois ?

— Je... je ne suis pas sûre. J'ai du mal à croire qu'elle ait avorté, honnêtement. Mais si elle dit la vérité, cela nous ramène à la case départ. Si Dorothy Ingram n'a tué ni l'une ni l'autre et n'a pas attaqué Mme Winstone, alors qui l'a fait ?

— Peut-être que lorsque Mlle Blume a dit « Je sais ce que tu as fait » à Ginny, elle sous-entendait qu'elle avait fait exclure Mme Winstone du groupe de jeunes. Dans ce cas, les motivations de Ginny ne sont peut-être pas liées, dit Morrie en brandissant son téléphone. Je pense que nous devrions découvrir si Ginny Button faisait chanter quelqu'un d'autre.

— Et comment allons-nous faire ?

— Je n'ai rien trouvé dans ses e-mails. Elle a été très prudente. Mais même les maîtres chanteurs les plus prudents laissent des traces. Il faut que l'on sache si elle a des documents incriminants sur quelqu'un d'autre.

— Et comment ? La police a sans doute son téléphone.

— Une fille intelligente comme Ginny aura ses preuves stockées sur papier.

Morrie tapota son téléphone pour faire apparaître une carte, en se concentrant sur une maison du village.

— Le seul moyen d'obtenir des réponses est d'entrer chez elle par effraction.

28

Ginny Button habitait dans une résidence de style Tudor située dans l'une des rues les plus pittoresques du village avec des jardinières suspendues aux fenêtres, remplies d'herbes aromatiques et de fleurs d'hiver, et la porte d'entrée rose avait récemment été repeinte. La même décapotable rouge et sportive qui avait déposé Sylvia Blume trônait dans l'abri à voitures. Visiblement, l'apparence comptait pour elle – elle avait passé du temps à peaufiner sa maison de la même manière qu'elle avait peaufiné son image. Je me demandais d'où venait tout son argent – elle n'était pas mariée, et je savais par Mme Ellis qu'elle était assistante administrative à la mairie, ce qui ne devait pas rapporter grand-chose.

Quoth enfonça ses serres dans mon bras. Nous étions passés par la librairie sur le chemin et l'avions récupéré, en promettant de le ramener dans vingt minutes pour que les dames puissent se rendre à l'hôpital. Lorsque nous avions enquêté sur la mort d'Ashley j'avais réalisé à quel point il était utile d'avoir un corbeau lorsqu'on souhaitait entrer par effraction.

— Il va falloir faire vite, dit Morrie en nous faisant passer par le côté de la maison et par un jardin bien entretenu. Je ne veux pas laisser Heathcliff seul avec les vieilles plus longtemps que nécessaire.

— C'est judicieux.

Je caressai les douces plumes de Quoth pendant que Morrie scrutait la façade à la recherche d'un point d'entrée.

Mme Ellis lui a pincé les fesses ce matin, dit Quoth dans ma tête. *Il lui a dit que c'était contraire au règlement. Elle a rétorqué qu'il n'y avait pas de règles, alors il a écrit une liste et l'a clouée au mur.*

— Évidemment.

Je frémis à l'idée des règles que Heathcliff pourrait inclure dans une liste qui ne manquerait pas d'être exhaustive.

— Ah, dit Morrie en désignant une fenêtre ouverte au deuxième étage. C'est par-là que nous allons entrer.

Vous m'en devrez une, me dit Quoth en s'envolant. Il s'éleva et s'engouffra par la fenêtre, atterrissant à l'intérieur avec un léger *plop*.

Quelques instants plus tard, la porte arrière se déverrouilla et un Quoth nu nous fit entrer. Je jetai un coup d'œil à la minuscule cuisine immaculée, admirant la façon dont Ginny avait modernisé la vieille maison avec des meubles pâtinés et des accessoires industriels. Garce ou pas, cette femme avait un goût impeccable.

— Il y a un bureau ici, chuchota Morrie en se faufilant à travers le salon jusqu'à une petite alcôve.

Il posa son sac rempli de gadgets informatiques.

— Je vais fouiller ici. Vous deux, prenez les chambres. Ne frotte pas tes fesses nues sur quoi que ce soit, petit oiseau.

Je suivis Quoth dans l'escalier raide, le cœur battant. Je perçus soudain un léger *scritch-scritch*, quelque part dans la maison, comme si quelque chose grattait contre du bois, qui me mit les nerfs à vif. *C'est juste une vieille maison, il n'y a pas de quoi s'inquiéter.*

Des photographies étaient accrochées à tous les murs – une jeune Ginny souriant aux bras d'hommes à l'allure imposante. Il y avait un homme différent sur chaque photo, et je reconnus certaines célébrités mineures et des joueurs de football. Une série de photos glamour et de couvertures de magazines de Ginny sur le palier révélaient qu'elle avait été mannequin par le passé.

Je me demande si c'est comme ça qu'elle s'est fait de l'argent. Cela pourrait expliquer pourquoi elle est maintenant à Argleton, au lieu d'être à Londres. Ginny était toujours aussi belle, mais elle n'était plus dans la fleur de l'âge selon les critères de mannequinat et les footballeurs, et j'avais l'impression qu'elle n'aurait pas perdu son temps à traîner dans un milieu où elle n'était pas le centre de l'attention.

La première chambre était une chambre d'amis, avec un lit digne d'un hôtel de luxe, recouvert d'une montagne d'oreillers. J'ouvris les tiroirs de la coiffeuse – ils étaient remplis de vêtements, mais pas de notes secrètes de chantage. Quoth ouvrit l'armoire et inspecta les rangées de chaussures.

— Comment peut-on avoir besoin d'autant de chaussures ? demanda-t-il.

— C'est l'un des grands mystères de la vie.

Scritch-scritch. Le bruit recommença.

Nous passâmes à la suite parentale. Quoth s'attaqua aux tiroirs pendant que je sortais des boîtes de sous le lit. Dans une boîte à chaussures abîmée, je trouvai des piles de lettres d'amour – des trucs vraiment dégueulasses – entre Ginny et un homme qui s'appelait simplement « H ».

— Regarde ça, dis-je en brandissant l'une des lettres. Ce « H » doit être le père du bébé de Ginny. Elle a gardé des copies de toutes les lettres qu'elle lui a envoyées, et celle-ci est datée d'il y a deux semaines. Ginny voulait que H quitte sa femme et l'épouse.

Quoth se pencha sur mon épaule, ses cheveux chatouillant ma peau.

— Y a-t-il une réponse ?

Je feuilletai la pile de lettres.

— Pas que je sache. Mais je suppose que ça n'a pas eu lieu, sinon elle se serait fait passer la bague au doigt.

Scritch-scritch. Scritch-scritch.

— Quoth, tu entends ça ?

Je jetai un coup d'œil à la pièce. Le bruit était encore plus audible ici.

— Des termites, dit Quoth. Dans une vieille maison comme celle-ci, il doit y avoir toutes sortes d'insectes dans le bois.

Il se lécha la lèvre avec appétit, comme si l'idée de ces bestioles répugnantes l'excitait.

— Couic ! chuchota une voix inconnue.

— Est-ce que les termites ont l'habitude de couiner ?

— C'est juste une charnière... non, attends, je sens quelque chose... marmonna Quoth, reniflant en se penchant pour sortir une autre boîte de sous le lit.

Parfois, il était facile d'oublier que Quoth *était* en partie un oiseau. C'était particulièrement difficile lorsqu'il s'accroupissait à côté de moi, complètement nu, sa longue cuisse frôlant la mienne.

Scritch-scritch, scritch-scritch, criiiic...

— Ça vient de l'armoire ! m'écriai-je.

J'avais à peine prononcé ces mots que la porte de l'armoire s'ouvrit et qu'une minuscule boule de poils blancs se dirigea vers moi en couinant d'un air jubilatoire. La souris traversa la pièce et passa sous les rideaux. Alors que ses pattes arrière disparaissaient derrière le tissu, je remarquai une tache brune bien trop familière au-dessus de sa patte arrière.

— C'est la Terreur d'Argleton ! Oh, Quoth, je me demande

comment elle a pu se retrouver coincée dans l'armoire de Ginny...

— Croac !

Des plumes de corbeau explosèrent dans la pièce tandis que l'instinct animal de Quoth prenait le dessus. Il plongea vers la fenêtre, oubliant qu'il l'avait fermée plus tôt. Je criai lorsqu'il s'écrasa contre la vitre et s'effondra sur le sol.

— Quoth ! je me précipitai vers lui, touchant le coin de son aile juste au moment où il se relevait et secouait la tête, ses yeux tournant dans leurs orbites.

La Terreur d'Argleton profita de ce moment pour passer à nouveau devant Quoth, couinant de joie en grimpant sur la commode et en longeant la cimaise. Quoth se précipita à sa poursuite, son corps vacillant et s'écrasant tandis qu'il la poursuivait dans la pièce.

— Non, les gars, arrêtez !

Je courus derrière eux. Quelque chose se brisa soudain en bas. Morrie poussa un juron.

— Morrie, à l'aide !

Je grimpai sur le lit pour chasser Quoth avant qu'il n'arrache le lustre. Je ne pouvais pas voir où la souris s'était réfugiée, mais vu la façon dont Quoth grattait le haut de l'armoire, j'avais une petite idée.

Je rouvris la fenêtre et, après avoir battu follement des bras, je parvins à faire voler Quoth à l'extérieur. Je m'effondrai sur le sol pour reprendre mon souffle.

Mais comment j'ai pu penser que la présence d'un corbeau faciliterait les choses ?

Morrie pointa le bout de son nez par la porte.

— Il est temps de partir, ma belle. Nous sommes ici depuis trop longtemps. Hé, où est le petit oiseau ?

Je tendis la main et il m'aida à me relever.

— Tu ne devrais pas l'appeler comme ça. Et il est dehors. La

Terreur d'Argleton s'est pointée et il nous a fait le coup du Corbeau Métalleux qui pète un plomb.

Morrie frissonna en m'aidant à me relever. Je remarquai une pile de papiers sous son bras.

— Si cette souris est ici, nous partons *tout de suite.*

Il me traîna en bas des escaliers et par la porte arrière ouverte, la verrouillant et la refermant derrière lui. Nous courûmes le long du jardin, où Quoth vola d'un arbre voisin pour venir se percher sur mon épaule, ses serres s'enfonçant dans ma peau.

Morrie ne s'arrêta pas de courir jusqu'à ce que nous ayons atteint le coin de la rue. Il vérifia qu'aucune souris ne s'était faufilée dans son pantalon avant de se redresser.

— Croac, dit Quoth, en balançant la tête de haut en bas comme s'il riait.

— Ouais, eh bien, tu n'as pas fait mieux, n'est-ce pas ? Gros malin. Pendant que vous vous faisiez de nouveaux amis, j'ai trouvé quelque chose d'utile, dit Morrie en brandissant sa pile de papiers. Le dossier médical de l'avortement de Dorothy Ingram, ainsi que le rapport de ce médecin faisant état d'une mort mystérieuse. Et une demande officielle de changement de nom. D'après ces articles et ces documents, M. Wesley Bayliss est mort dans l'ancien hôpital après avoir ingéré de la ciguë. Peu après, sa femme – Sally Bayliss – a changé de nom et a quitté un village voisin pour s'installer à Argleton. Vous voulez deviner comment elle s'appelle maintenant ?

— Comment ?

Morrie afficha un rictus.

— Mlle Sylvia Blume. Ce qui veut dire que Ginny Button faisait chanter notre médium.

29

Je fixai le papier dans la main de Morrie du regard, un sentiment de malaise s'emparant de moi.

— Mlle Blume a dit qu'elle n'avait jamais été mariée.

— Elle a menti, dit-il.

Les mains tremblantes, je sortis mon téléphone et composai le numéro de Jo.

— Salut, Mina. J'espère que tu m'appelles pour me raconter comment s'est passé ton rendez-vous avec Heathcliff.

— Ça s'est... bien passé...

Je rougis lorsque Quoth donna un coup de tête contre ma main et que Morrie passa son doigt sur la marque autour de mon poignet, et je me remémorai alors ce qui s'était passé hier soir. *J'ai beaucoup de choses à raconter à Jo.*

— Mais je ne peux pas te parler de ça maintenant. J'ai besoin de te poser des questions sur la ciguë.

— C'est le poison qui a tué Socrate. Pourquoi ?

— Sais-tu quelque chose à ce sujet, par exemple comment quelqu'un pourrait l'utiliser pour tuer ?

Je marquai une pause, essayant de trouver une raison plausible pour laquelle je posais des questions sur la ciguë.

— J'essaie de gagner un débat avec Morrie.

Jo s'esclaffa.

— Je suis heureuse de contribuer à une si noble cause. La ciguë appartient à la famille des *apiacées*, comme les carottes et les panais. Elle est utilisée en petites quantités dans les remèdes à base de plantes depuis des siècles. Elle agit comme une neurotoxine. L'engourdissement gagne tout le corps, des pieds à la poitrine. La victime reste lucide tout au long du processus, Platon ayant rapporté que Socrate parlait avec ses élèves jusqu'au moment où le poison a atteint son cœur. D'après les registres médico-légaux, personne n'a été assassiné avec de la ciguë depuis l'Antiquité. Les décès dus à la ciguë sont nombreux, mais toujours accidentels : il s'agit généralement de cueilleurs qui pensent avoir trouvé une récolte de choix de panais sauvages, ou de riches nobles italiens qui se nourrissent d'oiseaux chanteurs, lesquels deviennent porteurs du poison lorsqu'ils consomment des graines de ciguë. Bien entendu, il est toujours difficile de se prononcer. Il se peut que de nombreux empoisonneurs aient utilisé la ciguë au fil des ans sans être soupçonnés.

J'en ai bien une en tête.

— Merci, Jo. J'apprécie.

— Attends, ne me laisse pas en suspens comme ça. Tu as gagné ?

Morrie glissa la main sous ma chemise, ses doigts caressèrent mon mamelon à travers le tissu.

— Oui, dis-je d'une voix tendue. J'ai clairement et définitivement gagné.

Je raccrochai, repoussant Morrie alors même que mon corps réclamait plus.

— Arrête avec ça. On a peut-être laissé Mme Ellis seule avec son meurtrier.

— Elle n'est pas seule.

Morrie m'embrassa le cou, ses mains parcourant librement mon corps.

— Elle a Heathcliff pour la protéger, ajouta-t-il.

Je le repoussai, plus fort cette fois-ci.

— *Tu* n'as peut-être pas peur que tes amis soient nourris à la ciguë ou à l'arsenic par une diseuse de bonne aventure, mais moi si. Il faut qu'on retourne à la librairie !

Je m'arrachai à Morrie et m'enfuis à travers le village en direction de la Librairie Nevermore, Quoth voletant derrière moi. Les chaussures de luxe de Morrie résonnaient sur le sol.

— Mina, attends !

Quelque chose ne va pas. Je le sens.

Je poussai la porte.

— Heathcliff ? Mme Ellis ? criai-je. Vous êtes là ?

— Oh, Mina chérie, tu es de retour ! répondit Sylvia. Nous sommes là où vous nous avez laissées, nous *mourons d'envie* de sortir.

Le cœur battant, je me frayai un chemin parmi les piles de livres et les trouvai tous les trois dans la salle d'Histoire Mondiale. À ma grande surprise, Heathcliff était assis en face de Mme Ellis, Grimalkin endormie sur ses genoux et un jeu de Scrabble étalé devant lui. Il arborait un air dépité et tenait une tasse de thé à la main. Derrière lui, Mlle Blume se tenait à côté du chariot à thé et versait une autre tasse.

— Elle m'a forcé à jouer à ce jeu insipide, grommela Heathcliff en jetant un regard à Mme Ellis. Et ensuite elle danse dans la pièce quand elle gagne. Il y a des foutus châles et des sacs en tissu qui volent de tous les côtés. Tout ça c'est très amusant jusqu'à ce que quelqu'un perde un œil...

Le thé ! Bien sûr. Sylvia fait son propre thé, qu'elle a servi au Club des Livres Interdits. Je parie qu'elle a ajouté de l'arsenic dans la tasse de Mme Scarlett !

J'arrachai la tasse de thé des mains de Heathcliff et la tint hors de portée. Il me jeta un coup d'œil inquiet.

— Ce n'était pas une si mauvaise blague. Les siennes ont été bien pires, crois-moi sur parole.

— Crois-moi sur parole ! Ha ha ! s'esclaffa Mme Ellis d'un air ravi, mais son visage se plissa d'inquiétude lorsqu'elle remarqua mon attitude. Est-ce que ça va ma chérie ? Tu es un peu pâle.

— Peut-être que tes chakras ont besoin d'être alignés, dit Sylvia. Je serais ravie de t'aider.

Mon esprit se mit à tourner à plein régime. Je ne pensais qu'à éloigner Sylvia de la librairie, du thé, des liquides et de tout ce qu'elle pourrait utiliser pour blesser mes amis.

— Je vais bien, merci, soufflai-je. Vous ne deviez pas aller travailler aujourd'hui ?

— Si, dit Sylvia en jetant un coup d'œil à sa montre. J'ai deux rendez-vous cet après-midi.

— Eh bien, Morrie et moi serons heureux de vous accompagner si vous êtes prête à partir maintenant.

— Oh, oui, je suppose, tu ne veux vraiment pas que je jette un coup d'œil à tes chakras ?

Son expression perplexe me retourna l'estomac.

— Je dois aller chercher quelques affaires dans mon cottage, ajouta-t-elle.

— Ce n'est pas grave. Nous vous y accompagnerons. Ce serait bien de vérifier si la meurtrière est déjà venue chez vous.

— Ce serait un véritable soulagement, merci.

Sylvia se pencha pour tendre une tasse de thé à Mme Ellis, mais je la lui arrachai des mains.

— Désolée, Mme Ellis. Je viens de voir une araignée tomber dans le thé. Il n'est pas buvable.

— Croac ! ajouta Quoth du haut de mon épaule.

Heathcliff se leva et me suivit dans la pièce principale. Je lui fourrai les deux tasses dans les mains.

— Monte-les à l'étage et laisse-les sur le bureau de Morrie. Ne laisse personne boire ou manger ce que Sylvia a touché.

Les yeux sombres de Heathcliff m'étudièrent.

— J'imagine, d'après ce comportement étrange, que vous avez une nouvelle suspecte ?

— Tu imagines bien, oui.

— Et tu es sur le point de t'enfuir dans les bois avec elle, grogna-t-il.

— Morrie sera avec moi. Je ne suis pas en danger, dis-je avant de me pencher et de l'embrasser sur la joue. Je le promets.

Heathcliff grommela dans sa barbe en montant les escaliers d'un pas traînant. Grimalkin trottinait autour de ses chevilles, supposant que s'il se dirigeait vers la cuisine, c'était pour lui offrir une friandise.

Quoth resta pour accompagner Mme Ellis à l'hôpital. Morrie et moi encadrâmes Sylvia alors qu'elle rassemblait ses sacs et quittait la librairie. Des bocaux et des bouteilles en verre cliquetaient à l'intérieur. Je n'arrivais pas à imaginer les horreurs qu'elle avait cachées dans ces sacs.

Elle a empoisonné son mari et a commencé une nouvelle vie. Et maintenant, elle recommence. Mais pourquoi ?

Mademoiselle Blume n'arrêta pas de parler alors que nous sortions du village et que nous suivions la route vers King's Copse. Morrie gardait une main au-dessus de sa poche, et je sus sans même lui demander qu'il avait une sorte d'arme à l'intérieur. Cela me rassura, et je me détestai pour cela. *Je ne devrais pas me tourner vers James Moriarty pour me protéger.*

Nous empruntâmes l'étroit sentier par lequel Heathcliff et moi étions entrés dans la forêt. Huit cents mètres plus loin, une allée en terre battue se frayait un chemin parmi les arbres. Nous la suivîmes dans le bois, jusqu'au demi-cercle de cottages.

À la lumière du jour, les maisons paraissaient petites et ternes. Les conduits de cheminée s'effondraient sur les toits délabrés. Des tas d'ordures s'empilaient le long des murs de pierre. La promenade qui menait au bois depuis lequel Heathcliff et moi avions espionné Sylvia et Ginny semblait s'enfoncer dans le sol, les planches étaient brisées et s'effondraient à plusieurs endroits.

— Voici mon humble demeure.

Arrivée devant la dernière maison, Mlle Blume sortit un trousseau de clés de sa jupe flottante et en introduisit une dans la serrure. Elle poussa la porte, révélant un intérieur plongé dans l'obscurité.

Je suivis Morrie, en attendant que la lumière grise des fenêtres éclaire l'espace. À l'intérieur, la maison de Mlle Blume ressemblait à un croisement entre un bunker de survivaliste et un repaire de sorcières. Des étagères étroites bordaient chaque mur, remplies de boîtes de conserve et de grands sacs de farine et de sucre, ainsi que des centaines de flacons de médicaments et de pots d'herbes. Mon estomac se noua lorsque je remarquai plusieurs bouteilles étiquetées d'une tête de mort noire. *Elle a des poisons partout dans cette maison.*

Des piles d'oignons mal alignés et de légumes sales s'alignaient sur les comptoirs de la petite cuisine, tandis que des brindilles pendaient sur de grands séchoirs situés sous la plus grande fenêtre.

— Qu'est-ce que c'est que tout ça ? demandai-je en parcourant les étiquettes soigneusement écrites sur les bocaux.

— Des herbes. C'est moi qui les récolte et les fais sécher, dit Sylvia en me montrant des moules en bois carrés et des outils de coupe sur la table de la cuisine. Je fabrique des savons et des crèmes à base de plantes, ainsi que des remèdes, des mélanges de thés et des kits d'envoûtement pour ma boutique. La forêt m'offre une récolte abondante.

J'aperçus un baril rond dans un coin. Lorsque je me penchai pour en inspecter le contenu, mon estomac se noua. À l'intérieur se trouvaient plusieurs cannes en bois sculpté, toutes de longueurs et de motifs différents. En fouillant dans le baril, j'en trouvai une dont le style était identique au motif floral de Dorothy Ingram, et une autre qui correspondait à celle que nous avions trouvée dans les buissons de Mme Winstone.

Derrière mon épaule, le visage de Morrie se durcit.

— Ce sont de très jolies cannes, dis-je en souriant et en lui tendant celle avec les différentes phases de la lune.

— Ah, on peut faire confiance à Mina l'artiste pour les repérer, se réjouit Mlle Blume. Je suis très fière de ce modèle. Le travail et la sculpture sur bois sont mes passe-temps favoris. Je fabrique des bols rituels et des statues pour la boutique. J'ai sculpté tous ces bâtons de marche à la main, et ils font partie de mes meilleures ventes. Je n'utilise que des arbres tombés et des branches que je trouve dans le bois. Vous voulez voir l'atelier ?

Non. J'aimerais sortir d'ici et aller directement à la police.

— Avec plaisir.

Sylvia nous fit traverser la petite maison et sortir par une porte arrière branlante. En sortant, je remarquai des seaux étalés sur le sol pour recueillir les gouttes du toit qui fuyait. Je frissonnai à cause de l'humidité. Ces cottages n'étaient vraiment pas habitables.

À l'extérieur, un chemin envahi par la végétation menait à une petite structure en tôle ondulée. Sylvia ouvrit une porte étroite et nous fit signe d'entrer. Je jetai un coup d'œil à Morrie qui hocha la tête en s'appuyant sur le cadre de la porte.

Elle ne peut pas me faire de mal tant que Morrie est là.

Les nerfs en pelote, j'entrai dans la remise et parcourus des yeux les étagères de bols et de plateaux sculptés et d'horloges en bois. Dans un coin, plusieurs bâtons de marche dépassaient d'un porte-parapluie.

— La plupart des cottages ont des ateliers attenants. Beaucoup d'artistes vivent ici parce que les maisons sont très bon marché. Je stocke beaucoup de leurs œuvres dans ma boutique, nous échangeons des fournitures et nous surstockons quand nous le pouvons. Nous avons notre propre petite communauté, expliqua Mlle Blume avant de montrer du doigt un autre hangar de l'autre côté de la clôture basse. C'est la cabane d'Helmut. C'est un forgeron talentueux et je vends beaucoup de ses couteaux incroyables et autres outils dans ma boutique. Il vit avec sa sœur, qui fait des pâtisseries extraordinaires.

— Greta. Je la connais, dis-je en forçant un sourire.

— Oui, elle est charmante. Ces derniers mois, j'ai travaillé en étroite collaboration avec elle et son frère, car nous avons déposé des demandes auprès du comité d'urbanisme pour accélérer le projet de construction de logements.

— Vous… vous vouliez que le projet immobilier se réalise ?!

— Bien sûr ! Ils avaient besoin de ce terrain pour les nouvelles maisons, et ils allaient payer chacun d'entre nous une énorme somme d'argent, bien plus que ce que ces vieilles cabanes valent réellement. Helmut allait construire une véritable forge, et j'avais l'intention d'acheter mon commerce et d'habiter à l'étage, dit Sylvia avant de lever les yeux vers le toit, où la rouille avait creusé de gros trous dans le fer.

De l'eau s'écoulait sur le sol en pierre froide.

— Ah, pouvoir vivre dans une maison chaude et sèche, je ne peux même pas imaginer le luxe ! Bien sûr, avec tout ce bazar autour de la demande de permis de construire, nous n'avons pas encore reçu notre paiement. Et si les Lachlan sont condamnés pour le meurtre de cette chère Gladys, je ne suis pas sûre que nous l'aurons un jour.

Sylvia voulait que le projet se réalise ! Les protestations de Mme Scarlett lui mettaient des bâtons dans les roues !

— Merci de m'avoir montré votre atelier, Sylvia. Si vous

rassemblez ce dont vous avez besoin, nous pourrons vous accompagner jusqu'à votre boutique.

— Bien sûr. Merci beaucoup. Mabel et moi apprécions vraiment tout ce que vous faites. La police n'a pas été d'une grande aide. Ils croient toujours que les Lachlan ont empoisonné Gladys, vous vous rendez compte ?

Non, je ne me rends vraiment pas compte.

Pendant que Sylvia s'affairait à remplir deux autres sacs fourre-tout de savons, de cristaux et de pots de feuilles bizarres, Morrie et moi faisions semblant de chercher des signes de la présence du tueur tout en menant une conversation à voix basse.

— Il y a plus de poisons dans cette pièce que dans le salon de Lucrezia Borgia*, chuchota Morrie.

— Nous sommes d'accord. Et tu as vu tout ce matériel de chimie à côté des moules à savon ? Mlle Blume a les outils et les compétences nécessaires pour isoler l'arsenic. Je pense qu'elle a fait boire à Mme Scarlett un peu de son thé à l'arsenic. Et pour ce qui est des cannes...

— Toutes ces preuves l'accablent clairement. *Et* nous avons un mobile pour le meurtre de la première vieille dame. Si Mme Scarlett a réussi à influencer le comité contre le développement immobilier, aucun des propriétaires de cottage ne recevra son paiement, dit Morrie avant de frémir et d'essuyer une tache humide sur son épaule. Avec toute cette humidité et cette misère, avoir l'argent nécessaire pour s'acheter une maison chaleureuse et sèche vaudrait bien la peine de tuer.

— Vite, elle revient !

Nous nous redressâmes au moment où Sylvia arrivait, chargée de sacs fourre-tout.

---

* Fille naturelle du cardinal valencien Rodrigo Borgia, connue pour sa beauté et ses éventuels empoisonnements.

— On se met en route ? dit-elle en souriant. Merci encore de m'avoir aidée et d'avoir vérifié que la meurtrière n'était pas ici. J'ai passé une bonne soirée hier, mais je *meurs* d'envie de me remettre au travail.

252

30

— Tu viens de décrire un complot machiavélique digne d'un roman d'Agatha Christie, marmonna Heathcliff alors que je l'informais de ce que nous avions découvert au cottage de Sylvia.

— Je sais, mais il se trouve que c'est *vrai*. Je te dis que nous avons trouvé la meurtrière. Il faut aller voir la police avant que Sylvia ne tue Mme Ellis à son tour !

— Mais quelles preuves avez-vous à part une canne en bois que n'importe qui aurait pu acheter dans sa boutique ? demanda Heathcliff. Ce n'est même pas le même poison que celui qu'elle a utilisé sur son mari, si c'est *bien* ce qui s'est passé.

— Cela montre qu'elle connaît les différents types de poison ! Et Morrie a cherché dans les rapports géotechniques effectués à King's Copse et ils révèlent des dépôts d'arsenic dans le sol et le minerai provenant des anciennes mines.

— Mais cela n'explique pas les deux autres meurtres ni l'agression. Même si elle a réellement tué cette vieille peau et la connasse snob qui la faisait chanter, pourquoi s'en prendre à cette troisième femme ?

Je devais reconnaître que je n'avais pas d'explications non

plus, mais j'étais certaine que nous trouverions un lien si nous cherchions assez profondément.

— Tu es censé être le *bad boy* passionné qui broie du noir. Depuis quand t'es si attaché aux *preuves* ?

— Depuis que la police a insisté pour que tu cesses de te mêler de leurs affaires, sinon tu risques de te retrouver à nouveau en garde à vue, rétorqua Heathcliff.

— Eh bien, si tu es si intelligent, qui a tué Mme Scarlett et Ginny Button et a attaqué Mme Winstone selon toi...

— Attendez, attendez ! s'exclama Morrie en se frottant le menton. On a mal abordé la situation.

Je me retournai.

— Comment ça ?

— Je veux dire que je viens de me rendre compte – même si j'aurais dû m'en rendre compte plus tôt, ce qui est inquiétant – que nous sommes face à trois crimes différents, n'est-ce pas ? Un empoisonnement malveillant, une personne poussée dans les escaliers avec un collier volé, et un passage à tabac brutal avec une canne en bois. Qu'est-ce que cela vous inspire ?

— Que le tueur a une dent contre le Club des Livres Interdits ?

— Non ! Réfléchissez-y. Pourquoi se donner la peine d'empoisonner lentement Mme Scarlett d'une manière qui garantit que vous ne serez jamais pris, si vous pouvez ensuite pousser Ginny Button dans les escaliers, voler ses bijoux et battre Mme Winstone avec une canne en plein jour ?

Je compris soudain où Morrie voulait en venir.

— Tu penses que nous avons affaire à des meurtriers différents ?

— Oui.

Morrie saisit son téléphone et commença à griffonner sur une application de notes avec son doigt.

— La mort de Ginny et la tentative de meurtre de Mme

Winstone – si c'était *réellement* une tentative de meurtre – sont les actes de personnes désespérées. La mort de Mme Scarlett était intelligente et insidieuse vu l'élaboration du plan. Ce qui signifie que soit nous avons affaire à deux tueurs différents, soit la situation de notre suspect devient précaire.

— Nous devons déterminer si Mme Winstone...

La sonnerie de mon téléphone retentit soudain. Je le pressai contre mon oreille.

— J'ai une merveilleuse nouvelle, gazouilla Mme Ellis à l'autre bout du fil. Brenda est sortie de l'hôpital. Je l'aide à remplir les papiers, puis je la ramènerai chez elle pour qu'elle s'installe. Elle souffre encore beaucoup, mais les médecins ont dit qu'elle pourrait se rétablir à la maison.

— Et son mari, Harold ? Il n'aurait pas envie de la ramener lui-même ?

Il y eut une pause à l'autre bout du fil avant que Mme Ellis ne réponde :

— Ce cher Harold est toujours en voyage d'affaires. Tu viendras, Mina ? Votre bel ami est venu avec nous, mais il semble avoir disparu. Je n'ose imaginer qui pourrait nous attendre chez Brenda.

— Bien sûr que nous viendrons.

Je raccrochai le téléphone et mis Heathcliff et Morrie au courant de ce qu'avait dit Mme Ellis.

— Quoth a dû avoir du mal à garder sa forme humaine. Je vais aller chez les Winstone pour vérifier l'intérieur de la maison. Peut-être que Brenda pourrait nous expliquer pourquoi Sylvia voudrait la tuer.

— Je viens avec toi, dit Morrie en attrapant sa veste.

— Ce n'est pas la peine. Quoth suivra les dames sous sa forme d'oiseau, je serai donc protégée. J'ai besoin que tu ailles à la boutique de Sylvia Blume et que tu t'assures qu'elle ne parte pas. Et si ma mère est là, ne la laisse pas manger ou boire ce que Sylvia lui offre.

— Et moi, alors ?! aboya Heathcliff.

— Reste ici. Occupe-toi de la librairie et sois aussi charmant que d'habitude. Je t'appellerai si j'ai besoin de toi.

Je quittai la boutique en courant et traversai le parc, haletant en arrivant à la maison de Mme Winstone. Il n'y avait pas de voiture dans l'allée, mais je supposai qu'elles avaient pris un covoiturage. Mme Ellis n'avait pas de permis parce qu'elle aimait flirter avec les conducteurs. Comme je l'avais prédit, Quoth était perché sur une branche au-dessus de la porte. Son regard passait de la fenêtre à la rue. Je le saluai et il me fit un signe de tête.

Je ne les ai pas quittées des yeux. Personne ne les a suivies jusqu'ici, me dit-il mentalement.

Merci. Je toquai à la porte.

— Une minute.

Mme Winstone traversa la maison en traînant les pieds.

— Oh, assieds-toi, Brenda. Je m'en occupe.

Mme Ellis m'ouvrit la porte.

— Mina, je suis ravie de te voir ! Ton ami est parti de l'hôpital à l'improviste et a laissé quelques-uns de ses vêtements derrière lui. Je ne sais pas où il est passé, mais j'espère que nous le reverrons bientôt. Entre et aide-moi à installer Brenda.

Je suivis Mme Ellis à travers le hall d'entrée jusqu'à un salon confortable. Sur toutes les surfaces, des photographies avaient été retournées ou adossées au mur. En passant devant la table du hall, ma robe accrocha le bord d'un cadre qui glissa sur le tapis. Je me penchai pour le ramasser. Il s'était retourné, révélant l'image d'une jeune Mme Winstone, rayonnante et affichant un grand sourire alors qu'elle embrassait un homme.

— C'est mon mari, Harold, dit Mme Winstone d'une voix soudain plus aiguë.

Elle s'assit dans un fauteuil incliné près de la fenêtre, les pieds posés sur un pouf en peau de mouton. Mme Ellis s'occupa de la table basse à côté d'elle.

— N'est-il pas beau ?

— Oh oui.

L'homme de la photo dégageait un charme certain.

— Mme Ellis a dit qu'il était en voyage d'affaires. Où est-il allé ? demandai-je.

— Dieu seul le sait, cracha-t-elle, le ton soudain amer. Vingt-six ans de mariage, et il m'a quittée.

Pauvre Mme Winstone. Je reposai la photo sur la table, me sentant stupide. Évidemment, c'était sans doute pour cela qu'elle avait tourné toutes les photos dans le mauvais sens et qu'il n'était pas venu la voir à l'hôpital.

— Je suis vraiment désolée.

— Ça a toujours été un salaud. Tu es bien mieux sans lui, ma belle.

Mme Ellis avait toujours les bons mots, ceux que les amies se disent après qu'un homme a brisé le cœur d'une autre.

— Il était *merveilleux*, soupira Mme Winstone.

Elle tourna les yeux vers le plafond, perdue dans ses souvenirs.

— Il était si beau et si intelligent. Je n'ai jamais vraiment compris ce qu'il voyait en moi. J'ai fait tout ce qu'il fallait, tout ce qu'une bonne épouse est censée faire. Je l'ai supplié d'avoir des enfants, mais il m'a dit qu'il ne pourrait jamais prendre le temps pour ça, car son travail était trop important. J'ai abandonné mon rêve d'être mère pour lui, et il m'a quittée !

— Allons, allons. Je vais faire chauffer la bouilloire, dit Mme Ellis en empilant un autre oreiller derrière Mme Winstone et en se retirant pour admirer son travail. J'ai fait quelques courses. Mina, tu veux bien m'aider dans la cuisine ? Les ambulanciers ont mis toute la nourriture de Brenda sur le comptoir et une partie est désormais périmée.

— Je vais me laver les mains et j'arrive tout de suite.

J'aperçus une salle de bains au bout du couloir.

En passant la porte de la cuisine et l'armoire à linge, une odeur nauséabonde m'effleura les narines – une odeur de pourriture. *Ce doit être la nourriture dont parlait Mme Ellis. C'est ce qui arrive lorsqu'on vous emmène soudainement à l'hôpital.*

Le décor de la salle de bain était exactement ce que j'attendais de Mme Winstone : des serviettes moelleuses et un rideau de douche en plastique recouvert d'un motif de chats qui se pavanaient. Je fis ce que j'avais à faire et me lavai les mains avec un savon en forme de coquille de conque.

Mme Winstone a quand même l'air un peu pâle. Ce n'était pas facile à gérer tout ça, son mari l'avait quittée et elle se faisait agresser la même semaine. *Je me demande si elle a quelque chose dans son armoire à pharmacie qui pourrait l'aider.*

J'ouvris la porte du miroir, jetant un coup d'œil sur les étagères de cosmétiques, de parfums et de savons. Alors que je retirais un flacon d'ibuprofène de l'étagère, quelque chose glissa et s'écrasa dans l'évier. Un collier. Il me parut soudain familier et j'eus l'impression tenace que c'était important.

Je pris le collier et le tins à la lumière. Les pierres scintillaient en gouttes élaborées – des rubis d'un rouge profond entourés de grappes de diamants. Ma main se mit à trembler.

Diamants et rubis.

Je me souvins de l'endroit où j'avais déjà vu ce collier.

Autour du cou de Ginny Button.

— Harold le lui a offert, tu sais.

Je me retournai. Mme Winstone se tenait dans l'embrasure de la porte, son visage meurtri déformé par une rage silencieuse.

Le danger vint chatouiller les bords de ma conscience.

— Votre mari a offert un collier à Ginny Button ?

— C'est le genre de choses que les hommes comme Harold font pour leurs maîtresses.

Il me fallut un moment pour comprendre ce qu'elle était en train de me dire. Harold Winstone. Le « H » des lettres d'amour de Ginny, l'homme qui était le père de son bébé, celui qu'elle voulait épouser... c'était le mari de Mme Winstone.

Oh, non.

Mme Winstone acquiesça, le regard triste.

— Harold a eu beaucoup de femmes au fil des ans. C'était normal, pour un homme aussi beau que lui, qui voyageait pour son travail. Il se sentait très seul. Je l'ai supporté parce que je savais qu'un jour il me donnerait un enfant et que je ne me sentirais plus jamais seule moi non plus.

Je regardai par-dessus l'épaule de Mme Winstone vers le couloir, à la recherche d'une échappatoire. *Elle est affaiblie par son agression. Je pourrais la dépasser et l'esquiver et sortir en courant. Quoth pourrait se transformer et m'aider à l'attaquer.*

— Pourquoi avez-vous ce collier, Mme Winstone ?

— Je l'ai pris à cette traînée, et maintenant je prends son enfant. Il m'appartient de droit. C'est *mon* mari.

— Mais comment...

Je restai bouche bée. Le collier me glissa des doigts, heurtant le carrelage.

Mme Winstone avait *tué* Ginny Button.

Mme Winstone s'esclaffa.

— Voilà, tu commences à comprendre, ma petite. Je savais que tu comprendrais. Je le lui ai arraché avant de la pousser dans l'escalier. Le craquement de sa nuque était aussi beau qu'un chant de chorale – si beau, si juste. Il fallait que ce soit fait. Dieu merci, les médecins ont pu sauver l'enfant. *Mon enfant.*

— Vous avez tué Ginny ?

— Elle ne peut s'en prendre qu'à elle-même. Elle n'aurait pas dû coucher avec mon mari ou avoir son bébé, un bébé qui aurait dû être le *mien*. Elle voulait me narguer avec ; c'est pour ça qu'elle a rejoint le Club des Livres Interdits, pour que je sois obligée de la regarder par-dessus les tasses de thé et de voir le bébé d'Harold grandir en elle. C'est pour ça qu'elle a demandé à Dorothy Ingram de m'exclure du groupe de jeunes, pour que je n'aie plus rien, pour que je sois tellement humiliée que je m'efface et qu'elle devienne la nouvelle Mme Harold Winstone, dit-elle en secouant tristement la tête. Mais il y a des limites à ce que l'on peut supporter avant de mordre en retour.

— Mais si vous avez tué Ginny, qui vous a attaquée ?

— Oh, je savais que je serais la première personne soupçonnée si Ginny était tuée et que l'on découvrait qu'Harold était le père de son enfant. Je me doutais qu'elle gardait sans doute des copies de ses lettres, au cas où elle aurait besoin de me faire chanter moi ou Harold plus tard, dit Mme Winstone en regardant dans le vide.

Mme Ellis arriva derrière elle, un torchon sur l'épaule et l'air pincé en écoutant la confession de sa cousine.

— Ginny aimait utiliser le chantage pour obtenir ce qu'elle voulait – c'est pour cela qu'elle s'est fait désigner comme assistante pour le projet d'histoire d'Harold sur l'ancien hôpital – elle avait accès à toutes sortes de dossiers fascinants. Elle avait des informations sur Dorothy Ingram, j'en suis certaine. Quoi qu'il en soit, dans cette ville, les ragots vont bien plus vite que la police. Et j'avais besoin de détourner l'attention pour que tout le monde cherche le meurtrier ailleurs. J'ai donc organisé ma propre agression, je l'ai mise en scène à la perfection, avec juste les bons indices pour mener la police à l'autre véritable coupable. J'ai gardé le collier pour le placer dans la voiture de Dorothy dès que je sortirais de l'hôpital. C'était le meilleur moyen de m'assurer que toutes les personnes impliquées soient justement punies, dit Mme Winstone en me montrant ses ecchymoses. Cela m'a fait terriblement mal, mais pas autant que la trahison d'Harold.

— L'autre véritable coupable... vous voulez dire Dorothy Ingram ?

— Dorothy s'en est prise à moi à cause du Club de lecture, et en plus elle a laissé cette catin convaincre le comité de l'église de me renvoyer ? Ce n'est pas juste. Le groupe de jeunes était mon seul plaisir dans la vie, et Dorothy me l'a enlevé. Avec la disparition de cette pauvre Gladys et moi à l'hôpital, j'étais certaine qu'elle serait blâmée pour sa haine envers le club de lecture, mais la police est si incompétente qu'elle veut faire croire que la mort de Ginny était un accident !

— Oh, Brenda, compatit Mme Ellis en frottant l'épaule de sa cousine.

— J'ai même laissé la canne dans les buissons pour qu'ils la trouvent ! Mais il n'y a que toi qui as été assez intelligente pour soupçonner Dorothy, dit Mme Winstone, les larmes aux yeux.

Mon estomac se noua à l'idée d'avoir failli l'aider à piéger une innocente.

— Tout ce que j'ai toujours voulu, c'est un bébé à moi. Harold allait en avoir un avec *elle*. Je ne pouvais pas le supporter. Je ne pouvais pas. Cet enfant aurait dû être le mien, dit-elle en s'effondrant à genoux.

Mme Ellis lui tapota l'épaule. Ce faisant, elle sortit son téléphone portable de son sac en tissu et me le lança, me faisant signe de sortir avec. Je m'émerveillai du calme avec lequel Mme Ellis traitait l'aveu du meurtre de sa propre cousine.

— Mina et moi allons t'aider. Nous ferons en sorte que la police comprenne pourquoi tu as fait ce que tu as fait.

— Je voulais qu'ils souffrent tous pour ce qu'ils m'ont fait. Ce sont surtout Dorothy, Ginny et Harold qui ont mal agi !

Mais si vous avez puni Ginny et Dorothy, pourquoi pas Harold ? Elle devait lui vouer un amour féroce.

— Nous ferons en sorte que la police le sache, dit Mme Ellis d'une voix douce.

Elle écarquilla les yeux tout en m'indiquant d'appeler avec son téléphone dans le dos de sa cousine.

— Mais tu devras venir avec nous et leur raconter toute l'histoire, pour qu'ils comprennent.

— Oui, je suppose qu'ils doivent tout savoir, acquiesça Mme Winstone.

Mon doigt survola le clavier. Il y avait quand même deux ou trois choses qui ne collaient toujours pas.

— Qu'en est-il de Mme Scarlett ? Pourquoi l'avez-vous empoisonnée ? Quel rôle a-t-elle joué dans cette histoire ?

— Tss, dit Mme Winstone. Non, non. Je n'ai jamais fait de mal à Gladys. C'est elle qui m'a tout raconté pour Ginny et Harold. Sa mort tragique a été l'occasion parfaite pour moi de m'assurer que Dorothy paierait, mais je n'en suis pas responsable.

31

Après avoir passé l'appel, je dus attendre l'arrivée de la police avec Mme Winstone et Mme Ellis. Chaque seconde semblait durer une l'éternité tandis que je me creusais les méninges pour élucider le meurtre de Mme Scarlett. Si Mme Winstone ne l'avait pas tuée, est-ce que cela voulait dire que c'était Sylvia Blume ?

Quoth, si tu m'entends, retourne à la librairie et raconte à Morrie et Heathcliff ce qui s'est passé.

Je ne te quitterai pas avant l'arrivée de la police, Mina, fut sa seule réponse. Des yeux bruns cerclés de feu apparurent à la fenêtre et suivirent mes pas nerveux dans le salon.

Mme Winstone était assise dans son fauteuil et se balançait d'avant en arrière sans jamais s'arrêter. De temps en temps, elle prenait la parole pour me parler d'Harold et me dire à quel point il était merveilleux. Une fois de plus, je me demandai comment elle avait pu assassiner brutalement la maîtresse de son mari, piéger une autre femme, tout en laissant Harold continuer son travail comme s'ils formaient toujours un couple parfait.

Je tentai de lui poser des questions sur Harold, mais Mme

Ellis me fit taire. *Je suppose que cela peut attendre l'arrivée de la police. Il vaut mieux ne pas l'exaspérer.*

Une éternité plus tard, on sonna à la porte. L'inspecteur Hayes et le sergent-détective Wilson se tenaient sur le perron. Jo était derrière eux, portant son kit de scène de crime. Depuis l'arbre derrière eux, Quoth s'envola, survolant le village en direction du magasin.

— Mina Wilde, dit Hayes. Je croyais avoir dit que je ne voulais plus jamais vous voir mêlée à une enquête sur un meurtre.

— C'est vrai et j'étais d'accord. Je vous promets que c'est la dernière fois, dis-je en ouvrant un peu plus la porte. Entrez. Brenda est dans le salon. Elle a beaucoup de choses à vous dire.

Les policiers s'assirent sur le canapé fleuri et commencèrent leur entretien formel. Mme Ellis tint la main de Mme Winstone pendant qu'elle racontait à nouveau sa triste histoire. Jo m'entraîna dans le couloir.

— Bravo pour avoir trouvé la solution et obtenu des aveux de la part de la vieille dame. Tu es sûre de ne pas vouloir devenir inspectrice de police ? C'est un travail difficile et le salaire est merdique, mais on pourrait travailler ensemble.

Je lui souris.

— Je crois que je vais te laisser t'occuper des cadavres, si ça ne te dérange pas. D'ailleurs, je n'en serais pas là si tu n'avais pas répondu à toutes mes questions bizarres, et si Morrie, Quoth et Heathcliff n'avaient pas été fidèles à eux-mêmes.

— En parlant de travail d'équipe, t'as pas un truc à me raconter sur les gars ? demanda Jo, les yeux pétillant de malice.

— Morrie t'a dit quelque chose, n'est-ce pas ?

— Il a peut-être laissé échapper quelques détails, dit Jo en me donnant un coup de coude dans les côtes. Vas-y, raconte.

— Hum, tu n'as pas une enquête à gérer toi ?

— Ah, oui, dit Jo en brandissant son sac. D'abord, je cherche des preuves pour faire condamner cette gentille vieille dame. Ensuite, nous parlerons des menottes.

Une nouvelle odeur de pourriture me chatouilla les narines, encore plus forte qu'auparavant. J'eus un haut-le-cœur.

— Tu sens ça ? lui demandai-je en reniflant à nouveau.

Oui, c'est bien de la pourriture.

— N'essaie pas de changer de sujet…, rétorqua Jo avant de froncer le nez. Tu as raison. Il y a clairement quelque chose de putride ici. En fait, ça sent vraiment le cadavre.

Un cadavre… oh non.

Mme Winstone dut nous voir depuis le salon, car elle s'écria soudain :

— Arrêtez de fouiner dans ma maison, vous deux !

Je lus la suspicion dans les yeux de Jo. Je me retournai, scrutant le couloir en me demandant ce que Mme Winstone pourrait bien vouloir nous cacher. Mon regard se posa sur l'armoire à linge. Je me penchai près du cadre de la porte et reniflai.

— Oooh, dis-je en me pinçant le nez. L'odeur vient *bien* d'ici.

Mme Winstone se leva d'un bond.

— Non, n'ouvrez pas cette…

J'ouvris la porte d'un coup sec. Quelque chose de lourd glissa de la pénombre et dégringola sur le sol. Un bras froid s'écrasa contre mes bottes.

Même s'il était désormais plus âgé et qu'un côté de son visage était fracassé, je le reconnus d'après la photo de Mme Winstone. J'avais devant moi le cadavre de son mari, le célèbre historien Harold Winstone.

32

— Les gars !

J'ouvris la porte de la librairie si fort qu'elle heurta l'étagère de l'autre côté, faisant tomber l'un des trophées de rat de Quoth de son minuscule crochet mural.

— Vous n'allez pas croire ce qui vient de se passer. Mme Winstone a admis avoir tué Ginny Button et s'être elle-même blessée pour piéger Dorothy Ingram. Et elle a caché le corps de son mari Harold dans son armoire à linge. Elle vient de se rendre à la police. Mais elle dit qu'elle n'a pas tué Mme Scarlett, alors nous...

Je m'arrêtai net. Heathcliff et Morrie se tenaient au milieu du couloir, fixant quelque chose sur le sol. Heathcliff tenait dans ses bras une Grimalkin qui s'agitait dans tous les sens.

— Qu'est-ce qui se passe ?

— La nature a triomphé là où nous avons échoué, déclara Morrie.

Quoth et moi nous précipitâmes vers eux et je suivis son regard jusqu'à la minuscule forme sur le tapis.

C'était la petite souris blanche avec une tache brune sur la patte. La Terreur d'Argleton. Sauf qu'elle ne terroriserait plus personne. Elle gisait sur le dos, ses petites pattes tournées vers le plafond, complètement morte.

Je donnai une tape sur l'épaule de Quoth.

— Tu en as mis du temps.

— Ne me regarde pas comme ça, dit Quoth. Je l'ai trouvée comme ça en entrant.

— Ce n'est pas Grimalkin non plus, grogna Heathcliff alors que le chat tentait de lui taillader les globes oculaires.

Il la fit tomber et elle s'élança sur la souris. Il la repoussa à nouveau.

— Je ne veux pas qu'elle touche à cet animal. On dirait qu'il a été empoisonné.

Empoisonné. Un sentiment tenace me tiraillait, comme s'il y avait un lien entre la souris et les meurtres. C'était la même sensation que j'avais éprouvée en retrouvant le collier de Ginny. Je me penchai et observai la souris de plus près. Je sentis alors une légère odeur dans l'air.

De l'ail.

Grimalkin m'esquiva et me dépassa avant de venir tapoter sur la souris avec sa patte. Je la pris rapidement dans mes bras et m'éloignai en titubant.

— Heathcliff a raison. Ne la touche pas, ma belle. Aucun de vous n'y touche.

— Alléluia, marmonna Heathcliff. J'ai raison. Quelqu'un reconnaît enfin mon génie.

Je jetai Grimalkin dans la salle des Enfants et claquai la porte. Ensuite, je me rendis jusqu'au bureau d'Heathcliff et sortis une pochette en plastique – nous en gardions toujours une pile pour protéger les œuvres d'art de Quoth. Je la plaçai au-dessus de la souris et glissai le petit corps à l'intérieur.

— Mina, qu'est-ce que tu fais ? dit Morrie, ses yeux sortant de leurs orbites.

— Tu ne sens pas ?

J'ouvris le sac et reniflai à nouveau. *Non, je ne l'ai pas imaginé.* Il y avait une légère odeur d'ail, la même que celle que j'avais sentie dans l'haleine de Mme Scarlett avant qu'elle ne meure. Je lui tendis le sac, mais il fronça le nez et s'éloigna.

— J'ai déjà pris quelques drogues intéressantes dans ma vie, mais il est hors de question que mon nez s'approche de ce sac.

Je soupirai.

— OK, je vais te le dire. Ça sent l'ail. Je pense que cette souris a mangé de l'arsenic.

— C'est le même poison qui a tué la vieille, dit Heathcliff avec un regard noir.

— Exactement. Je pense que notre petite amie la Terreur a grignoté la même chose. Ce qui veut dire que je sais qui a tué Mme Scarlett.

33

— Que puis-je faire pour toi ? demanda Greta en levant les yeux lorsque j'entrai dans la boulangerie.

— Salut, Greta. Je voulais juste te dire que nous avions récupéré la souris, dis-je. La Terreur d'Argleton ne te dérangera plus.

— *Danke*. Cette horrible créature a fait un trou dans l'un de mes sacs de farine. Elle a mis le bazar partout ! dit Greta en me faisant un grand sourire depuis le comptoir. J'avais peur que les autorités sanitaires soient sévères à mon égard. Puis-je t'offrir une petite douceur ? C'est gratuit pour toi.

— Oh, non, c'est gentil. Il faut que j'y aille.

— S'il te plaît. J'insiste.

— Oh, eh bien...

Je salivai en regardant les gâteaux et les tranches dans la vitrine. *Non, Mina, sois forte.*

— Allez, pourquoi pas. Un beignet à la crème, s'il te plaît.

Greta prit une pince et fit glisser un beignet crémeux dans un sac en papier.

— Autre chose ?

— Oui, en fait. Je me demandais s'il te restait des beignets sans gluten, ceux que tu avais donnés à Mme Scarlett. Je rends visite à une amie qui adore la nourriture saine et je sais qu'elle apprécierait.

Greta secoua la tête.

— *Nein*. J'ai arrêté d'en faire. C'était tellement cher, toutes ces farines spéciales ! Maintenant que Mme Scarlett est décédée, plus personne n'en veut.

— Je comprends. C'est vrai que tu traites vraiment bien tes clients, tu te surpasses pour faire des pâtisseries qui plaisent à tout le monde. Chaque matin, Mme Ellis et Mme Scarlett venaient acheter leurs beignets. Mme Ellis m'a dit que tu avais même mis leurs pâtisseries de côté pour elles afin de t'assurer qu'elles ne soient pas épuisées avant qu'elles n'arrivent.

— C'est ce qu'il faut faire pour les clients fidèles.

— Ah oui ? dis-je en me penchant en avant, lui lançant un regard noir. Et il faut les empoisonner à l'arsenic aussi ?

Le sourire de Greta vacilla légèrement.

— Qu'est-ce que tu racontes ?

Je brandis le beignet.

— Chaque matin, tu saupoudrais d'arsenic le beignet de Mme Scarlett. Ça ressemblait à du sucre glace. Un peu chaque jour, pas assez pour éveiller les soupçons. Et finalement, elle est tombée raide morte.

— Je n'ai rien fait de tel, dit Greta en se renfrognant. Comment *oses-tu* m'accuser sans preuve ?

— J'ai toutes les preuves dont j'ai besoin, dis-je en brandissant le sac contenant la souris morte. La Terreur d'Argleton a été tuée par le même poison que celui qui a causé la mort de Mme Scarlett. Tu m'as dit l'autre jour que tu avais mis du poison pour piéger la souris. Ton erreur a été d'utiliser le *même*.

— C'est absurde. Je ne connais rien à l'arsenic.

— Ça aussi c'est un mensonge. Ton frère Helmut extrait et

fond son propre minerai dans sa forge derrière King's Copse. Je sais que le minerai de cette région contient une grande quantité de dépôts d'arsenic. L'arsenic sèche donc dans la cheminée de la forge d'Helmut, où l'on pourrait facilement gratter la poudre.

Les lèvres de Greta tressautèrent. Je sortis le sachet contenant la Terreur d'Argleton de mon sac et agitai la souris devant elle.

— Cette souris sent l'ail, exactement comme Mme Scarlett les jours qui ont précédé sa mort. Je l'emmène maintenant au laboratoire, où un simple test confirmera si l'arsenic est le poison qui l'a tuée, et d'où provient la source de cet arsenic. La seule chose que je n'arrive pas à comprendre, c'est pourquoi... À part en tant que cliente, tu connaissais à peine Mme Scarlett.

— C'est une horrible femme ! hurla Greta. Elle retardait le développement à cause de ses petites vengeances. Mon frère et moi, cela fait quatre ans que nous attendons de pouvoir construire notre nouvelle maison ! Elle voulait nous rendre malheureux parce qu'elle détestait les Allemands. Eh bien, je lui ai donné une bonne leçon. Voilà !

Mais oui bien sûr ! C'est à cause de l'argent que Greta et Helmut devaient recevoir de la part des promoteurs pour leur petit cottage.

— Ça, c'est sûr. Tu l'as empoisonnée, dis-je en brandissant la souris morte. Et j'ai toutes les preuves nécessaires pour te condamner.

— Donne-moi cette souris ! dit Great en se jetant sur le comptoir, saisissant un couteau du support.

Je reculai vers la porte, mais elle fut plus rapide. Elle s'interposa et leva l'arme, ses yeux brillant d'une intention malveillante.

— Tu connais la vérité. Tu vas aller voir la police. Je dois te tuer.

34

— Greta, non, dis-je en levant les mains. C'est fini. Tu ne feras qu'empirer les choses.

— Donne-moi la souris, Mina, dit Greta en faisant un pas vers moi.

— Non.

Je trébuchai en arrière lorsque Greta s'élança avec le couteau. Ma cuisse heurta le bord d'une table. Je jetai une chaise dans la pièce, essayant de mettre des obstacles entre elle et moi.

C'est ça ma vie maintenant, éviter les coups de couteau...

Une silhouette sombre sortit soudain de la cuisine.

— Ma sœur, que fais-tu ?

Greta se figea, le couteau en main.

— Helmut ?

Helmut posa un plat sur le comptoir et se précipita vers l'entrée.

— Tu menaces cette femme avec un couteau ?

— Oui, tout à fait, dis-je en me rapprochant de la porte.

— Elle va aller voir la police, cracha Greta. Elle va m'éloigner de toi.

— J'ai tout entendu, toute votre conversation. Elle dit que tu es une meurtrière, mais ce n'est pas vrai. Ça ne peut pas être vrai.

Helmut s'approcha de sa sœur et lui tendit la main.

— Donne-moi le couteau, Greta.

— Cette vilaine femme nous a ruinés ! Elle l'a fait délibérément parce que nous sommes allemands. Et elle a eu le culot de venir ici et d'exiger qu'on lui fasse des beignets pour son foutu régime alimentaire !

—Je sais.

Helmut se rapprocha, les yeux rivés sur elle. Sa main ne faiblit pas lorsqu'il attrapa le manche du couteau. Le poignet de Greta tressaillit, mais elle ne baissa pas son arme, continuant à fixer son frère de son regard dur.

—J'ai gratté l'arsenic de la cheminée de ta forge, murmura-t-elle. J'ai pensé qu'un peu d'arsenic sur ses beignets tous les jours la rendrait malade et qu'elle retrouverait peut-être la raison.

— Oh, Greta, dit Helmut en prenant sa sœur dans ses bras.

Je franchis la porte à reculons et me retrouvai nez à nez avec Morrie, qui parlait à la police avec son téléphone collé à l'oreille.

— À ce rythme, nous allons devoir garder l'inspecteur Hayes dans nos numéros d'urgence, songeai-je.

— Pas si je peux l'éviter, soupira Morrie, qui mit fin à l'appel et glissa son téléphone dans sa poche. Je préférerais qu'à l'avenir, tu gardes la police le plus loin possible de mes affaires.

Je lui souris.

— Ces fichus meurtres gênants mettent-ils un frein à tes projets criminels ?

— C'est scandaleux, acquiesça Morrie, en m'attirant contre son torse et en me serrant très fort. Mais ce n'est pas le moment d'être le Napoléon du crime. Je vais devoir me contenter d'être le petit ami le plus beau et le plus intelligent de Mina Wilde.

35

— Êtes-vous en train de dire qu'avec ce dictionnaire, vous avez pu découvrir que la souris avait un penchant particulier pour le fromage Havarti, et qu'en empoisonnant celui-ci vous avez finalement mis fin à son règne de terreur ?

La journaliste haussa tellement le sourcil qu'il glissa presque hors de son front.

— C'est ce que je vous ai dit la première fois oui, grogna Heathcliff en faisant claquer le dictionnaire *Langage Souris pour les Humains* sur le bureau. On peut prendre la photo maintenant ?

— J'ai encore une question. Qu'allez-vous faire de l'argent de la récompense ?

— Il sera versé à un organisme pour aider à la prise en charge et à l'adoption

du bébé Button, dit ma mère en repoussant ses cheveux sur ses épaules comme une star de cinéma. C'était mon idée, bien sûr. Je suis très attachée à cette communauté. Pouvez-vous prendre la photo de ce côté ? Sylvia Blume m'a dit que c'était mon meilleur profil.

— Bien sûr.

Le photographe effectua un dernier réglage et déclencha l'obturateur. Maman rayonna par-dessus l'épaule de Heathcliff pendant que le photographe prenait la photo. Sur le bureau en face d'eux se trouvaient des piles de dictionnaires du langage des animaux, avec une pancarte manuscrite affichant fièrement le prix (que ma mère avait d'ailleurs augmenté de deux livres grâce à sa nouvelle « preuve sociale »).

— Ce sera publié dans le journal de demain, sous un grand titre, « La Terreur d'Argleton n'est plus », dit la journaliste en refermant son carnet de notes. Merci beaucoup pour le temps accordé.

— Vous avez aussi des dictionnaires pour chiens ? demanda le photographe en fouillant dans la pile. J'aimerais bien savoir pourquoi mon petit Binky aboie.

— Bien sûr, dit ma mère en lui tendant le dictionnaire, écartant Heathcliff d'un coup de coude, pressée de se rendre à la caisse. Vous payez en liquide ou en carte ?

Heathcliff leva les yeux au ciel. J'étouffai un rire en observant la scène. Évidemment que ma mère avait fini par obtenir ce qu'elle voulait. Elle avait réussi à se faire une place à la Librairie Nevermore.

Comme quelqu'un d'autre que je connais bien, me taquina mentalement Quoth. Je jetai un coup d'œil vers l'endroit où il était assis sur le tatou et agitai le poing dans sa direction.

Cela faisait deux jours qu'Helmut avait convaincu Greta de se rendre à la police. Une discussion rapide avec Sylvia Blume avait permis d'éclaircir les derniers mystères. Son mari était *effectivement* mort après avoir mangé de la ciguë, mais il s'agissait d'un terrible accident. Ils étaient allés chercher du céleri sauvage, qu'ils avaient mangé tous les deux dans un ragoût ce soir-là. Le lendemain, son mari avait senti un engourdissement à la base de ses orteils qui s'était ensuite propagé dans tout son corps, jusqu'à atteindre son cœur. Sylvia n'avait pas mangé autant de ragoût que lui et s'en était remise. Cependant, sa réputation en avait pris un coup. Elle était déjà la « sorcière » locale, et désormais son mari était mort empoisonné. Son commerce d'herboristerie s'était tari du jour au lendemain. Elle avait donc changé de nom, déménagé à Argleton et pris un nouveau départ.

Sylvia avait expliqué à la police et à nous que Ginny avait découvert sa véritable identité par accident, alors qu'elle cherchait des informations sur Dorothy Ingram. Elle aidait Harold Winstone pour son projet sur l'histoire de l'hôpital, et c'était ainsi qu'ils s'étaient rencontrés, et elle avait donc eu accès à tous les anciens dossiers de l'hôpital, y compris les certificats de décès.

Sylvia avait également expliqué que Mme Winstone avait acheté l'une de ses cannes il y a quelques semaines pour l'offrir à Harold à son retour d'un voyage de recherche à Londres. L'analyse effectuée par Jo avait révélé que le sang séché sur la canne appartenait à Harold. Il s'agissait donc de l'arme du crime, que Brenda Winstone avait également utilisée pour s'auto-frapper et qu'elle avait ensuite jetée dans les buissons dans l'espoir d'incriminer Dorothy Ingram lorsque la police la découvrirait. Comme ils n'avaient pas tenu compte des preuves qu'elle avait soigneusement placées, elle avait dû me diriger vers celles-ci.

Jo avait déclaré qu'il était peu probable que Mme Winstone aille en prison. Son avocat plaiderait l'aliénation mentale et le jury serait compréhensif, compte tenu de son âge et de son état d'esprit.

Quant à Greta, elle ne s'en sortirait pas si facilement. Une perquisition à son domicile avait permis de découvrir des récipients et du matériel contenant des résidus d'arsenic. Les cheminées de la forge d'Helmut avaient été nettoyées et la poudre recueillie avait été comparée au poison trouvé dans les analyses de Mme Scarlett et de la Terreur d'Argleton. La correspondance était parfaite.

Et voilà. Encore un autre mystère résolu, un autre couple de meurtriers traduits en justice. Juste une journée de travail ordinaire à la Librairie Nevermore.

Si seulement nous étions plus près de résoudre le plus grand des mystères. Le mystère qui m'intéressait le plus, parce qu'il impliquait trois personnes que j'adorais. Pourquoi la Librairie Nevermore donnait-elle vie à des personnages de fiction ? Quel était le rapport avec la pièce à l'étage où l'on voyageait dans le temps ? Et pourquoi M. Simson avait-il demandé aux garçons de me protéger, et de quoi ?

Je me glissai dans la pénombre du premier étage et allumai mon dernier achat – une lampe Snoopy en peluche avec un nez rougeoyant – avant de retourner à la pile de livres que j'étais en train de ranger dans le rayon Aviation. J'avais presque atteint la fin de ma pile lorsqu'un bruit derrière moi me fit lever les yeux.

Au début, je ne vis rien d'anormal. Personne n'était là à prendre des photos des couvertures des livres pour les acheter plus tard sur sa liseuse, aucun enfant ne grimpait sur les étagères, aucun chat effronté ne se faufilait entre les livres.

— Il y a quelqu'un ?

Personne ne répondit. Je plissai les yeux en direction de la pièce suivante. Un petit livre relié en cuir trônait par terre.

Ma peau se hérissa. L'air de la pièce était glacial et me donna la chair de poule.

Est-ce que l'un des garçons l'a laissé ici ou quelque chose du genre ? Ce n'était pas moi qui avais laissé ce livre ici, et c'était étrange qu'il soit tombé là – les étagères n'étaient pas assez proches pour qu'il ait basculé au centre de la pièce. Il se trouvait à un angle droit parfait de la porte, face à moi, de sorte que je ne pus m'empêcher de le remarquer.

Il avait l'air... d'avoir été placé là.

Mais par qui ? Et pourquoi ?

— Il y a quelqu'un ? dis-je à nouveau, rampant sur le sol à quatre pattes pour observer le livre par en bas. Les picotements le long de ma colonne vertébrale s'intensifièrent tandis que mes doigts traçaient les contours d'un motif estampé dans le cuir. C'était le même dessin que sur la couverture du livre vide de la salle d'occultisme. Le dos avait été cousu à la main et les bords des pages étaient rugueux et jaunis. Ce livre était vieux. Ancien. Peut-être précieux.

Peut-être... peut-être qu'il est en lien avec le vieil atelier de reliure d'Herman Strepel...

— J'y vais, ma chérie ! cria ma mère depuis l'escalier. Merci d'avoir organisé tout ça aujourd'hui.

— C'est grâce à toi, Maman. Je suis toute poussiéreuse, alors je ne descendrai pas. On se voit ce soir !

Le carillon de la librairie retentit, signalant son départ. Le cœur battant, je glissai le livre sur mes genoux et l'ouvris. Les pages étaient écrites à la main – des rangées de lettres grecques et des illustrations lumineuses d'une souris et d'une grenouille. Sur une autre image, une armée entière de souris marchait au combat, armée d'épées et de boucliers.

Je feuilletai le livre jusqu'à la fin. Je tressaillis soudain lorsque je reconnus le nom et les inscriptions. Je me levai d'un bond et me précipitai en bas.

En bas, à son bureau, Heathcliff était à peine visible derrière un mur de dictionnaires de langues animales.

— Je vois que ma mère t'a recruté dans son système pyramidal, dis-je.

— La véritable Terreur d'Argleton, c'est elle, grogna-t-il. C'est quoi un système pyramidal ?

— Ne t'en préoccupe pas pour le moment, dis-je en jetant le

livre sur le bureau. Je pense que la librairie essaie de nous dire quelque chose.

— Qu'est-ce qui te fait dire ça ?

— D'abord cette souris apparaît et terrorise le voisinage, la pièce à l'étage s'ouvre, la souris réapparaît chez notre suspecte, vous me révélez que M. Simson vous a parlé de moi depuis le début, et là je viens de trouver ça sur le sol à l'étage.

— C'est juste un imbécile qui a laissé un livre par terre. Ils font ça tout le temps.

— Je ne crois pas. Regarde.

Heathcliff fit glisser le livre sur le bureau et l'ouvrit.

— Oui. Comme je m'en doutais. C'est un vieux livre qui sent mauvais.

Je pointai les images du doigt.

— Regarde ! C'est des souris ! Et ici...

Je retournai le livre et lui montrai les inscriptions du relieur.

— Herman Strepel. Tu ne comprends pas ? C'est un signe.

Morrie entra depuis l'autre pièce, les yeux brillants de curiosité. Quoth quitta le tatou et vint se poser sur la caisse. Nous regardâmes tous les quatre le livre tandis que Heathcliff en feuilletait les pages.

— Un signe de quoi ? grogna-t-il.

— Qu'est-ce que j'en sais ? Outre l'absence de latin médiéval, l'école de mode ne m'a pas non plus appris à lire le grec ancien ou à déchiffrer les signaux des librairies maudites.

Morrie arracha le livre des mains de Heathcliff et le brandit.

— J'en ai entendu parler. Cet ouvrage s'appelle la *Batrachomyomachia*, il est censé avoir été écrit par Homère.

— Homer Simpson ? dis-je en souriant.

Heathcliff me jeta un regard noir.

— Je vais faire comme si tu n'avais pas dit ça.

— Désolée, je n'ai pas pu m'en empêcher.

— Homer, bien sûr, est considéré par les spécialistes comme

l'un des plus anciens et des meilleurs conteurs de tous les temps, expliqua Morrie en passant au verso pour étudier la dernière page. Et le fait qu'il s'agisse d'une édition Strepel ne peut être une coïncidence.

— Croac, acquiesça Quoth.

— Je croyais qu'Homère avait écrit ces poèmes épiques, *l'Iliade* et *l'Odyssée*, sur Achille, Paris et la guerre de Troie. Je ne me souviens pas de souris ou de grenouilles.

— Donc tu as bien pris des cours de mythologie classique à l'école de mode ? demanda Morrie en haussant un sourcil parfait.

— Non, dis-je en lui tirant la langue. J'ai vu le film avec Brad Pitt. Ashley avait un énorme crush sur Orlando Bloom.

Morrie soupira, comme si je le désespérais.

— *Batrachomyomachia* signifie « La guerre de la grenouille et de la souris ». Dans cette histoire, une souris se rend au lac pour boire et rencontre le Roi des Grenouilles, qui l'invite à prendre le thé dans sa maison de l'autre côté de l'étang. La souris saute sur le dos du Roi des Grenouilles et ils commencent à traverser la rivière à la nage. À mi-chemin, le Roi des Grenouilles rencontre un redoutable serpent d'eau. Terrifié, le roi plonge pour se mettre à l'abri, oubliant complètement la souris sur son dos. Et la souris se noie.

Heathcliff s'adossa à son fauteuil.

— C'est une histoire horrible.

— Je suis d'accord.

J'étudiai les illustrations par-dessus l'épaule de Morrie.

— Où est la souris de ferme qui finit par sauver le monde, ou la souris de taverne au cœur d'or ?

— Croac ! intervint Quoth.

— Ce n'est pas encore fini, dit Morrie en passant à la page suivante. Une autre souris est témoin de la mort de la première. Elle retourne chez elle et raconte à toutes ses amies souris ce que le Roi des Grenouilles a fait. Elles s'arment et se dirigent vers le lac. Les grenouilles se mobilisent. Les dieux observent tout cela et se demandent s'ils doivent intervenir, comme ils ont l'habitude de le faire. Ils décident de se contenter de regarder. Les souris gagnent la bataille et sont en train de massacrer les grenouilles et de faire leur danse de la victoire sur les minuscules cadavres de batraciens, lorsque Zeus fait sortir de l'eau une armée de crabes pour attaquer les souris. Les souris, effrayées par les crabes, battent en retraite et la bataille est terminée. Quelques grenouilles s'en sortent. C'est la fin.

— Je retire ce que j'ai dit tout à l'heure, annonça Heathcliff avec une lueur dans les yeux. Cet auteur mérite un Pullitzer.

— Vous pensez qu'Homer pourrait être le prochain personnage de fiction à venir dans la librairie ? demanda Morrie, son regard brillant d'excitation.

Je lui pris le livre des mains et étudiai les images soigneusement dessinées de souris et de grenouilles s'affrontant.

— C'est peu probable. Homère était l'auteur, pas un personnage.

— Pas nécessairement. Cela dépend de ta position sur la question homérique.

— Quelle question homérique ?

— Ah, ma belle, soupira Morrie en s'enfonçant dans son fauteuil de velours préféré. Brad Pitt ne t'a donc rien appris. La question homérique est l'un des plus grands débats de l'érudition classique. Homère a-t-il vraiment existé ou n'était-il qu'un personnage de la mythologie grecque ? Était-il une personne ou plusieurs ? Était-il une femme ? Quand a-t-il ou a-t-elle écrit ces poèmes épiques ? Oh, c'est trop excitant. Je vais faire une liste de questions pour quand il ou elle arrivera.

— Ne te mets pas dans tous tes états non plus. Nous avons eu beaucoup de visiteurs fictifs, et jamais un livre n'a précédé leur arrivée, dit Heathcliff en relevant la tête avant de me fixer du regard avec ses yeux noirs. Ce n'est pas un nouveau personnage de fiction qui arrive. C'est Mina.

— Comment ça ?

— Tout est de ta faute. Depuis que tu as répondu à mon annonce... en fait, depuis que M. Simson nous a dit de te surveiller, il s'est passé des choses étranges ici. Quoth peut te parler par télépathie. La porte de la chambre s'ouvre en grand. Des livres apparaissent au hasard. Les victimes de meurtres s'empilent.

— Je n'ai rien à voir avec les meurtres, et je ne fais rien ! Il y a quelque chose de bizarre dans cette librairie. Peut-être que ça a toujours été le cas. Maintenant que nous savons qu'il y a une librairie ici depuis près de mille ans, et que l'ancien propriétaire gardait une salle de livres occultes et semblait avoir des pouvoirs de voyance, je me demande si ce site n'est pas comme la version librairie d'un cimetière indien. Il est hanté par les esprits des livres qui l'ont précédé.

— C'est absurde, se moqua Heathcliff.

— Tu as une meilleure explication ? lui demanda Morrie.

— Bien sûr que non, dit Heathcliff en levant les mains. À nous deux, nous avons lu tous les livres de cette foutue salle d'occultisme. Il n'y a rien qui puisse expliquer ce qui se passe, aucune référence à des personnages de fiction qui reviennent d'entre les morts. Tout ce qui concerne les vortex vient de la science-fiction. Rien de tout cela n'a le moindre sens.

— Toutes les simulations mathématiques que j'ai effectuées montrent que cette boutique et ses propriétés sont théoriquement impossibles, ajouta Morrie. Si tu as des idées quant à la façon dont nous pourrions obtenir des réponses, nous aimerions beaucoup les entendre.

— En fait, j'en ai une, dis-je en croisant les bras et en les regardant tour à tour. Je pense que nous devrions tous les quatre passer une nuit dans la chambre à l'étage.

À SUIVRE

Meurtre, bonnes manières, jupons et complots... Découvrez ce qu'il se passe lorsque Mina et les garçons participent au Week-End Jane Austen annuel avec le tome n°3 *Pride and Premeditation*, à paraître bientôt en français.

http://books2read.com/prideandpremeditatonfrench

Vous en voulez plus sur Mina et ses garçons ? Lisez gratuitement une scène alternative du point de vue de Quoth ainsi que d'autres scènes bonus et histoires supplémentaires en vous inscrivant à la newsletter de Steffanie Holmes.

www.steffanieholmes.com/newsletterfrench

MESSAGE DE L'AUTEURE

Encore un livre et encore un message de ma part. Comme si vous n'en aviez pas déjà assez de moi !

Dans *Des Souris et des Meurtres* je vous présente le Club des Livres Interdits – un groupe de dames excentriques qui passent leurs journées à apprécier des livres ayant été interdits ou censurés à un moment donné de l'Histoire.

Chaque année, à l'occasion de la Semaine des Livres Interdits, je suis attristée par le nombre de livres encore contestés ou bannis de nos bibliothèques. Selon l'American Library Association, plus de 11 300 livres ont été contestés rien qu'aux États-Unis depuis les années 1980 !

Le Journal d'Anne Frank, interdit pour des passages jugés « sexuellement offensants ». *La Cloche de Détresse* de Sylvia Plath a été interdit à plusieurs reprises en raison de son contenu traitant de la maladie mentale et du suicide. Dans un cruel retournement de situation, *Fahrenheit 451* de Ray Bradbury – un livre dont le thème central est la censure et l'autodafé – a été maintes fois contesté.

Des Souris et des Hommes de John Steinbeck – le livre que Mina lit et adore – est l'un des livres les plus contestés de l'Histoire. Il est généralement interdit à cause de son langage jugé « vulgaire » et de ses « caricatures offensantes ».

Quand on lit entre les lignes, on comprend que ces livres dérangent parce qu'ils remettent en question des croyances et mettent en lumière des aspects de la société que ceux au pouvoir préféreraient ignorer. Ils sont puissants, et cette puissance les rend dangereux.

En tant qu'écrivaine, quand je ressens que mes mots n'ont pas de sens ou que ce que je fais est inutile, je repense à tous ces livres qui ont été interdits parce qu'ils défiaient le statu quo. Des livres qui osaient montrer des personnes queer vivant leur vie, des livres qui mettaient en lumière la pauvreté, des livres qui questionnaient les codes moraux religieux, des livres qui utilisaient le langage pour choquer et indigner.

Si je peux insuffler un peu de ce feu et de cette furie à mes livres de romance dont l'histoire se déroule dans une librairie maudite, alors j'aurai fait mon travail.

Il est crucial de continuer à lire les livres contestés, de discuter de leurs thèmes, et d'encourager nos amis, nos familles et nos enfants à voir au-delà des mots « sans risque » pour embrasser de nouvelles idées.

Lisez de tout. Lisez des livres qui vous donneront une belle image si vous mouriez en pleine lecture, lisez des livres sulfureux aux pages si brûlantes qu'elles vous roussiront les doigts. Lisez des livres qui ouvriront votre cœur et votre esprit, et surtout, lisez les livres de l'auteure à succès qui a rejoint la liste des bestsellers *USA Today*, Steffanie Holmes, parce qu'il paraît qu'ils sont plutôt bons.

Bisous

Steffanie

Lisez-le dès maintenant : http://books2read.com/prideandpremeditationfrench

— J'ai des doutes quant à la sagacité de ce plan, dit Morrie en calant une pile d'oreillers sous son bras.

— Si ta sagacité est si offensée que ça, tu n'es pas obligé de venir avec nous, lui rappelai-je en attachant mes cheveux et en époussetant le devant de mon pyjama Snoopy. Tu pourrais retourner en bas et finir le présentoir que j'ai commencé pour le festival Jane Austen d'Argleton.

— Ne plaisante pas, ma belle. Cette pièce m'intrigue depuis que je suis arrivé dans votre monde. Je ne vais pas attacher des rubans autour de livres frivoles pendant que le reste d'entre vous découvre ses secrets, rétorqua Morrie en passant la main sous ma chemise pour faire rouler mon mamelon entre ses doigts. En outre, l'occasion de passer la nuit avec toi ne devrait jamais être ignorée.

— Jane Austen n'est pas frivole, répondis-je en attrapant son poignet et en le tordant pour écarter sa main de mon sein et que je puisse à nouveau réfléchir. Tu ne devrais pas dire ce genre de choses à Argleton en ce moment. Tout le village est devenu fou d'Austen.

C'était vrai. Il y a dix ans, un célèbre érudit local du nom d'Algernon Hathaway avait découvert que Jane Austen avait passé un Noël à Lachlan Hall, la plus somptueuse des grandes demeures seigneuriales surplombant Argleton. Elle s'appelait auparavant Baddesley Hall, mais lorsque les Lachlan l'avaient rachetée, ils l'avaient rebaptisée. Depuis la découverte de sa célèbre résidente temporaire, le village célébrait cet événement avec un festival de Noël Regency* annuel, qui devenait de plus en plus élaboré au fil des ans. Des goûters, des lectures théâtrales, une promenade costumée et une danse de style Regency avaient lieu dans la salle communautaire, ainsi qu'une collecte de livres où les villageois offraient des ouvrages aux enfants défavorisés.

Cette année, les Lachlan accueillaient même la Jane Austen Expérience – une conférence universitaire et un événement immersif où les invités payaient des centaines de livres pour séjourner à Lachlan Hall pendant un week-end, revêtir des costumes ridicules, assister à des bals extravagants et à des tea parties, et se demander mutuellement en mariage. Cette année, le professeur Hathaway, célèbre érudit, était lui-même l'invité d'honneur.

Évidemment, Heathcliff n'en avait rien à faire du Festival Jane Austen. Il a rejeté toutes mes idées ingénieuses, à savoir accueillir le professeur Hathaway pour une conférence publique gratuite dans la salle d'Histoire Mondiale, organiser une soirée quiz sur Orgueil et Préjugés, ou même coiffer Quoth d'un bonnet adapté à un petit oiseau (en réalité, c'était Quoth lui-même qui s'était opposé à cette dernière suggestion). Le désin-

---

* Époque de l'histoire britannique, de 1811 à 1820, notamment l'époque où Jane Austen a écrit la plupart de ses romans.

flagrant de Heathcliff pour toute forme de mercantilisme était probablement la raison pour laquelle, la veille du festival, il avait suggéré de concrétiser mon idée : passer la nuit dans la salle magique pour tenter d'en percer les secrets.

— Je dirai ce que je veux, rétorqua Morrie en me faisant un clin d'œil et en prenant un accent snob.

Sa main se glissa à nouveau sous ma chemise.

— Ça ne te dérangeait pas avant.

Non, ça ne me dérange pas du tout. Les lèvres de Morrie effleurèrent mon cou. Il saisit mon sein et ses doigts pincèrent et taquinèrent mon mamelon. *Si c'est un avant-goût de ce que cette nuit pourrait offrir, le passé ferait mieux de se méfier...*

— Dégagez, les tourtereaux, grogna Heathcliff depuis sa chambre.

Un instant plus tard, une énorme couette brune vola par la porte et s'écrasa contre le mur au-dessus de nos têtes. Je m'arrachai à l'étreinte de Morrie et m'éloignai d'un bond alors qu'elle glissait sur le sol pour rejoindre la grosse pile d'affaires de Heathcliff déjà entassée contre la porte.

Il espère que nous ne ressortirons pas avant la semaine prochaine.

— Nous ferions mieux d'aller ailleurs, avant que M. Irritable ne se mette à jeter ses bouteilles de whisky.

Morrie m'entraîna à l'écart, sa main effleurant le bas de mon dos d'une manière possessive qui fit palpiter mon cœur.

Les lèvres de Morrie avaient à peine effleuré les miennes que nous fûmes à nouveau interrompus. Quoth descendit en trombe de sa chambre mansardée avec son matériel. Comme d'habitude, il portait le strict minimum – en l'occurrence, un caleçon noir qui ne laissait rien à l'imagination.

Je m'humectai la lèvre inférieure. Comment allais-je survivre à cette nuit en leur compagnie sans que cela ne dégénère en orgie bacchanale ?

Pourquoi l'idée d'une orgie bacchanale avec eux trois provoquait-elle une vague de chaleur entre mes jambes ?

Rappelle-toi pourquoi on fait ça. Ne te laisse pas distraire par les beaux yeux de Quoth, les mains puissantes de Heathcliff ou la langue vagabonde de Morrie...

— C'est tout ce dont j'ai besoin, me dit Quoth en me tendant un sac de baies.

Je le glissai dans mon sac de collations et mes provisions d'urgence.

— Tu es sûre qu'on doit emmener tout ce matériel ? dit Morrie en fronçant les sourcils et en apercevant les sacs fourre-tout que j'avais remplis de nourriture déshydratée, d'un réchaud de camping, de bouteilles d'eau, de fusées de détresse d'urgence et de boîtes de tampons. Heathcliff n'était pas le seul à être en mode scout.

— Ça n'a rien de discret ou d'historique, ajouta-t-il.

— On ne sait pas ce qu'on va trouver de l'autre côté, ni combien de temps il nous faudra pour rouvrir la porte sur le présent. Je veux me préparer à toute éventualité.

— D'accord.

Heathcliff sortit de sa chambre en titubant. Il portait trois bouteilles de whisky et un paquet de Wagon Wheels sous un bras. Sous l'autre, une longue épée pointue à la garde finement ouvragée.

— Qu'est-ce que tu vas faire avec ce truc ? dit Morrie en fronçant les sourcils et en regardant l'épée.

— Rôtir des guimauves, grogna Heathcliff.

Il fourra ses bouteilles dans mon sac, rangea l'épée dans un fourreau à sa ceinture et sortit sa clé.

— On le fait oui ou non ? dit-il.

J'acquiesçai. Nous avions besoin de réponses, et le seul moyen de les trouver était de percer les secrets de la Librairie

Nevermore, en commençant par la pièce qui voyageait dans le temps... ou dans on ne savait quoi.

Morrie lissa le col de son pyjama Armani.

— Quelle pièce pensez-vous que nous allons découvrir ? Je propose un pari : le perdant devra nettoyer la salle de bains. J'espère qu'il y aura un boudoir de style Régence, avec le fameux siège d'amour Le Chabanais d'Édouard VII.

— Moi, je vote pour le grenier vide, dit Heathcliff.

— Évidemment.

— Je veux les bureaux d'Herman Strepel, ajoutai-je. Mais je ne participe pas à ce pari, car il n'y a aucune chance que je mette les pieds dans cette salle de bains.

— J'espère qu'il y aura des dinosaures, ajouta Quoth.

— Tu *espères* des dinosaures ? Tu es un idiot. Heureusement que Heathcliff a son épée, dit Morrie avant de prendre la clé de Heathcliff pour l'enfoncer dans la serrure.

Je blêmis face à son insulte, mais Quoth ne sembla pas s'en préoccuper. Au cours des deux dernières semaines, les commentaires de Morrie à notre égard – habituellement des taquineries amicales – étaient devenus plus acerbes. C'était comme s'il voulait constamment nous rappeler qu'il ne tenait pas vraiment à nous, qu'il se considérait supérieur en tout point. Cela commençait à me fatiguer un peu, surtout quand il s'en prenait à Quoth, qui ne répondait jamais et semblait encaisser chaque remarque.

La porte émit un clic sinistre. Morrie recula et fit un geste vers la porte.

— Après toi, ma belle. Je te rappelle que c'était *ta* brillante idée.

Oui, effectivement. Et si elle nous permet de mieux comprendre ce qui se passe dans cette librairie, tu me remercieras.

Je pris une grande inspiration et poussai la porte.

À SUIVRE

Vous souhaitez découvrir d'autres secrets sur la Librairie Nevermore ? Procurez-vous le tome n°3 *Pride and Premeditation*, à paraître bientôt en français.

http://books2read.com/prideandpremeditationfrench

OBTENIR DES ÉDITIONS SPÉCIALES DE LIVRES ET DE PRODUITS DÉRIVÉSOBTENIR DES ÉDITIONS SPÉCIALES DE LIVRES ET DE PRODUITS DÉRIVÉS

Visitez la Librairie Nevermore pour découvrir des livres en édition spéciale, des produits dérivés et bien d'autres choses encore.

Vous voulez mettre la main sur des éditions spéciales dédicacées par Steffanie Holmes, des coffrets, des produits dérivés, des créations artistiques et bien d'autres choses encore ?

Visitez la librairie Nevermore pour vous procurer tous ces articles :
https://www.nevermorebookshop.co.nz/

Inscrivez-vous à la liste de diffusion de la boutique pour obtenir 10 % de réduction sur votre première commande.

9 781991 349033